让日常阅读成为砍向我们内心冰封大海的斧头。

对我无害之人

내게 무해한 사람

［韩］崔恩荣 著

徐丽红 译

中国友谊出版公司

目录

致中国读者 I

作家的话 I 275

作家的话 II 279

祥子的微笑 1

你好，再见 49

姐姐，我那小小的顺爱姐姐 71

韩志与英珠 95

米迦勒 143

601, 602 167

援手 183

筑沙为家 205

致中国读者

你们好,我是写小说的崔恩荣,很高兴认识大家。

身为作家,自己的书被翻译成另一种语言,走向外国读者,我总觉得像在做梦。当然,不管想多少次,不管怎么去想,对于作家来说,译本的出版都是愉快而甜蜜的经历。

这次我的小说正准备飞向各位中国读者!我不由得想起十年前去上海复旦大学参加学术大会的往事。除了学术大会,我还在上海和近郊参观了几天。享用到了种类丰富的食物,即便是不吃肉的我,也有很多能够享受的美食,茶香酒香沁人心脾,别有风味。尽管中国和韩国有很多相似之处,然而我作为外国人,依然可以在这里感受到异国之美。

在访问中国之前,我结识了中国朋友。这位在法国相识的朋友竭尽全力帮助过当时陷入困境的我。我永远记得多亏了这位朋友,我才摆脱危机,继续平安地旅行。朋友大汗淋漓,竭力帮忙的样子深深地感动了我。写作中篇小说《祥子的微笑》的那个夏天,我也曾与中国朋友们共度时光。其中一位中国朋友,我们相处日久却没有什么特别的交流,因为朋友不懂韩语,我也不懂中文。写作中篇小说《韩志与英珠》的时候,我写下了韩志和英珠往草丛里扔鼻涕虫的场面。那位中国朋友觉得路上的鼻涕虫很可怜，劝我扔进草丛，我记得自己在夜深人静的路上徘徊良久，也这样做了，后来就把这件事写进了小说。

我有段时间还做过韩语老师。成为作家之后我也继续教韩语，当时遇到了很多中国学生。虽然韩语和中文很接近，不过因为语序不同，作为外语来学习也会遇到很多困难。我想起了那些明知困难仍然认真学习的学生。我算不上优秀的老师，可是那些中国学生对我总是很亲切，很热情。真希望那些朋友当中有人能读到这本书啊。

我想，如果把彼此的存在单纯地看作国家对国家的话，那样会错过很多东西。当我们持着肤浅的方法，简单一般化或带有偏见的时候，事实上我们什么都不能理解。我想，当网络发达到即使遥远的世界也感觉触手可及的时候，我们可能会以错误的方式，误以为彼此"很了解"。其实，我们和生活在那个国家的人们并没有建立任何关系。当我们轻易相信彼此了解的时候，就陷入了容易受伤的境地。

我们真的彼此了解吗？我们真的想要理解吗？通过写小说，每次我都能切身感受到人与人之间有多么遥远，我们也永远不可能完全理解彼此。有的人表面看来毫无缺憾，内心深处却满是伤痛；有的人比谁都自信满满，却也有悄悄落泪的时候。每个人都因为固有的经验和创伤形成自己的纹理，他们的内心就是人类尊严的证据。

如果不加努力，我们很可能随随便便就将人的存在、某种集体轻易还原为一个对象。如果我们将人还原为一个肤浅的对象，那么对于无力的存在、沦为歧视对象的存在的暴力，也就获得了合理性。纵观人类历史，战争和暴力不断重复，而我们真的能够从中获得自由吗？我想，如果我们忘记他人具有与我们同等尊严的事实，如果我们忘记他人也是具有深刻内涵的存在，那么令人痛心的历史必将反复上演。我的小说反映了我的这种想法。

我经常收到这样的问题："您写的是什么小说？"起先我不知道如何回答，不知从什么时候开始我回答说："我写的是普通人的故事。"我主要写作表面看来平平无奇、没有什么故事性的人们的故事。这些人物的心里渗透着我在生活中感受过的感情经历。在读者能从我的小说人物的心里体会到共鸣的瞬间，我们将在彼此看不见对方的地方相遇。

初次见面很高兴。能与中国读者分享这意味深长的经验，我感到喜悦。感谢将我的作品翻译成中文的译者。希望我的书能够走进读者的内心深处。这就是我要说的"作家的话"。谢谢。

崔恩荣

2023 年 2 月于首尔

祥子的微笑

我把手伸进冰冷的沙子，注视着闪着波光的黑漆漆的大海。

仿佛那是宇宙的边缘。

祥子曾说过，站在海边感觉就像站在世界的边缘，感觉就像被挤出中心，被挤出人群，遇到同样被挤出大洋的海之边缘。两个孤立者相遇，弄湿了脚趾，这种心情并不是很好。

"总有一天我要离开大海，去四面八方环绕着高楼大厦的城市生活。"

祥子爱说"总有一天"，十七岁时这样说，二十三岁时依然这样说。

总有一天她要去城市，总有一天要在韩国旅行一周，总有一天要找个男人过日子，总有一天要离开医院，总有一天要养猫。她跟我说什么都想尝试。

祥子的英语很容易听懂。谁都能听出日本人的口音，然而她的发音非常正确，连音也很利落。韩国学生和日本学生聚在藤树下的时候，祥子用流利的英语说：

"总有一天我会在乳头周围文上毛毛虫的图案。"

女孩子们被她说得面红耳赤,只有我一个人笑了。

祥子和三名女生来我们学校参观。活动主题是"韩日学生文化交流"。那年,日本文化迅速向韩国开放。祥子就读于日本A市某小规模女子学校,跟我们高中是姊妹学校。祥子作为全校英语说得最好的四名一年级学生之一,来我们学校访问。

校长对这个小活动兴奋不已,带领四名学生参观了整个校园,从一年级到三年级看了个遍。她们好像都不累,来到最后的目的地——我们班的教室时,依然充满活力地打了招呼。祥子似乎有点儿害羞。其实她不是真的害羞,只是习惯害羞似的说话。

祥子来韩国之前,妈妈、我和外公一有空就打扫房间。祥子和我同级,我是一年级中为数不多会说英语的学生,尽管说得结结巴巴。班主任以此为由,拜托妈妈同意祥子在韩国停留的一周住在我家。我俩隔着一拃的距离,尴尬地一起走回家。

直到现在,我的眼前还会浮现出家门大开,妈妈和外公看见我们时露出的笑脸。尽管不知道祥子是谁,仅仅因为是远道而来的客人就笑脸相迎。我们家人不擅长表达爱意,相视一笑都会觉得别扭。妈妈和外公对祥子的热情显得陌生而滑稽。

"你是祥子吗?很高兴见到你。家里很小,不知道你会不会感觉不舒服。"

妈妈用韩语说个不停,就好像祥子能听懂似的。外公则把她的话翻译成日语,脸上始终带着微笑。

我以为外公只会坐在沙发上看电视,只会命令我拿烟灰缸、舀水、帮他倒洗脚水。我从学校回来,他总是坐在那里瞟我一眼，然后继续看电视。而今天，外公关了电视，正在问祥子各种问题。外公说日语的声音里洋溢着自信——虽然这是从孤僻的日本老师那里学来的语言，但毕竟是外公唯一会说的外语。

我们家在吃饭的时候也不怎么说话，只是打开电视，一边看新闻或电视剧，一边快速吃饭。祥子来了，外公就用日语说个不停，还不时地哈哈大笑，我连插话的机会都没有。那是我第一次见到外公笑着说那么多话。

祥子跪坐在地，乖巧地听外公说话，面带微笑。正如第一次在教室里看到祥子腼腆的样子，我从祥子的笑容里感到了莫名的异质感。祥子不是因为真的好笑而笑，也不是因为共鸣而点头，只是为了让对方感到舒服才摆出那样的姿态。

有时候，外公在祥子面前指着我笑。如果我问祥子爷爷在说什么，祥子就说外公正在聊我的趣事。比如，我忘带书包去上学又跑回家的事，又如我听鬼故事吓得尿裤子的事，总之都是很傻的事。每次我犯了那样的错误，外公总是大发雷霆，所以我不理解外公为什么会把那些事当成有趣的回忆来讲。

和我相比，祥子和外公似乎更聊得来。跟我说话要用英语，很多地方说不清楚，而和外公可以说日语，什么话都能说通。外公让祥子称呼自己"金先生"，还说想和祥子成为朋友，不想成为老校长那样的人。

那是暑假之前，七月的一个夜晚。

祥子和我沿着小区附近的溪水边走边聊。她说我们家人都很亲切，很有趣。我没有回答。可以用英语表达的话语很少，我想表达对祥子的好感，于是挽起她的胳膊。

祥子停下脚步，板着脸看了看我，用生硬的英语说道：

"我是异性恋，对你没有性方面的兴趣。我对其他同性也一样。我喜欢男人。"

我有点儿惊讶，说我对你没有性方面的兴趣，挽着胳膊是朋友之间的亲密接触，让她不要误会。祥子不太相信。第二天在学校看到许多挽着胳膊的女孩后，她总算理解了我的话。

祥子说她和姑姑、爷爷一起生活。来我家的时候不仅没有陌生感，反而感觉很舒服。祥子的姑姑是实际上的家长，但是经常在外过夜，很多时候都不在家。爷爷待她如公主，坚信她是世界上最漂亮、最聪明的女孩。

"对爷爷来说，我是宗教，是独一无二的世界。每当想到这些，我就想死。"

祥子说，下雨的日子，为了不碰上拿着伞接自己的爷爷，她会翻墙回家。爷爷攒下本来就不多的钱给她买衣服，她却连包装袋一起扔进垃圾桶。祥子说爷爷对她的爱过重，这让她毛骨悚然。她说等高中毕业就去东京，再也不回家乡。

"那我把外公送给你吧。我外公觉得我是世界上最笨的孩子，每次见到我就催我减肥。别说衣服了，连口香糖都没给我买过。"

祥子看着我，静静地笑了。她的微笑很亲切，也很冷淡。那笑容就像成熟的大人对待幼稚的孩子。

祥子住在我家的那一周，家里流动着怪异的活力。外公去超市买祥子喜欢的西瓜，妈妈制定目标学习日语和英语。我们享用着祥子做的饭团，说着三个国家的语言。

"我来拍照。"

祥子在宾得相机里装上胶卷,拍下我们三个人吃西瓜的样子。不仅如此,她还像狗仔队似的抓拍准备晚饭的妈妈、打扫客厅的外公。妈妈和外公有点儿不知所措,不过似乎并不讨厌这样的关心,一笑而过。

眨眼微笑的妈妈和话多的外公,在我看来像是陌生人。如果在外面遇到这样的人,也许我会毫不犹豫地说他们是很好的长辈。妈妈和外公常常无精打采,不善与人打交道。我觉得妈妈和外公就像多年不用积满灰尘的褪色挂钟,没有改变的意愿,也没有目标,只是停在原地。

家人总是像最陌生的人。也许祥子比我更了解外公。

祥子和我常常在放学路上租录像带,然后回家。大都是禁止青少年观看的电影,但是只要和祥子一起去录像店,就可以不受任何怀疑地租到录像带。像伊桑·霍克扮演画家的《远大前程》、有性感床戏的《莎翁情史》、日本恐怖电影《午夜凶铃》、朱莉娅·罗伯茨的《诺丁山》之类的。我们关上客厅的灯,喝着绿茶看电影。每当有性感镜头出现的时候,外公、我和祥子之间就会流过寂静。

"我第一次见到像你这么喜欢电影的孩子,说不定你会成为拍电影的人。"

还录像带的时候,祥子这样对我说。

"比如编剧或导演。"

我笑着摇头。奇怪的是,祥子这句话在我心里留下了清晰的痕迹。祥子的话里有某种力量。

祥子送给我一张折成方形的世界地图。她说:"世界很大,我们可以去任何地方。"她说不要只去离我们小镇很近的城市,既然要去,那就去首尔、去北京、去巴黎、去纽约。我觉得那句话很好笑,只是笑了笑。因为我们家没有人在首尔生活过,我觉得自己也只能这样在老家一直过下去了。

我把祥子送的世界地图贴在我房间的墙上,在祥子生活的A市和我们郡[1]画上了红点。两点很近,还不到一拃。我在祥子想去的世界城市上也画了点,北京、河内、西雅图、基督城、都柏林。想到那个小点上也有人生活,我就有种恍惚的感觉。

祥子的第一封信在她离开一周后到达。她说不会忘记在韩国度过的时光。她说等她上了大学,总有一天还会再来韩国和我一起旅行。她抱怨说回去之后感觉日本太潮湿,到家的瞬间有种进入坟墓的感觉。她在信中写到,下次见面一定要手挽手。

她不光给我写信,还用另一个信封装了用日语写的信,寄给了外公。外公和我并排坐在沙发上,分别读着祥子用日语和英语写的信。外公把信放在沙发扶手上,一天要读好几遍她写的竖排信。

祥子的信总是很公平。同一天,我和外公收到同样分量的信。有时是我,有时是外公在信箱里发现她的信。我们争先恐后地打开信箱确认信件,并排坐在沙发上谈论祥子的日常生活。

祥子给外公的信里似乎总是乐观向上的内容,比如赛跑得了第一名、跟姑姑去了美味的咖喱饭店、休息日和朋友去划船、去

---

[1] 韩国行政区划单位。——编注

北海道旅行等。祥子给外公的信里，都是会写在明信片上的那种美好故事。

相反，我收到的信里却只有暗淡的故事。

偷了爷爷的钱，爷爷却装作不知道，最后她把钱扔进下水道；偶尔想在爷爷的食物里下毒；爸爸给的抚养费被姑姑花掉，她知道后把姑姑的内衣撕碎扔到街上；偶尔用消过毒的刀刺自己的骨盆附近。

当时，祥子矛盾的话语让我感到混乱。我很难判断她跟外公说的是真话，还是跟我说的是真话。随着时间的流逝，我猜测那两种信都是真的。不一定所有的细节都真实，不过应该都是真实的故事。不，即使所有的故事都是虚构的，我也依然觉得是真的。正如在外公的信里看到的那样，她想得到别人的认可和喜爱。同时又像在给我的信里写的那样，她也想对包括自己在内的最亲近的人复仇。

祥子大约每十天给我俩各写一封信。至于我们是否回信，她并不在意，就这样写到高中毕业。

听说祥子没有亲近的朋友。也许有些看起来相处不错的朋友，但其实她是那种不懂怎么和别人建立亲密友情的人，于是以写信的方式把不能向身边人诉说的心事，告诉无须有身体接触、无须见面的外国人。如果我是日本人，如果我生活在祥子身边，她可能对我毫无兴趣。

距离远了，心就远了；无论喜欢还是讨厌，总要经常接触才会动情。然而祥子的情况不一样。只有绝不会闯进自己生活的人，身处看不见也听不见的远方的人，祥子才会称其为"朋友"。

祥子学习很好。她说无论如何，一定能去东京。

祥子的信在高中毕业三个月后就断了。

祥子在最后一封信里这样写道：

"我不能去东京了。祥子。"

她又在给外公的信里这样写道：

"我想去韩国看望金先生，只是不知道是什么时候。对不起。祥子。"

外公拿着那封只有一行字的信，默默地叹了口气。对外公来说，祥子是非常珍贵的聊天伙伴。如果祥子考上大学来韩国的话，外公还会制订去济州岛游玩的计划。每次提到日本就咬牙切齿的外公，现在却说："问题在于愚昧的政治家，我们不能憎恨善良的市民。"

直到现在，我还是无法理解祥子和外公之间的友情。

在那之后，外公还是会借由散步打开信箱，看看有没有祥子的信。每次和我通话，外公都会说："祥子可能很忙吧，有没有和你联系？"他像唱副歌似的，一定要说完这句话才会挂断电话。尽管很遗憾没有再收到祥子的信，不过我也刚开始了新学期的生活，十分忙碌，有点晕头转向，没有精力顾及祥子的信。那时，我就读于首尔某私立大学。

那些日子我几乎想不起祥子。第一次交男朋友，准备做交换生。只有背托福英语单词的时候，我才想起和祥子在家附近的河边用不太流利的英语聊天的情景。我还记得她碰触我胳膊的感觉。她像看孩子似的看着我，礼貌却又冷漠的笑脸，还有那美妙的连音。

我只知道祥子的家庭住址，不知道她的电子邮件和家里的电话号码。我按照祥子的家庭住址给她写了几封信，没有得到答复，很快就忘了这件事。这样过了两年，我作为交换生去了加拿大。偶尔我会想起祥子，不过没有那么悲伤和凄凉。她是个朝气蓬勃的人，应该过得有声有色吧。说不定也像我一样，正在某个遥远的国度学习。

留学生活快结束的时候，我乘坐夜间巴士越过国境，去纽约旅行了三天两夜。这是一次饥饿的旅行。我用餐巾纸偷偷地包起青年旅社里的早餐面包，准备充当午饭和晚饭。

那天，我坐在市立图书馆门前的台阶上吃晚饭，忽然感觉有人盯着我看。一个短发的东方女人直勾勾地看着我。我可不能在瞪眼比赛中败下阵来，也看向那个女人。女人朝我这边慢慢靠近，开口说道：

"你是从韩国来的吧？你还记得我吗？我是荷娜，去韩国参观学习的日本学生。"

我迟疑着点了点头。她是日本见习生[1]之一。我不记得她的长相，却还记得低沉而温柔的嗓音。荷娜说太开心了，带我去了自己的公寓。

"三年前我移民到了美国。很幸运，移民之前去了趟韩国。当时的情景还历历在目，大家都对我们很好。我想起经常和接待

---

1 此处的见习生偏重于短期的参观、访问和学习。——译注

我的那家人出去吃饭的事。每当我吃猪皮或牛小肠的时候,大家都会一起鼓掌欢呼。"

"原来如此。"

"你们也是接待家庭啊。是祥子的吧?"

我没有回答,只是点了点头,看着桌子的边缘。

"你和她还有联系吗?她好像说过跟你有通信。"

我谈到了祥子寄来的最后一封信。写完"我不能去东京了"那封只有一行字的信之后,就完全断了联系。我说,也许是我对祥子犯了什么错吧。为什么没想过问祥子的电子邮件或电话号码呢?我对自己感到失望。荷娜淡淡地笑着说,祥子过得很好,不用担心。

"祥子去了我们当地的大学。本来考上了早稻田大学法学系,她没有去。"

问题在于祥子的爷爷。爷爷患有肾功能衰竭,至少每三天要去医院接受透析治疗。年近五十岁的姑姑对父母的责任感很淡薄,况且还是个购物狂。

爷爷情况如此,祥子没能去东京。荷娜说,当然也有经济上的原因。祥子以四年奖学金获得者的身份进入当地大学,还可以乘坐公共汽车往返,所以没有压力。等到从理疗系毕业,想到哪里工作都没问题。荷娜补充说,祥子选择的是安全的路。

我没有特意去想祥子将来会从事什么工作,只是茫然地觉得她不可能停留在某个地方。因为她曾不以为然地说,只要自己下定决心,就可以去任何地方。当我听说祥子仍然留在家乡寸步不离的时候,这件事就烙刻在我的心里。

每隔三天就带着爷爷去医院的祥子，扔掉早稻田大学录取通知书的祥子，恐怕连两天以上的旅行都没有过的祥子。在荷娜的公寓里，我曾对祥子有过的失落感和怪异的负罪感全都消失得无影无踪。

荷娜不停地说着美国的生活和大学里的事。我很想专心听她说话，却总是想起祥子的事，没能认真听进去荷娜的话。

即便如此，为什么突然断了联系，为什么要留在那般想要逃离的家里侍候生病的爷爷，当时的我无法理解。我告诉荷娜我的电子邮箱，拜托她如果有人知道祥子的电子邮箱，就转发给我。

我没有收到荷娜的回复，感觉就像祥子叮嘱过别人，不要透露自己的联系方式。

大四那年夏天，我直接找去了祥子家。我在东京乘坐夜间巴士，经过多方打听，终于来到祥子居住的村庄。我打算把行李放在村庄的小旅馆里，至少住上一周。即使祥子不在家，估计时间也不会超过两天。我只想见她一面。

来到日本，我才亲身体会到祥子无比讨厌的湿气是什么样子。混合在空气中的水分简直就像汗水。仿佛汗水不是从毛孔流出，而是溶化在空气里的汗水碰到了皮肤。

祥子的家在胡同里，过了马路就是海边。那个地方很安静，建有很多独栋住宅。两个中年男子坐在码头钓鱼。别说小孩子，连个年轻人都很难找到，只有偶尔经过的汽车或踏板摩托车的声音。

我朝祥子家走去。深蓝色的大门，没有门牌。

站到大门前,我鼓起了前所未有的勇气。至少我确信,祥子不会对我视而不见。即使见不到祥子,就这么回去也没关系。当时我罗列出自己付出的努力化为泡影的全部可能,好像也在努力向这些可能敞开心扉。

门开得比想象中快。一位白发苍苍的高个子老人冲着我笑,黑皮肤泛着红晕。我努力回忆刚上大学时选修的日语,却只是结结巴巴地冒出"祥子""祥子的朋友""韩国""写信"之类的字眼。

老人看了看我,笑着说了些我听不懂的日语,然后做了个手势让我进去。里面有个种有紫茉莉花的小院和光滑的木廊台。老人示意我坐在廊台上。我脱掉鞋子,爬上廊台坐了下来。

老人和我相隔而坐,羞涩地继续说话。我听不懂他在说什么,不过他的话里大都包含着"祥子"这个专有名词。我想起祥子说过,她爷爷认为她是世界上最漂亮、最聪明的孩子,这让她感到窒息。

老人给我端来一杯冰水。

"祥子,祥子。"

小心翼翼的声音。

素侑来了,素侑从韩国来了。好像是这个意思。房间里悄无声息。老人转了转门把手,然后用手势告诉我,门从里面反锁了。天气闷热而潮湿,我却觉得冷冰冰。祥子再也不想见我了。我只是祥子假想的朋友,或者说是她的日记本。她不想继续写日记了,日记本却想介入她的生活。

老人反复说没事没事,戴上帽子,用手比画着表示要出去一会儿。他开门出去的同时,祥子的房门打开了。

长发高高扎起,穿着黄色无袖印染连衣裙的祥子。

祥子怔怔地俯视着坐在廊台上喝冰水的我,然后有气无力地走过来,拉开点距离坐到我旁边。祥子身上散发着纤维柔顺剂的味道。我们什么话也没说,只是凝视前方。祥子慢慢地开口说道:
"我以为会是我去韩国看你。"
我看着祥子的侧脸说道:
"我先来了,你失望吗?"
祥子沉默片刻,微微张开嘴巴,叹息似的说道:
"我很想你。"
我有点怨恨祥子,所以没说"我也想你",不过她那句"我很想你"还是让我流下了眼泪。

有的恋爱像友情,有的友情像恋爱。想到祥子,我就害怕她不再喜欢我了。

其实对我来说,祥子也算不上什么特别的人。即使现在失去了她,我的生活也不会发生任何变化。她不是我的雇主,不是与我共享日常生活的大学同学,也不是亲密的邻家伙伴。运行这台名为"日常生活"的机器,需要的是简单的齿轮,可祥子插不进去。真的。

祥子什么都不是。

尽管如此,我还是希望我对于祥子而言具有某种意义。自从祥子不给我写信，我就感到奇怪的空虚，同时有精神上的虚荣，希望自己不被祥子忘掉。

祥子的皮肤薄而白皙，几乎看得见毛细血管。我问她是不是平时不出门，祥子回答："除了陪爷爷去医院，不会出去。"她说出门也要戴宽檐帽来防晒。

我问祥子为什么没去东京。她直视着我，笑着摇了摇头，然后走到房间拿来了素描本。打开八开的素描本，我看见蜡笔画的简单画面。有的只是密密麻麻的颜色，有的画在纸面角落，很小。画的下面是写得歪歪扭扭的蜡笔字。祥子用手指着这些字，用日语读完，然后用英语解释：

"被火烧过的脚掌。"

"高速公路上熄掉的路灯。"

"腐烂的、唯一的种子。"

"步调不一致的军人。"

"没有野心的独裁者。"

"典型的反义词。"

"可是……典型。"

"'早就知道会这样'，这句话的奇怪回声。"

"冻死之前还在刨地的鸽子。"

介绍完画和题目，祥子指着自己说道：

"我，祥子。"

祥子像是被烧断了保险丝。我按捺住沉重的心情，言不由衷地说画得真好。祥子说："我想画画，不，还是写作吧。"说着，脸上又露出从前那种彬彬有礼的微笑。

那笑容，一如祥子小时候。小时候的祥子，笑容冷漠而成熟。现在，我却从她的笑容里看到软弱和防备的态度。我曾经以为祥子比我强大，其实她很脆弱。

那时的祥子肯定也有这样的感觉。我已经成为比她意志更坚定、更强大的人。看到心灵一角粉碎的人，我莫名地产生了怪异的优越感。

我跟祥子讲了我的大学生活，讲了作为交换生去加拿大的事，以及偶尔出发的背包旅行和新结交的外国人，还有在纽约见到荷娜的事。"我听荷娜说了，你考上了早稻田大学却没有去？听说是因为要带爷爷做透析。"我不假思索地脱口而出。说着说着，我也感觉自己越界了，只是我沉浸在既不安又兴奋的状态之中，说了更多越界的话。

"我不知道你一直生活在家乡，而且是为了照顾爷爷，这真不像你的风格。每三天就要陪爷爷去医院是吧？听说透析真的很辛苦，不管是对患者本人，还是监护人。我没想到你那么爱你的爷爷。"

如果祥子因为我的话而生气，或者至少为自己辩护，我就不会因为自己说的话而如此受伤。

祥子微笑着说道：

"是啊，我是个胆小鬼。"

祥子收起素描本，拿进了房间。从那之后，她再没给我看过那些画。祥子走出房间，坐在廊台上说道：

"可是我越恨,就越是无法摆脱。"

我尴尬地坐在廊台边缘,回想自己为什么要远道而来见祥子。祥子既不是熟人,也不是陌生人,更算不上朋友。虽然祥子从一开始就什么都不算,但我们之间的关系又没有那么浅,浅到久别重逢时说些毫无意义的事。

"你在这里,我很开心。"

祥子用双手撑着地板靠到我身边。我不看她,只是把视线投向院子里盛开的紫茉莉。听着她的连衣裙拂过廊台的声音,我从祥子身上感受到老人们特有的奇怪的孤独。我不用看她的脸就能知道。

祥子已经是"老人"了。

祥子挽起我的胳膊。冰冷而柔软的胳膊碰到我又热又湿的胳膊,我不由得起了鸡皮疙瘩。祥子的头靠在我的肩上,我感觉到她纤细柔软的头发。祥子和我十指相扣,像拍打水面似的朝着空中移动双腿。

"陪我住在这里吧,不要回韩国了,和我一起生活。"

祥子活泼地说道,仿佛这是很有可能的事。我想以后不会再和祥子见面了。真希望我只记住十七岁的祥子,因为断了联系而心怀遗憾,而后慢慢地遗忘。

如果没在纽约市立图书馆前碰到荷娜,如果没有对祥子心怀遗憾和好奇,我可能已经把祥子从记忆里删除了。哪里也去不成,却又不喜欢停在原地生活,注视这样的面孔并不是愉快的事。

这时,大门开了,老人走进院子。老人的脸比刚才更红了。

看到我们手挽手并肩而坐，老人有些慌张，静静地转过头去。本来可以假装没看见，径直回房间，然而他就那样站着，仿佛在说"我给你们时间，快放开手。"

我试图放开祥子的胳膊。但她使出吃奶的力气，使劲抓着我。我站起来，像摆脱贴在胳膊上的老鼠似的推开祥子。老人和我面对面站在狭窄的院子里。他转过头，僵硬的脸上露出了微笑。那微笑却遮掩不住脸上微微的痉挛。老人和我静静地站了会儿。

"那个男人对我很执着。"祥子指着老人，小声用英语说道，"该死的家伙。"

我被祥子的话吓了一跳，看了看老人的脸。老人好像要掩饰眼里的泪花，转头假装看花。我再次去看祥子。看着老人柔弱的样子，祥子似乎觉得有趣，竟然笑了出来。我想起家里的外公，就好像自己的外公受到了侮辱。

"你说什么？"

"该死的家伙。真希望他找个地方死掉算了。"

我无言以对。身体越来越热，头脑却愈加清醒。

"以后我不会再和你见面了，别像个孩子似的胡闹。"

祥子笑着说：

"我连你是谁都不知道。你是谁呀？"

祥子把头靠在廊台的柱子上，像一条死鱼，微微张着嘴，面无表情地看我。我不喜欢祥子这样，于是转过了头。老人弯着腰，若无其事地看花。他提着透明的粉红色塑料袋，里面有几个苹果和带吸管的盒装果汁。

我在老人背后低头说了声"对不起",然后离开了祥子的家。我向航空公司支付了额外的费用,乘坐第二天下午的飞机返回韩国。

飞机飞得很低。天气晴朗。窗外的玄界滩[1]在阳光的照射下闪闪发光。远远看到的事物非常美丽,纤尘不染。

我骗外公说没见到祥子。

"等了几天,也不在家。对不起。"

外公勉强地笑了笑,说道:

"白跑一趟,就当是人生经历吧。从今往后,彻底忘了什么祥子吧。她应该也是太忙了。我们要理解她。"

年轻时的外公动不动就发火。哪怕别人情有可原,他也从来不会嘴下留情。原本几句话就能解决的矛盾,总要升级为战争。没有理解,没有宽容,而且没完没了。事情过去了,也总是拿出来说,说起来又要大发雷霆。

"我们理解她吧,她应该也有苦衷,忘了吧。"这不像外公会说的话。外公似乎是想回避谈论祥子这件事,好像认为祥子有苦衷,就能保护自己的心情。

那样的通信能有什么重要的意义,何况是年龄相差五十岁的外国笔友。五十岁以后就没赚过钱,也没有像样的工作,只是从来不肯委曲求全,这样的人面对祥子的沉默彻底死了心。客厅里,原本收集祥子书信的床头柜变得空空荡荡。外公再也没有查

---

[1] 日本九州西北部的海域,是世界有名的渔场。——编注

看信箱。那天过后，我们再也不提祥子。

像木偶一样被拴在小屋里的祥子，她的身影宛如幽灵在我眼前忽隐忽现。她应该成为理疗师了吧？她应该开始赚钱了吧？当时我以为祥子的决定过于草率，二十三岁就确定了职业，无法离开出生的小镇。我以为这是非常糟糕的选择。

至少在那个时候，我还以为自己的人生会有所不同。我在心里卑鄙地嘲笑那些安于现状的人。因为那种奇怪的傲慢，现在的我什么都不是。那时我似乎相信我的人生与祥子庸俗而烦闷的人生截然不同，我会自由自在，每天都生机勃勃。

从英语系毕业后，我报名参加了电视台的电影学术研讨班。为了支付研讨班的注册费，我利用晚间做起了家庭教师。我和组员们编写剧本、学习摄影、听著名导演的演讲。听着颇有名气的电影导演的演讲，我更加坚定了自己的初衷。这个过程会很艰难，然而我对自己的电影导演梦深信不疑。

大学同学纷纷去银行、航空公司、出版社工作。我以为他们并不知道自己真正想要的是什么，只是追求金钱和稳定。我觉得这样的人生毫无意义。对于那时的我来说，重要的只有意义。我安慰自己，因为我在追逐梦想，我过的是有意义的人生。我又感到害怕。从概率上看，成为电影导演并且获得投资拍出电影，几乎是不可能的事情。

研讨会结束，我提交作品参加短篇电影独立电影节。直接落选，没有解释。我调整心情，用一年时间写成的剧本，同样在征文比赛中落选。一起学习电影的人们评价我的电影陈腐乏味，没有个性。我自以为很有创意的台词，他们却说根本算不上台词。

每年都有人告诉我，你还需要继续学习，你要多看电影。

你写剧本多久了？面对这样的问题，我扭扭捏捏，不知如何作答。这时我已经快三十岁了。我写了五年剧本，作为剧组成员，也参与过小电影的制作，更多的是参加各种电影的庆功会，听取和传播各种各样的传闻逸事。

我以为创作能给我自由，让我获得解放，粉碎我置身的世界的局限，然而现实恰恰相反。我常常受困于金钱，不得不绞尽脑汁寻找辅导班和家教的工作，对钱的问题越来越敏感。

我和已经在单位做到经理级别的朋友们，花钱的方式有了明显的不同。吃饭的时候他们甚至不让我请客。朋友们固然是为我好，然而一件件小事都在刺激我的自尊心。在公司上班的朋友们每到周末就去看演出或电影，有空就读书，而我的读书量却比他们还少。

每当遇到拍电影的朋友，我总会比较他们的才华和我的才华，随之陷入深深的自卑。灵感枯竭，自我意识却像怪物一样日渐膨胀。看着因工作不顺利而酗酒的导演志愿生，还有像中学生一样在快餐店打工，拿不到夜班津贴的编剧志愿生，我又觉得自己比他们强。

梦想是罪。不，那算不上梦想。

如果电影工作是我的梦想，如果我追逐我的梦想，至少在某些方面会感到有意义和幸福，然而我只是为了遵守对自己的承诺，写着并不想写的剧本拍电影，却期待着连我自己都说服不了的电影能打动别人的心。这是错觉。

拍电影的想法早已灰飞烟灭。我只想在电影界成为有分量的人。我写剧本，故事并没有在我心里流淌，因而显得虚假。我写，不是因为真正想写什么，只是强迫自己为写而写。

梦，只是斑斓的外衣，掩盖了虚荣心、功名心、人情欲望和复仇心等肮脏的心思。我在咬着舌头说什么"没有电影就活不下去""电影真的很重要"的人群中嗅到了难以消散的欲望腥味。我的欲望只会比他们大，绝对不会比他们小，我只是假装对这件事并不渴望。

纯洁的梦想只属于那些有足够的才华去享受工作本身的人，光荣也应该属于他们。电影、艺术不存在于普通人的努力之中，只在有天分者的努力中才能露出真面孔。我掩面哭泣，很难接受这个事实。没有才华的人捕捉梦想外衣的瞬间，那件外衣就开始慢慢侵蚀他们的人生。

我几乎失去了我进入电影界之前所有可以称为朋友的人。当然也有愿意等待的朋友，然而吃着影子长大的自我意识却给他们定了罪。跟高薪男人结婚的朋友自不用说，庸俗；朋友坦言自己在职场中逐渐失去灵魂的时候，我假装理解，心里却幸灾乐祸。我为自己有这样的想法而震惊，然而震惊并没有持续太久。

独自在家的时间渐渐地多了。很多时候我不想见任何人，也不去找妈妈和外公，不打电话。我和爱我的人们保持距离，相信可以通过电影刻画人的灵魂深处。当时的我不知道，这样的傲慢带给他们多少失落。

外公打来电话是下午三点。我还没起床。

"喂？"

"还在睡觉吗？我到你家门口了。"

那是十一月，外面下着雨。挂断电话，我看了看手机，从早晨八点开始，共有五个未接电话，都是外公打来的。我不知道他是从什么时候开始等在外面的。

外公的土黄色贝雷帽湿漉漉的，鼻子和耳朵都红了。

"一层住多少人？"

外公经过走廊，看着两侧的房门，啧啧咂嘴。进了房间，我抽出书桌、椅子，拉到外公面前。

"不用椅子，我喜欢坐地板。"

我也坐在地板上。外公说女人屁股不能挨到凉地板，大声嚷嚷着让我坐椅子。

"外公，这里说话要小声才行，隔音不太好。"

"胡说八道。"

外公好像来看望病人，带来一箱维生素饮料。我拿出一瓶，递给外公。

"我不需要这种东西，你自己喝吧。你总说忙啊忙啊，我来看看你究竟有多忙，也想知道你过得怎么样。没什么特别的嘛。女孩子衣服这么少，怎么交到男朋友？"

"如果您打算说这些，还是走吧。"

那是外公第一次来我首尔的自炊房[1]。属于外公的位置是我们家的沙发或外公房间的电热毯。此时此刻，外公尴尬地坐在我的空间里。他乘火车，又换乘地铁和公交车，冒雨来看我。这不像

---

1 韩国的可以自己做饭的出租屋。——编注

外公的风格。即使我邀请，外公也不会奋不顾身地赶来。外公不是这样的人。

"不像外公的风格"，我在这篇文章里多次写到这句话。现在，我觉得自己心目中的外公可能只是他的局部。即使按照物理时间计算，我也只了解他人生的五分之三。

外公终究只是暂时走进我房间的客人而已。束手无策地在路上淋雨的老人，他人眼里什么都不是的人，失败者中的失败者，一位陌生的老人。此时此刻，他就坐在我的面前，顾左右而言他。

妈妈上班，外公就代替妈妈背着我，抚养我长大。在他的照顾下，我的骨肉渐渐成熟，血液流转。有人说孝道只是意识形态，然而我对外公还有种负债感。无论在物质上，还是在精神方面，我都没为他做过什么。也许是这个缘故，我才更想疏远他。

外公缓缓从口袋里掏出什么东西，递给了我。一个还没撕开的信封。

"祥子，祥子又给我们写信了。"

外公从口袋里掏出了另一个信封，自豪地拿出装在里面的小册子和拍立得照片，以及信纸。覆膜的天蓝色小册子的最前页，两个身穿白大褂的女人和一个男人在笑。中间的中年女人像院长，两边的男女看起来有二十多岁。那个年轻的女人就是祥子。脸颊上的婴儿肥消失了，头发和眉毛染成了褐色。脸上涂了过多的腮红，整个脸看起来都是粉红色。祥子的眼睛和嘴巴都笑得很夸张。

拍立得照片上的祥子抱着黑色的猫，它只有脚是白色的。猫闭着眼睛，身体完全倚靠着祥子的胳膊。这张照片里的祥子也在大笑，露出了牙齿。

"祥子在故乡成了理疗师。她说那是一家很好的医院。如果我去的话，还会给我优惠呢。"

"你就为了这件事来的吗？打个电话就行了。"

"没什么，就这么来了。"

又是沉默。外公从口袋里掏出烟，点着，注视着烟头。

"现在谁还在房间里抽烟？如果房东知道了，我会被赶出去的。"

外公没有屈服于我的话，接连抽了第二支、第三支。我想发几句牢骚，但是没有说，假装去看小册子里的祥子。我不知道该说什么、怎么说，也不知道外公的沉默意味着什么。

"你呀，这是我第一次说这样的话。"

"……"

"我没想到你会成为这么厉害的人。你去首尔学习，还当了电影导演，再辛苦都不找家人帮忙，凭自己的本事生活。什么事情都不放在眼里，按照自己想要的方式生活。在我看来，这样的生活很酷。"

外公在咖啡罐里掐灭烟头，怔怔地望着我，好像在极力掩饰对我的怜悯。外公不擅长掩饰情绪，内心的想法直接写在脸上。外公知道我陷入了泥潭，知道谁都不认可我的人生，他想以这样的方式安慰我。我无言以对，看着小册子说：

"她不是说过化了妆就像歌舞伎吗？"

"漂亮就行了。歌舞伎也好，京剧也罢，自己喜欢就行。"

说完，外公站起身来。

"怎么了，这就要走吗？"

"我来就是为了说这句话。你这么忙，我不想浪费你的时间。"

外公知道我根本就不忙，所以才会出其不意地来看我。他确信下午三点我会在家。我没能拦住外公，跟着他出了门。

唯一的雨伞撑不开了，急性子的外公已经走远。每次按下按钮，雨伞就会自动撑开，然而这次按钮没有用，手动也打不开。豆大的雨点落下来。这样的天气，外公竟然连雨伞都不带，我很生气。胡同尽头有家便利店，可我又没钱买雨伞。

外公快步走了一会儿，回过头来，冲我挥手，莫名其妙地笑了。我拿着出了故障的雨伞，朝他跑去。我强忍泪水，告诉自己千万不能在他面前流泪。我把雨伞递给了他。

"不需要。雨下得也不是很大。哎呀，你哭什么？"

我又从外公那里抢过雨伞，吭哧吭哧地想要撑开。

"这伞，打不开了。上次还好好的，需要的时候偏偏这样。"

"眼泪都掉下来了，给我。"

外公碰了碰雨伞，原本纹丝不动的雨伞架竟然舒展开来。外公呵呵笑着给我撑起了雨伞。我让他打着伞走，可怎么说他都不听。雨越下越大。我说送到车站，外公说不用，他就这样走。外公说这话时眼睛红了，仿佛在说"我要哭了，请放我离开"。我放开外公的手。他头也不回，径直向前走去。

那么任性冲动又心软的怪人。我奇怪的外公。那个一塌糊涂的人。我撑着外公给我撑开的雨伞，注视着他的背影，直至消失。

27

写给素侑：

你过得好吗？也许你已经忘记我了，可我还是写信给你。你来我家之前，我听荷娜说过她在纽约见到了你。那时候我知道了你的电子邮箱，但是写了又删，删了又写，反复好几次，最终还是没有发送。

简单说吧，那时我生病了。你可以理解为这是借口，不过这是真的，所以我才这样说。从我第一次见到你的时候就出现了征兆，高考之前也在生病。那时候，我给你写信说了很多事，不乏夸张的成分，不过都是真的。

你问过我为什么没去东京。是的，我比谁都渴望去东京。我以为去东京更容易死。因为在家里，爷爷和姑姑轮流监视我，看我是不是企图自杀。有一次被爷爷发现，我活了下来。爷爷算是我的救命恩人。但当时，我对爷爷只有恨。

爷爷对我说："世界上有很多人想活却活不成，你为什么会有如此奢侈的想法？难道不应该让心灵变得强大吗？"还说什么武士道精神。好像他们都不知道，抑郁症也需要治疗。那时候我的病情更加恶化了。

我没去东京并不是因为爷爷。不是爷爷需要我，而是我需要爷爷。如果我去了东京，也许真的会结束自己的生命，我很害怕。当我在家里尝试自杀的时候，也许在心灵深处想着会有人救我。我害怕了，于是留在了家乡。无论从哪个意义上说，我都依赖爷爷和姑姑。

大部分时间，我很无力。偶尔清醒的时候，我感觉自己的精神就像用燃料燃烧的火焰。我对包括自己在内的全世界感到愤怒。愤怒过后，我的身体和精神都破碎如灰烬。这样的过程反反复复。人们都说十九岁、二十岁、二十一岁是美丽的年华，然而我只记得自己每天都想死。

我隐约记得你来我们家那天的情景。那时我刚刚开始接受药物治疗，我记得见到你很开心（如果是狗的话，也许会尿出来），也记得我给你看我的素描本，和你挽着胳膊，还对你说了不友好的话。我吃了药，处于迷糊状态，即使你把我推开，我也面无表情。你夺门而出，我也没有想过追出去。我以为你只是逗我玩，很快就会回来。我在廊台上睡了会儿，醒来的时候，太阳已经落山了。我这才知道我对你做了什么，悔意蔓延。我彻底失去了你。

我不期待你能原谅我。你可以骂我，写这封信只是为了让自己心里舒服。事实也的确如此。我希望自己的心情能轻松些。我会经常写信给你的。

祥子

直到天亮，我依然难以入睡。我一动不动地坐在椅子上，怔怔地望着窗外的风景从黑色变成深蓝，再到亮黄。看到中学生背着书包上学的时候，妈妈打来了电话。妈妈的声音压得很低。

"昨天外公去找你了？"

"嗯。"

"你是有脑子还是没脑子？"

"……"

"八十岁的老人冒着雨去首尔，你不但没想留外公住一夜，连顿饭都不做，就让外公空着肚子回来了？"

说到这里，妈妈嘘了口气。手机那端传来外公的声音："我自己想回来！我只想去看她一眼，你为什么要训孩子？"

"这有什么难的吗？你做了多么了不起的事，要把老人逼到坐在冰冷的地板上？就算再不懂事也不能这样。"

我什么也说不出来，只是听妈妈说话。透过妈妈不平静的语气，我感觉妈妈不只是因为我的错误处事方式而愤怒。妈妈冲我发火，也是向外公示威。

外公好像对生病感到羞耻。

对于衰老，外公也不愿轻易接受。他似乎认为生病的老人不够帅。"病这东西，竟然想着操纵和摧毁我吗"，而事实正如此演变，外公似乎无法忍受。那是仅凭坚强和固执无法对抗的疾病。

那时候，我在有很多知道我拍电影的人聚会的酒桌上，抱怨自己写不出东西。当我坐在书桌前，点击娱乐报道消磨时间的时候，外公已经在医院接受了两年的治疗。那天来自炊房看我时，也在接受治疗。

外公偶尔打来电话，我要么不接，要么心不在焉。外公一直在那里。无论发生什么事，他理所当然地就在那里。他只觉得我的情况应该会渐渐变好，找到属于自己的位置，过上体面的生活，对于他的健康从不多说，还说自己年纪大了，反而不容易感冒。

外公出院那天，妈妈打电话让我暂时放下工作，回家看看外公。妈妈说："你不是要赚钱吗？我不会少了你的报酬。"妈妈似乎确信，如果不给钱，我就不会回去。可我已经走出太远，无力指责妈妈的不相信。

外公坐在沙发上，呆呆地看着棒球比赛。看见我进来，也只是面带微笑，仍然纹丝不动。瘦削的身体，戴着去自炊房那天戴过的土黄色贝雷帽。人造革红沙发，挨着外公后脑勺的部位外层已经剥落，露出黑色的内皮。

我坐在外公身旁看棒球比赛，尽管我连比赛规则都不清楚。大腿粗壮的击球手即将击球的瞬间，外公跺着脚，屁股动来动去。

"没意思，看别的吧。"

"马上就完了，看看结果。"

我从外公手里夺过遥控器，换了频道。

"吵死了！给我遥控器，让我看完。"

"我拿过遥控器吗？从来都是外公想看什么，我就跟着看什么。"

外公试图抢夺遥控器，无奈手上没有力气。外公的表情看上去是在用力，但最终也没能从我手里夺走遥控器。我换了时尚频道，看化妆讲座。主题是"诱惑男人的眼妆"。外公慢慢地走到电视跟前，拔掉了电源。

"如果你不想看棒球，那就关掉吧。"

"你要固执到什么时候？你怎么从来不替别人着想？只要自己舒服就行了吗？"

外公回到沙发前，低头坐下了。

"之前为什么不告诉我？"

"真该死,废话。"

"你痛快了吗,结果变成这样?"

外公抬起头,看着我的脸。

"我真的以为没什么。"

我想说点什么,却连下巴都动不了。仿佛只要动动下巴开口说话,眼泪就会掉下来。我这才看清外公瘦削的脸。我知道他的身体日渐消瘦,皮肤也在渐渐变黄。我以为那是自然老化的过程,只是他的老化来得稍微快了点儿。我对自己那么敏感,却对外公的情况如此迟钝。

外公摘下贝雷帽,放在膝盖上。稀疏的白发被帽子压顺了。外公像对恋人告别的男人似的辩解道:

"真的。要是知道这么严重,早就告诉你了,也会经常见面。"

外公艰难地笑了。

"如果告诉你了,你会经常来看我吗?"

我没有回答,而是紧紧抱住外公的头。他的头顶散发出发油的气味。

外公又度过了六十五个夜晚,然后就长眠了。

那六十五天是我最清醒的日子。

仿佛存在着看不见的法律,我们三个人并排睡在卧室里。外公睡在衣柜那边,妈妈在门口,我睡在中间。我们熄了灯,看着天花板聊天。从来不曾说出口的话、原以为没必要说的话,我们都鼓起勇气说了出来,像初相识,又像刚刚学会说话。

起先是外公和我,随后是我和妈妈之间对话。

"床头柜抽屉里,祥子的信放哪儿了?"

"那个?当然扔掉了。"

"为什么?"

"难过。"

"外公为什么那么喜欢她啊?"

"漂亮啊,又爱笑。"

"爸爸从来都没说过我漂亮,我嫉妒了。"

妈妈插嘴道。

几天后,外公和妈妈才隔着我开始说话。

"爸爸,您一个人生活了四十年吧。"

"是啊。"

"为什么呢,爸爸?"

"……那你为什么在李女婿走后不跟别的男人交往啊?"

"您真是没眼力见儿,我交往过很多男人。"

"以后不要光交往,也试试一起生活。"

外公即将去世是确定的事实,却又似乎成了对我们三个人有利的毒药。不过,毒就是毒。渐渐地,外公服用吗啡越来越频繁,吃什么都吐,甚至干脆吃不下去。罐装流食也无济于事。

我想和外公聊天,哪怕关掉电视一两个小时也好,互相看看彼此的脸。外公一辈子都很木讷,从来不会说好话,竟然只是因为腼腆。我想起外公临终之前终于战胜腼腆,跟我说这种事的情景。在他出生的时代,人们认为用语言表达感情不像男人的行为,会受人蔑视。偶尔也会有爱的痕迹不受控制地显露出来。

妈妈和我陪伴外公度过了生命的最后瞬间。仅凭这点,我就大致宽恕了妈妈。葬礼之后，我们的关系变得更好，可以进行日常对话了。

很长时间里，我都不肯原谅妈妈。妈妈生下我就出去工作，像外界传得沸沸扬扬的谣言一样，她似乎只想急着掩盖爸爸的死亡。后来我觉得是妈妈夺走了我哀悼爸爸的机会。下雨天，我穿过带着雨伞来接孩子的家长群，独自冒雨回家，脖子上挂着家门钥匙，在小区里转来转去，然后走进不想回的家。妈妈睡觉时总是锁上房门，连句常见的唠叨都没有。妈妈就是这样冷淡的人。

外公临终前三个多小时，妈妈预约了殡仪馆，还把办丧事要用的洗漱用具放进包里。外公的呼吸越来越急促。我握住了妈妈的手。她的手又硬又凉，好像全无水分。

外公一停止呼吸，妈妈立刻就给医院打电话叫来了救护车。她的声音有点儿颤抖，但也仅此而已。当我趴在外公单薄的身体上哭泣的时候，妈妈只是后退一步，站在那里注视着外公和我。妈妈没有哭，眼角连泪珠也没有。

在葬礼上，母亲一边招待客人，一边拣花生、鱿鱼脯吃，一边聊着家常，谈笑自如。人们在洗手间里窃窃私语："你看素侑妈妈多狠，唯一的子女这么无情，死去的老人真可怜。""要是有个儿子，也不至于这么寒酸。"

那些人对妈妈一无所知，只看表面就给妈妈定了"罪"。我对他们的反感从心底上涌。那一刻，我对自己感到陌生。我竟然没有站在那些人的立场上审视妈妈。一次次压抑悲伤，最后忘了该怎样悲伤，妈妈就是这样的人。面对共度一生的父亲的死亡也不敢尽情流泪的人，哭过吐过不知道清洗的人，手脚冰凉、头痛，因为看不见的症状而痛苦的人，这就是妈妈。

坐在开往墓地的公共汽车上，我握着妈妈很难变暖的冰冷的手。妈妈冷冷地看着我浮肿的脸。妈妈的白眼珠白得甚至泛着蓝光。

"我想哭。"

这样说着，妈妈却艰难地笑了。没有扎好的头发散落开来。我从口袋里拿出发夹，固定好妈妈散下的头发。

"你也觉得妈妈很奇怪吧？"

我摇头，又点了点头。

"嗯。妈妈真是个奇怪的人。"

当我对妈妈积攒的情绪未能释放的时候，我不会这样说。妈妈轻轻笑了笑，靠在我肩上睡着了。

外公的衣服整理了大概四箱，捐赠给了附近的美丽商店[1]。破洞的袜子、薄得不能再薄的内衣、油乎乎的塑料梳子、鞋底破了的运动鞋、变白的皮鞋、快要用完的沐浴露，全部装进二十升的袋子里扔掉了。妈妈毫不迟疑地把外公收集的上世纪八九十年代的职业棒球报道剪贴本扔进袋子。看报纸用的老花镜和假牙全部装好，准备放进骨灰堂的抽屉。平时戴的土黄色贝雷帽、夏天的礼帽、厚毛毡布做的藏青色礼帽则放到我的房间。

妈妈让我挑选三张照片放在骨灰堂。我选了外公在阳光灿烂的房间里抱着婴儿时期的我的照片，还有妈妈初中毕业典礼上外

---

1 Beautifulstore，韩国的一个以接收旧衣物捐赠，再回收利用为主营业务的慈善超市。——编注

公和妈妈保持着距离的合照。照片上的妈妈和外公，甚至没有捧着常见的花束，只是双手放在前面，站在相机前。

　　妈妈、我和外公，三个人的合影只有一张。

　　我们三个人尴尬地坐着，面前放着半个西瓜。外公坐在中间，嘴巴紧闭，带着浅浅的笑容。我一只手拿着西瓜，另一只手比画着"V"字，笑得很不自然。妈妈拿着刀，面无表情地看着相机。拍照的人是祥子。

　　妈妈和外公不喜欢拍照。妈妈说照片上自己的脸看着过于僵硬，外公说老头子拍什么照片。妈妈似乎认为笑着的自己才真实，而外公认为年轻时的样子才是真实的自己。尽管如此，祥子还是追着要拍照，妈妈和外公不得不拍。

　　祥子寄信给外公的时候也寄来了这张照片。还有一张照片，我和祥子稍微拉开距离站在河边。戴隐形眼镜之前的我戴着厚厚的眼镜，祥子面带端庄的微笑。那时我感觉祥子比我成熟很多，然而照片上微笑的祥子却像个小孩子。

　　黄色的橡皮筋捆起祥子寄来的照片，保存在鞋盒底层。妈妈在客厅里铺上报纸剥葱，外公和我在阳台上晾衣服，外公和妈妈坐在沙发上尴尬地笑。外公戴着贝雷帽坐在河边长椅上，用羽毛球拍赶苍蝇。

　　我问妈妈，祥子知不知道外公生病的事。妈妈说她不知道外公和祥子之间的通信内容。外公的遗物里也没发现祥子的信。外公好像清理了剪贴本和照片之外的全部记录。据我所知，外公与病魔做斗争的最后日子里，祥子没有寄信给外公。

　　"三十年了，爸爸整天就待在家里。"

妈妈摸着被外公的后脑勺磨得露出内皮的沙发说。

"你相信吗？就和你的年龄一样。"

妈妈指着阳台角落里的橡皮树。

"跟那个花盆没什么两样。你不知道它有多压抑我的心情。"

十岁的时候，外公就在店里当店员了。正值在父母膝下撒娇的年龄，外公却拨打算盘，帮忙照看他舅舅的店铺。听说这是外公的祖父决定的，说舅舅没有儿子，外公在店里站稳脚跟有好处。直到五十岁，直到那家店倒闭，外公一天都没间断过工作，除了战争爆发。外公五十岁那年不得不把店铺处理掉。外公向妈妈坦言，这是因为自己犯了小错误。

妈妈说，外公好像被身边的人骗了。几十年来她一直追问原因，外公都不回答，只是不愿意与人交往。

"想起小时候，我没有关于爸爸的记忆。因为爸爸只在我们睡觉的时候才回家，甚至是最后处理店铺的那段时间，爸爸也没待在家里。真正需要他的时候不在，到了我独立的时候，他突然不出门了。"

婆家人曾经严厉地斥责妈妈："我们的宝贝儿子为什么要赡养他的岳父？老人家身体好好的，为什么不出去做事？"然而我的爸爸接受了外公，说外公该受教育的时候没能受教育，该享受的时候也没能享受。爸爸那么讨厌香烟，而外公抽烟的时候连窗户都不开，整天坐在沙发上无所事事。但爸爸认为这情有可原。

关于早早去世的爸爸，外公常常跟我说他的好话。比如长得帅，带出去说是自己的女婿很有面子；天生会说话，在饭桌上总是微笑，体贴温和；妈妈和外公过生日从不忘记送小礼物；

等等。

结婚四年，妈妈失去了温柔多情的丈夫，陪着固执的老人和爱哭的小女儿生活到现在。我抚摸着外公的假牙说：

"外公来首尔自炊房那天。"

"嗯。"

"你知道他跟我说了什么吗？"

"说什么了？"

"他说我这样的生活很酷，因为我做的是自己想做的事，所以很酷。奇怪的是从那以后，我就在心里彻底放下了拍电影这件事。"

"彻底放下了？"

"现在我打算放弃了，妈妈。"

妈妈没问原因。我们默默地整理外公的遗物。妈妈问我继续在首尔生活，还是打算回故乡。我说不管是在首尔还是在故乡，都不会和妈妈一起生活。现在妈妈也该恢复自由了，男朋友也好，朋友也罢，可以邀请来家里玩，也不用惦记别人吃没吃饭，一个人自由自在。

"妈妈，您比任何人都希望过上自己的生活，不是吗？"

"……谢谢。"

妈妈递给我一沓包在报纸里的钱。

"这是外公的全部遗产。"

"为什么要给我……"

"别这样，拿着吧。外公说了，一定要交给你。"

妈妈把钱放进包里，让我顺路去银行存起来。妈妈说，她本来也可以直接存到我的账户，但还是想让我看看外公一分两分攒起来的纸币。攒了那么久，压在下面的是旧版纸币。

走出妈妈的家，我习惯性地把手伸进信箱。指尖碰到了信封。黄色信封的寄件人位置写的是日语，收信人的位置写着英语。收件人是"Mr Kim"。我偷偷地把信放进口袋，在长途汽车上撕开了信封。祥子小而尖的字迹映入眼帘，可我什么都看不懂。是封竖排信，只有一页。我用手机拍下来，发给懂日语的剧本作家R。

"这是我外公收到的信。我想知道是什么意思。"

R给我发送了MMS信息：

金先生：

　　昨天我去了爷爷的疗养院。医院西边的背阴处，也有玉兰花灿烂地绽放。一位因为严重颈椎病做手术的患者，今天发短信说终于可以自己换衣服了。还有一个患有退行性腰椎间盘突出症的十六岁女孩，电疗结束后对我说，好羡慕你没有生病。尽管我没做什么对不起她的事，却莫名地感到歉疚，于是我对她说抱歉。

　　金先生，您让我以后不要再给您写信了。您说不用等我的信，这样心情更轻松。不写信之后，我却总是有很多话想对您说。每当这时我就会感到内疚。说说笑笑，工作，吃美食的时候，我也感到内疚。

　　感谢您。祝您身体健康。

祥子

我按信封上的地址写了很短的回信：

祥子：

　　外公去世了。四月五日晚上七点左右。外公与病魔抗争了两年，过去这两个月病情急剧恶化。你也算是和外公联系到最后的朋友。你在外公心中很特别，他应该盼着你能来看他。你随口说的会来韩国，一定会再见面，他当成了真心话。现在我连这样手写书信都觉得麻烦，以后有事需要联系的时候，可以发邮件，或者用skype通话。

素侑

　　我用力地写下电子邮件和skype用户名，通过特快专递寄走。在首尔的自炊房里，我不顾任何人的目光，哭了两天。我想起几个月前还在那边衣架下抽烟的外公。随着时间的流逝，再也见不到外公的事实变得更清晰了。这个事实越清晰，反而越感觉不像真的。

　　我三十岁了。所谓的经历，只有人文大学的毕业证和两部执导的电影短片。英语阅读和会话对我来说不是很难，然而我没有能够证明英语水平的资格证和成绩单，甚至没有实习经历。如果想写志愿书，至少要有英语成绩，于是我翻开大学时看过的托福书。整理语法，每天背诵一百个单词。于是，我的心情像针织似的得到整理，很容易就能集中精力了。简单地专注于背诵，杂念渐渐消失。

　　写剧本的时候，我隔三岔五就会大哭一场。有时写得很顺利，感觉可以继续，然而第二天又删除前一天写的内容，陷入恐惧，担心自己什么也写不出来。人们都说要坚持写下去。我至少坚持写了五年，写作能力却没有得到提升。哪怕写一辈子，恐怕也只是编造些毫无意义的场景。这样的恐惧让我的肌肉变得僵硬。

我不是个有创意的人，更不是积极主动的人，反而适合填鸭式的教育，认清这点没有花费太多时间。我在如此令人厌恶的传统教育中感到无比轻松。每天背着单词，也不忘去招聘网站找工作。

清晨睁开眼睛，我觉得人其实什么也不是，甚至连我们脚踏的坚固土地也像不完整地漂浮在流动地幔上的木板。双脚踏在这样的不确定之上的人，竟然以为自己可以计划未来。

祥子在凌晨一点打来了电话。

我在床上背英语单词，背着背着就睡着了。对方的 ID 是 Teresa。我起身接起电话。

"喂？"

电话那头传来收音机的声音。对方很久没有说话。

"说话呀，祥子。"

祥子声音很低，缓缓地开口说道：

"金先生的消息，我很遗憾。"

她的声音低沉，像是感冒了。

"我没能遵守约定，对不起。不过我不能去。"

"为什么？"

"金先生不想让我看到他生病的样子。"

起先我不太理解祥子说的是什么意思。我也没想到她知道外公生病的事。

"你知道外公生病了吗？"

"嗯，只有你不知道。"

嗯，我不知道，除了我，所有人都知道。祥子，你算什么？我哽咽了。

"很抱歉，我骗了你。不过，我和金先生有约在先。"

我还没来得及回答，祥子接着说现在要来韩国看我和外公。我说知道了，但现在我没心情见你。祥子和外公分享着我不知道的秘密，这让我很嫉妒，同时我也为祥子不和我联系而心生厌恶。对在日本见到的祥子的反感、对自己不稳定的处境所持的防范心理，这些情绪汇聚起来，让我的心变得冰冷而僵硬。

"我不会见你的。"

祥子说，如果我愿意，这可以说是最后一次。她说有礼物要送给我。

"金先生写给我的信有两百来封，我想这些信对你和你的家人好像更有意义。我很想见到你，把那些信交给你。"

我哽咽着点了点头。

祥子说她住在明洞的宾馆里。我让她来我们社区的咖啡厅。我比约定时间提前二十分钟到达，祥子已经坐在那里了。跟小册子里看到的差不多的浓妆，一头金色长发，还贴了假睫毛，身上穿着亮闪材质的卡其色风衣和白色的牛津短靴。

我对祥子怀着负面情绪，连礼节性的笑容都没有。我的视线投向她闪闪发光的金色指甲。祥子说她在明洞吃了刀削面，还去了美甲店，做了按摩。首尔这个地方和我的故乡 K 郡截然不同。

"每次想到韩国，我就会想起 K 郡宁静的氛围、骑着踏板摩托车的中年女子、雨后春笋般冒出青草的河边和蜉蝣。"

祥子的话被我当成了耳边风。我伸出手，示意她把外公的信给我。祥子用一只手抓住我的手，另一只手也伸过来，双手握住了我的手。祥子满面笑容地注视着我说，她对外公的事感到遗憾。她的手势和表情让我得到安慰，然而这个事实又让我深感困惑。

我想起去日本时因为祥子我察觉到自己的优越感。那时我确信我的人生比她的人生更好，祥子只能宅在家里，哪儿都去不了，对此我很失望。我还记得当时祥子像丢了魂儿似的靠着我，挽着我的胳膊，莫名地让我毛骨悚然。那时看到祥子生病的爷爷，我为自己的外公身体健康而庆幸。

我没能看到祥子的愁容。

"给你。"

祥子拿出两个塑料购物袋。

"这是金先生的信。"

我伸手从购物袋里拿出一封信。字写得很潦草。竖排信纸上夹杂着汉字、平假名、片假名和数字。信纸角落里有两只头圆嘴尖的麻雀，像伸懒腰似的展翅而笑。画得不精致，只是随手画的写生画，却如实传达出鸟儿们的喜悦。

外公沙发旁的桌子上总是放着烟灰缸、电话和记事本。记事本是打电话时做记录用的，却更接近于外公的涂鸦本。外公画图形、人脸、树木、动物，以及各种奇怪的图案，以此消磨时间，然后借口打扫卫生，把自己画的东西全部扔进垃圾桶。

看到我盯着画，祥子开口说道：

"金先生说他想成为画家。"

我从来没听外公说过这样的话。

"他说想成为画家，一边周游全国，一边画画，但是十岁那年……"

"外公开始在舅舅的店铺里工作。"

"对。"

我抽出另一封信。信上画着象宝宝和象妈妈用长鼻子嬉戏的图案。

"他很清楚我的情况，就像一位不用看就能为病人治病的医生。"

"是吗？"

我把手里的信纸递给祥子。祥子用英语逐行翻译给我听：

"今天走在河边，我看见一个年轻男人躺在背阴处睡觉，大概有三十岁吧。下巴和脸上稀稀拉拉地长着胡子，可能很久没刮了。我停下脚步，蹲在那个男人旁边，打量他的脸。"

漫步河边打发时间的外公仿佛触手可及。走在路上或坐公共汽车的时候，外公总是看别人的脸。我经常发火说，拜托，不要那样盯着别人看。

祥子递给我装在另一个购物袋里的信。

"这是金先生与病魔做斗争时写的信。"

我抽出一封信，打开。信纸角落里画着画，一只耳朵又大又长的狗吐着舌头，耳朵动来动去地向前跑。祥子拿起这封信，翻译道：

"今天我吃了章鱼粥，这是我喜欢的食物。看起来就像有人吃完又吐出来似的，散发出令人作呕的气味，好不容易才吃下去。女儿对我说，'爸爸，一定要吃'，像个严厉的妈妈。女儿生气了，问我是不是想饿死。看在女儿的面子上我也要吃下去，一边吐，一边吃。"

为什么外公从来没跟我提过这件事呢？

"外公写过我的事吗？"

祥子用吸管搅拌着美式冰咖啡，笑了笑。

"金先生很开心你长得像他。我们重新开始通信的时候，金先生对你别提有多骄傲了。他说他还参加了电影节，看你拍的电影。"

我没有邀请外公参加电影节。我觉得外公八十岁了，没必要为这个特意来首尔。我得到的票早就分给我希望得到认可的电影圈人士了。我也没问外公想不想参加试映会。外公缠着我要看，纠缠了很长时间，我才给他播放了存在笔记本电脑里的电影。一部十五分钟的短片，讲述失去家园的少女在空荡荡的烂尾公寓里生活，最后变成了老鼠的故事。

电影理所当然地受到了差评。因为善恶界限太明显，隐喻太直白，不够成熟。外公没做任何评价，只是不停地问我，从哪儿来的构思，真的见过失去家园的人吗，甚至还问人是不是真的会变成老鼠，拍摄这个少女的视线是谁的。这些令人不悦同时也很难听到的话，我似乎在千方百计地回避。

外公是我唯一的观众。

祥子用牙咬着吸管，说道：

"有件事我没告诉金先生。"

"……"

"后来我不是又开始写信了吗？那天是我爷爷去世六个月的日子。我大概花了六个月的时间调整心态。收到我的信，金先生回信了，说他正在治病，在门诊接受治疗。我没能坦率地告诉金先生我爷爷去世的消息。"

我想起祥子的爷爷。老人听着祥子说难听的话却沉默不语，定定地注视着紫茉莉，面红耳赤。

"我说谎了，我说爷爷的病情渐渐好转。医生本来说没有希望，但是医生的预测出现了偏差。"

祥子一边说，一边整理着散落在桌子上的外公的书信。

"好笑吧？"

"好笑。"

"素侑。"

"嗯。"

"现在我们都是一个人了。"

祥子露出礼节性的微笑，耸了耸肩膀。

那次见面后，祥子在我的自炊房住了两天。我们看了两部现在看来觉得无比差劲的短片，我的作品。祥子点了中餐，省出做饭的时间，把外公的信全部翻译给我听。她用特定的语气和语速读信，偶尔遇到不会用英语表达的单词，就用别的单词解释。我们还去了家附近的洗浴房。在那里，我看到了祥子褐色的乳头附近淡绿色的毛毛虫文身。祥子指着毛毛虫笑了。

我们还去了外公的骨灰堂。

祥子戴上外公的夏季礼帽，我戴上外公最喜欢的贝雷帽。骨灰堂里摆放着祥子给我们拍的全家福和外公坐在河边长椅上的照片。祥子的视线落在两张照片上，双手贴着骨灰堂的玻璃门，说道：

"金先生。"

说完，我们不明所以地笑了。

祥子没去我妈妈的家，也没跟我去家附近的河边。祥子说想再去看看我的母校，也没有去。

"下次再去。这样我才有理由再来这里啊。"

我送祥子去金浦机场。我们在出境大厅里第一次拥抱。身体稍微保持距离，只是用胳膊互相搂着对方的后背，这样的拥抱。

我还记得祥子走进出境大厅时的样子。我还记得祥子进入出境口的样子。我还记得祥子出示登机牌，进入自动玻璃门的面孔。那时候，祥子露出礼节性的笑容，看着我。我的心渐渐冰冷，像从前看到祥子微笑的时候。

你好，再见

一九九五年一月,我们又回到了德国。一九九二年到一九九三年,我们生活在柏林,回韩国才过了一年。我们所到的小城名叫普劳恩,五年前还属于东德地区。废弃的建筑、荒凉的公园、浑身酒味坐在电车车站里的男人……那个地方与我所了解的德国相去甚远。

那天胡叔叔邀请我们共进晚餐,妈妈拿出平时不穿的漂亮套裙,熨烫整齐,还化了华丽的妆容。妈妈解开我的马尾辫,扎成结实的迪斯科辫,穿上参加婚礼时穿的黑色天鹅绒连衣裙,也给两岁的弟弟穿上新衣服。难得化妆的妈妈,在年幼的我看来非常漂亮。妈妈反复打量建筑物的玻璃窗,检查自己的装扮。来普劳恩三个月,有人邀请去家里做客,妈妈好像感到某种愉快的紧张。

"你好。"妈妈用早已背下来的越南语问候在门口迎接我们的阮阿姨。我也跟着说"你好"。阮阿姨热情地笑了。阿姨像见到久别重逢的朋友似的欢迎我们。胡叔叔在厨房,红通通的脸上带着孩子气，我一眼就喜欢上了这位叔叔。他和爸爸是同一家公司的同事，得知我和他的儿子翠是同班同学，便邀请我们去做客。

胡叔叔做的饭菜清淡而舒服。我不知道是否可以用"舒服"来形容食物。在我看来，叔叔的手艺只能用这个词来形容。加入西红柿后用文火慢炖的肉汤、香喷喷的米饭、烤虾、炒蔬菜，还有把柠檬切成两半，撒在上面吃的咸味煎饺，味道就是如此。

吃完饭，大人们开始喝酒，我跟着翠走向书柜。"这是我从六岁开始收集的。"翠帮我选了漫画书，都是史努比系列。

"你要在那儿读吗？"翠指着沙发。羊羔皮材质的沙发柔软而蓬松。我用手背摸索着沙发，看起了漫画。史努比和糊涂塌客并排坐在狗屋顶上叽叽喳喳，看起来和翠一模一样。我在学校里见到的翠就是这样的孩子。他和所有人都相处融洽，总是活泼开朗。无论高个子、矮个子，无论性格活泼的孩子还是内向的孩子，似乎都喜欢翠。

"你和它很像，"翠指着糊涂塌客，笑着说道，"第一次见到你的时候，我以为你是'糊涂塌客'。"也许是因为我又矮又丑，他才这样说吧。看到他天真的笑容和毫无恶意的脸，我无法生气。

"冬天我见过你，在周末跳蚤市场。"

"你怎么知道是我？"

"还在公园对面见过，那里不是你的家吗？"

"那又怎样？"

我的目光重新回到漫画书。我为自己隔着家里的窗户偷看他而惭愧。我得知自己和翠同班时暗自欣喜的心情，他似乎也都知道。

现在德国的事情已经模糊不清了，犹如透过朦胧的玻璃窗看到的风景。不过想起初次去翠家的事，当时的感受依然清晰如昨。我还记得翠全家热情招待我们的事、因为受到款待而开心的妈妈、无条件被接纳的温暖，以及我们两家在相同的空间里吃过的食物和呼吸过的空气。那么多人的心如何通过好意而相连，我不得而知。如今我已长大成人，很难和他人形成有效的联结，想起当时的事情，只是感觉好神奇。

第一次在普劳恩过夏天，妈妈因为天气干燥而吃了不少苦头。白色角质像蛇鳞一样覆盖了她的四肢，她睡觉也不停地挠身体，中间要醒好几次。

"我刚来德国也是这样。韩国的夏天很潮湿吧？这里正相反，不管擦什么，还是很干燥。"

阮阿姨送给妈妈她亲手制作的身体乳。每次洗完澡后涂在身上，可以缓解瘙痒症状。因为用了阿姨送的身体乳，妈妈顺利度过了剩余的夏日。不用我们说，阿姨知道我们哪儿不便，需要找管道工或者和房东沟通的时候，阿姨也会主动站出来帮我们解决问题。最重要的是，妈妈被两岁的孩子束缚在家里孤立无援，阿姨成了妈妈唯一可以说话的朋友。她说看到妈妈就会想起独自养育翠的时光。她说，长期独自待在家里，自然而然会产生暗淡的想法，想聊天了随时可以给她打电话。

翠一家和我们家每周至少吃一顿晚饭。这次在翠家，下次在我家。初夏，白天渐长，从周六下午到周日凌晨，我们都在一起度过。一起吃饭，大人和大人玩纸牌，我们玩拼图或看漫画书。当时我不知道，现在回想起来，翠一家和我们家，除了彼此之外,都没有那么亲近的朋友。

酒喝多了,大人们会轮流唱歌。妈妈唱韩国歌,阮阿姨夫妇唱越南歌。妈妈连意思都不懂,稀里糊涂地跟着唱副歌,他们捧腹大笑。

"我和你爸爸没有共同语言。"妈妈经常这样对我说。对于彼此而言,他们两个像是透明人。吃饭的时候、看电视的时候、开车兜风的时候都是这样。他们永远也无法理解这种行为带给我怎样的伤害。

妈妈和爸爸就读于同一所大学的德语系,是相恋多年的情侣。争相蔑视对方的两个人竟也一度深爱过彼此,当时我无法理解这个事实。我每天都祈祷妈妈和爸爸可以面对面交流,可以互不嫌弃地说点儿平凡的话题,祈祷他们千万不要分开。

我喜欢和翠一家共进晚餐的时光,也是这个原因。两家人聚会的时候,妈妈和爸爸偶尔会相视而笑,也会自然而然地对翠的家人说起彼此。我见过爸爸去阳台抽烟时轻拍妈妈的肩膀,也记得妈妈大方地注视着醉酒后说说笑笑的爸爸的目光。只有我们家人的时候,这样的场面无法想象。在那之前和之后,我都从未见过妈妈那么爱笑的样子。

那时候的妈妈真的很漂亮。有一次我对妈妈这么说,妈妈说那时的事记不清楚了,不过还是谢谢我这样说。

正式进入夏天,直到晚上十点以后,空气中依然残留着微弱的光,像傍晚。光渐渐变弱,眼前的风景被蓝色笼罩,这是我喜欢的情景。夜风从客厅窗户吹进来,厨房里传出大人说说笑笑的声音。每到这个时间,翠都会紧闭着嘴巴入睡。蓝色光芒的色度越来越低，路灯一盏盏亮起。我想，有一天我会怀念这段时光。

翠和我经常跑腿买面包和牛奶。跑腿的路上，他会跑得很远，远到我看不见，然后再跑回我身边。起先我想追上他，后来知道他还会回来，就按照自己的速度走了。每当看到他跑那么远，再跑向我时的面孔，我就会笑出来。目光相对的时候，翠会把头使劲后仰，用更滑稽的姿势奔跑。

买东西回来时，我们隔着车道在两边走。如果班里同学看到我们在一起，会嘲笑我们。"糊涂塌客！"只有我俩的时候，他总是叫我"糊涂塌客"。随着时间的流逝，这个称呼越发令我兴奋。我频繁转学，还从来没有人给我取过外号。

进入翠家的胡同，我们才并排走路。这时候，翠身上散发出汗味儿，像是被阳光炙烤的硬币的味道，又像是洋葱的气味。不需要多说什么，只是这样一起走着心就会变得柔软。

翠身上没有那个年龄段的孩子特有的叛逆。学校里的事，他会一五一十地告诉阮阿姨，也会不顾他人的眼光自己唱歌或者即兴表演，逗大家发笑。我经常像对待弟弟似的跟他说话，有时也会若无其事地说出自己内心深处的故事。我觉得不管我说什么，像翠这样的小孩子都不可能理解。翠似乎并不在意我说的话。"原来是这样啊！""是这样吗？"听到他淡淡的回答，诉说之前的压抑情绪似乎有所缓解。

"我的爸爸妈妈最讨厌对方。"那天我也若无其事地笑着说道。翠停下脚步，静静地站着看我。他好像很生气。我没想到他会做出这样的反应，忽然不知道该说什么才好。

"你说这种事的时候为什么笑？"说完，翠大步向前走去。我以为他会像往常那样再回到我面前，但他没有。当时我只是有点儿不知所措，没有想太多。高中时，晚自习结束穿过操场的时候，我常常想起翠说起那句话时稚嫩的脸庞。"你说这种事的时候为什么笑？"我对他根本不了解。直到童年过去之后，我对他才有了不同的记忆。

"刚来德国的时候，"阿姨大笑着说，"太冷了，穿得再厚还是瑟瑟发抖。现在也还是这样。翠在这里出生，还没什么问题。奇怪的是，我到现在都不适应这里的冬天。第一次看到雪的时候，你不知道我有多么惊讶。太漂亮了，一边嚷嚷着'冷啊冷'，一边玩雪，手都冻僵了。"

妈妈怔怔地注视着边笑边说的阮阿姨。我还记得妈妈当时的神情有些慌张。她觉得自己应该跟着笑，却笑不出来。阿姨每次说起受苦的经历都是边说边笑很夸张，这时妈妈就会努力地陪着一起笑。

阿姨说妈妈心里充满了爱，天生就有与他人共情的能力，还说世界上应该多些像妈妈这样细心的人。她说妈妈是为了那些不堪受苦的人而生的，是代替他们承受痛苦的人。

和妈妈在一起的时候，阿姨也总是称赞妈妈。她说妈妈笑起来很漂亮，妈妈在的时候感觉房间都变得明亮了。头型圆圆的，很漂亮，脚步轻快，会打扮，门牙可爱，声音好听……阿姨毫不犹豫地说出这些话，每次妈妈都涨红了脸。经常听阿姨这么说，我也开始注意到以前不了解的妈妈的优点，并且为有这样的妈妈而自豪。阿姨和妈妈三天两头互相串门。妈妈烤熟从韩国带来的紫菜，送给喜欢吃紫菜的阿姨；阿姨做大米凉糕，送给爱吃甜食的妈妈。

在普劳恩度过的第二个冬天，我几乎每天都去翠家。我家的暖气片太旧了，家里总是冷冰冰的，而翠家暖和得让人浑身懒洋洋的。待在翠家要比在自己家里还舒服。

阮阿姨问了我很多问题，比如韩国的学校怎么样、是否满意在柏林的生活、有没有去过海边、韩国的海是什么颜色、最喜欢的德国食物是什么……阿姨的问题不同于其他的大人，不是学习好不好、怎么长这么矮、长大想做什么等等。那种真正受到关注的喜悦使我在阿姨面前喋喋不休，直到两颊绯红。

"写出你名字的汉字，好不好？"我用汉字写了名字。阿姨笑着说："我就知道是这样，你和我同姓哦。"阿姨写下"阮"字，用越南语读了出来。还有胡叔叔的"胡"字和"翠"的名字。"你很像我小时候的朋友。那个孩子也姓阮，我们是同村。"阿姨忧伤地笑了。每次说起自己喜欢的事物，阿姨就是这样的表情。看到我三岁的妹妹多妍的时候就是这样。渐渐地，这表情令我感到痛苦，仿佛阿姨的幸福和悲伤离得太近太近。

有一次，我让阿姨给我看她小时候的照片。她摇头说："都丢了，哪怕留一张也好啊。"我问怎么回事，她只是抚摸我的头。"丢失的不仅是照片。"她用很低的声音对我说。我不知道这句话究竟是什么意思，不过还是感觉到了阿姨说这话时颤抖的心情，心里竟生出几分恐惧。

翠家最难接近的地方就是书房。没有人说不许靠近，然而总是关着门,让人不敢产生进去的念头。书房门敞开那天,我像被什么吸引似的走了进去。门边有个小祭坛。

祭坛摆放在木制装饰柜上面。柱子和顶部构成了房屋状的结构,下面有五个相框,还有盛着沙子和灰烬的香炉。每个相框里都有一张黑白照片,香炉上插着几支紫色的香,有的已经燃尽,有的烧了半截。香炉旁是用纸包着的香和小小的火柴盒。我以前见过这样的香炉,不过第一次看到香炉后面放着死人的照片。我害怕得不敢正视,转过身去。

照片上的五个人像是一家人。如果我没记错的话,只有一位老人,还有个像我这么大的女孩和多妍那么大的小宝宝。我只是悄悄瞥了一眼,那些人的脸就好像贴在我的背后似的,让人心神不宁。

我想知道他们是谁,为什么被安放在翠家的祭坛里。我很好奇为什么阮阿姨和翠都不想让我看到祭坛,可是那种茫然的恐惧让我不敢跟任何人提起这件事。

学习第二次世界大战的时候,我从翠那里听到了意外的故事。当时,秋季学期即将开始。

"值得庆幸的是,'二战'以后没有发生过如此大规模杀伤的战争。"翠举手打断了老师的话:"不是的。"这是翠的第一句话。

"什么不是?"

"越南就有很多人死于战争。我的爷爷、奶奶、姑姑、姨妈、叔叔都死了。军人来了,直接杀死了他们,小孩子也不放过,村庄不见了。我听妈妈说的。"翠说。

"是的，翠说得对。越南战争你们应该没听说过，翠，你能继续说吗？"老师对翠表达自己的意见感到很满意。但翠好像是条件反射般说出了这番话，满脸通红，马上要哭的样子。他似乎想说什么，却又闭上嘴巴，垂下了头。

"翠，你再说说吧。我们大家也应该知道。"翠摇了摇头。我感觉这些情况都不合理，却不知道自己为什么会有这种情绪。这时，班长英可举起手来。"越南是通过战争战胜美国的国家。美军死了六万人，军人之外的越南人死亡人数达到两百万。我在电视上看到的，美军飞机投炸弹，还喷洒杀死树木的药物。"班长脸上浮现出自豪的微笑。我注视着翠涨得通红的小耳朵。

老师表扬班长说得很准确，然后解释了美国参加越南战争的背景和战争过程，得出的结论是这场战争是美国政府的失策之举，美国百姓在其中一无所获。我想说，翠想表达的不是这些，当着翠的面做出这样的解释，令人心痛。我想说话，可不知为什么，我记得自己当时没能开口。翠明明就在教室里，然而那个瞬间似乎被当成了一个不存在的人。我注视着他蜷缩的后背。你们根本猜不透翠的心思。我对德国孩子产生了隐隐的愤怒。

那天晚上，我们聚在翠家的餐桌旁，吃着胡叔叔做的面条和饺子。我不太记得怎样转入的这个话题。

我是个既不漂亮也没什么特长的十三岁女孩。妹妹出生后，不论我做什么，大人都会说你不要跟小孩子似的。正如大多数没有存在感的孩子，我想得到大人认可的欲望非常强烈。

正是出于这个原因，提及"日本殖民统治"这个话题的时候,我对大人们的话感到动摇。我觉得自己终于有机会说话了。关于韩国历史,我要比翠的家人了解得多,如果我表现出很懂的样子,爸爸妈妈应该很欣慰吧。

"韩国没有侵略过其他国家。"说完,我看向爸爸妈妈,寻求他们的同意。爸爸好像什么都没听见,根本不往我这边看,妈妈用目光示意我安静。"不知道汤会不会咸。"胡叔叔转移了话题。大家似乎都没在意我的话,我有些失落。"真的,我们真的没有伤害任何人。"我说。我想给别人留下韩国是友好国家的印象,也想自然而然地参与大人们的对话,以此得到称赞。我向坐在对面的爸爸投去请求认可的眼神。

"大人说话你不要插嘴,你懂什么,就敢在这里胡说八道!"爸爸用韩语大声嚷道。大家都停下筷子看我。在翠的家人面前遭到爸爸这样的训斥,我又羞又委屈,耳朵嗡嗡作响,眼里含着泪水,脸上火辣辣的。我鼓起最后的勇气,用德语说:"我在韩国是这样学的……我们对谁都没做过错事,我们从来都是受人欺负,老师是这么说的……"

"听说是韩国军人杀的。"翠说,声音很小,却足以冻结餐桌上的气氛,"他们杀死了妈妈所有的家人,外婆和还是婴儿的姨妈都被杀死了。听说妈妈的故乡还有韩国军队仇恨碑。"他的语气听起来像是在责怪我怎么可以说出那种话。我实在无法理解他在说什么。

"翠,你不要胡说。"阿姨说完,看了看我,"你不用放在心上,这件事和你没有关系。"阮阿姨的话只是另一种确认,翠说的都是事实,"真的不用在意。"阿姨的目光里夹杂着担忧,生怕我幼小的心灵会受到伤害。我永远忘不了阿姨的脸。看着她的脸，我明白了，翠说的都是真的。如果说当时我受到了伤害，那也是因为对阮阿姨受到的伤害感到歉疚。"那时你还没出生呢。"阿姨小声对我说。

"我真的不知道。"妈妈说，"阮女士经历的事情，我虽然什么都不知道，可我还是想说声对不起。对不起。"妈妈朝着胡叔叔和阮阿姨低下了头。

"这一切都是我亲眼所见。那时我和翠差不多大。"说完，胡叔叔红着眼睛，艰难地笑了，"不过，还是谢谢你们这么说。"说到这里，胡叔叔用力笑了笑。阮阿姨用越南语对胡叔叔悄悄说了些什么。我听不懂，感觉应该是抚慰心灵的话。那句话的频率使我的心也得到了安慰。

爸爸好像没听见妈妈和胡叔叔的对话，自顾喝着啤酒。

"你也说点什么吧。"妈妈用韩语对爸爸说道。

"我说什么？说我们错了吗？你为什么要说对不起？你算什么？"爸爸用韩语反驳。

"你总是这样。死也不会说对不起，绝对不会说。这有什么难的吗？如果我是阮女士，一开始就不会理咱们家。"

爸爸的胳膊伸进了搭在餐椅上的开衫。"晚饭吃得很好。"爸爸迟疑片刻，开口说道，"我哥哥也死于那场战争，那时哥哥二十岁，只是个雇佣兵。"爸爸眼睛盯着地面，似乎不想与任何人对视。

"他们杀死了婴儿和老人。"阮阿姨说道。

"那种情况下看不出谁是越南军，谁是平民百姓。"爸爸依然回避阮阿姨的视线，说道。

"刚出生一周的婴儿也像越南军吗？行动不便的老人也像越南军？"

"那是战争。"

"战争？那只是令人作呕的屠杀。"阮阿姨说。她的语气不夹杂任何感情，好像公事公办。

"所以你希望我说什么？我也失去了哥哥。这不是已经结束了吗？你觉得我们应该不停地认错，请求宽恕吗？"

"你疯了？"妈妈说。

阮阿姨从座位上站起来，慢慢地走进书房。小心翼翼的关门声。我很害怕，没能跟阿姨走进书房。妈妈抱着妹妹站起来。"真的很抱歉。"妈妈冲胡叔叔低下了头，"翠，对不起。"说完，妈妈就出去了。我拿着尿不湿包和开衫，跟着妈妈出去。

"那只是令人作呕的屠杀。"躺下准备睡觉的时候，阮阿姨没有丝毫笑容的面孔浮现在我眼前。这样说的时候，阿姨和我们身处不同的地方。阿姨被驱赶到我无论如何也想象不到的场所和时间。她的话并非试图说服爸爸，也不是为了保护自己。她不是跟爸爸说这句话，而是对经历过这件事后艰难活到现在的自己说的，更像是对自己的苦笑。她甚至没有对爸爸的态度表现出失望。反正你们也不会理解。在那个晚上，这种心情把阿姨和我们安全地分离开来。这是大人的普遍选择，不想互相厌恶，也不想让彼此受到更多的伤害。

妈妈努力恢复和翠一家的关系。十三岁的我也预感到我们和翠一家无法回到从前了，然而妈妈的想法却不一样。妈妈几次带着我和妹妹去找阮阿姨，表面看来什么都没有变。阿姨拿出茶和零食给我们，我们还像从前那样闲聊。可是不知道为什么，我感觉阿姨只是在熬时间。妈妈似乎想克服尴尬气氛，说话也比平时多了。这时，妈妈不准确的德语常常支离破碎，而慌里慌张的妈妈说出的话表达不出任何含义。彼此无法连接的单词浮在空中，时态、性别、数字不一致的句子就像刻意编造的幽默。听着妈妈的话，阿姨显得有些疲惫。尽管阿姨极力掩饰自己的情绪，但她的表情还是不难察觉。

换上冬季外套的时候，妈妈不再去找阿姨了，也不再谈起阿姨的事。以前和翠家共同度过的周六晚餐时间，我们家人尴尬地坐着看电视。那时白天变短，六点天就黑了，八点刚到我就要回房间。辗转难眠的夜晚。我静静地躺着，听妈妈挪动餐椅的声音，像窃窃私语似的给某个韩国人打电话的声音。凌晨去卫生间，我看见妈妈坐在餐椅上发呆，注视着墙壁。她不知道我从房间里出来，专心致志地思考着什么，看到我后吓了一跳，然后又颤抖着眼角，用力挤出笑容，像要我放心似的。

妈妈把用了一半的口红和粉底扔进垃圾桶，把自己喜欢的套裙和连衣裙扔进衣物回收箱。以前每到星期天，妈妈无论如何都要收拾东西出门，去附近的树林、跳蚤市场或花市。现在却面朝墙壁躺在妹妹的房间里。以前妈妈会指责爸爸的言行举止，跟爸爸吵架或者反驳爸爸的话，现在却只是沉默。现在妈妈会暴饮暴食，织东西织到指尖通红。

那时，我趁妈妈熟睡翻过妹妹房间的垃圾桶，里面扔着被撕碎的照片。妈妈抱着还是婴儿的我，爸爸在旁边微笑的照片；我摸着妈妈即将临盆的肚子的照片……照片被撕成很小很小的碎片，胶带也无法黏合。我静静地注视着躺在多妍身边熟睡的妈妈。妈妈仿佛离我很远，而且还会走得更远。我好害怕。

　　妈妈给了我一个正方形的礼盒。这是给翠家的礼物，妈妈让我转交给翠。我把盒子放在厨房的窗台上。礼盒用绿色和黄色的格纹纸包装，装饰着红色的彩带。

　　本来就不多的家具搬走了，大部分生活用品也都寄走了，我们就像偷偷闯入空房子的人。我们在地上铺报纸吃三明治，夜里钻进睡袋睡觉。这两年我长高了很多，在德国穿的衣服都扔进了回收箱。我没有继续留在德国的想法，也不想回韩国。再过一个月，我就要回到韩国，成为一名中学生了。我无法想象头发剪到耳朵以下三厘米那么短，身穿校服，早会时间列队站在操场上的自己。这分明是令人害怕的变化，但比起恐惧，当时我的感受更接近于绝望。

　　那天下了很大的雪。公园里的雪来不及融化、结冰，就又被新的积雪覆盖。人们走着清理过的公园小路。我坐在装满衣物的旅行箱上，注视着外面的风景。第一次见到翠，应该就是通过这扇窗户吧。想起他淘气地跑着"之"字形的样子，我忍不住鼻尖发酸。太阳快要下山了，公园里的积雪泛着微微的蓝光。

　　这时，窗外出现了一个身穿黑色羽绒服、留着长刘海儿的男孩。他大步流星地走着。看不清脸，但我知道他一定带着调皮的笑容。男孩转过身，抬头看了看我，伸出胳膊挥手。是翠。我拿着妈妈给我的礼盒下到一楼,走过马路。

翠驻足的地方只有他的脚印。我在那里站了好一会儿,四处张望。不知站了多久,我看见翠慌慌张张地从远处跑来。他来到我面前,哈哈大笑。

"那是什么表情,你还上当吗?"翠说。

"以后再也别搞这种恶作剧了。"说完这句话,我应该笑才对啊,然而怎么努力也笑不出来。我意识到"以后再也"这种话已经没有意义了,不由得喉头哽咽。

"喂,又不是一次两次了,怎么了?好吧,以后不这样了。"

看到我强忍泪水的模样,翠似乎很吃惊,盯着我看了好久。

"你是拉雪橇的狗吗?在雪地上跑来跑去。"说完这句话,我总算笑了出来。翠双手抱在胸前,模仿狗的样子逗我笑。

后来我才明白,翠的幼稚话语和行为是有城府的孩子才用的骗术。他们比别的孩子更早地成熟,却表演出最无知、最单纯的样子。为了让他人通过自己放下心底的痛苦,为了让他人暂时忘记各自的沉重而自愿扮演简单愚蠢的人。那时候,我以为严肃冷酷的孩子才算成熟,不可能看出翠的深思熟虑。

"等会儿妈妈会过来。最近我在上辅导班,快到下课时间了。"翠说。好久没在一起聊天了,感觉他有点儿陌生。我没去翠的家,翠也没来我们家。在学校里我们的关系也很冷淡,回家路上偶尔相遇,也只是用眼神打招呼,然后装作不认识地走开。这时的翠不再是我认识的那个孩子。他长高了许多,远远看去都不像小孩了。这样若无其事地像从前那样聊天,感觉已经很久没有过了。我们在公园的长椅上并肩坐下来。

"那天，我不是想跟你说不好听的话。"翠说。我犹豫着不知该说什么才好，翠接着说道："我不是为了攻击你才那样说的。"

"对不起。"

当我情不自禁地说出这句话时，我才明白，从很久以前我就想这样说了。翠的大眼睛眨了眨。每当有风吹来，雪块就从树枝上掉落，碎在我们的头顶。

"我什么都不知道，对不起。"我缓缓地、小心翼翼地说，仿佛公园里的风会把我的话吹散。明知那句话什么也挽回不了，我还是想说。翠和我四目相对，脚尖踢着地面，然后抬头看我。他的表情很尴尬，双唇慢慢张开，口中飘出的白色哈气四散在空气里。翠从包里拿出一个纸袋子。

"这个你拿着，糊涂塌客。"

纸袋里装着一本漫画书，封面是糊涂塌客和史努比坐在狗屋顶上冲着对方笑。从今往后，我们再也不会这样并肩而坐了，也不会有人叫我"糊涂塌客"这个滑稽的外号了。

我们在那儿说着无聊的话，直到阿姨过来。这个公园里的狗屎为什么总也清理不干净，白色的积雪下面不知道有多少冰冻的狗屎。从前的我们说到狗屎，就会笑到满地打滚，然而不知为什么，现在我们再也不会像从前那样笑了。这个话题也不再有趣。

阮阿姨看到并肩坐着的我们，挥了挥手。阿姨坐到我身旁。

"什么时候走？"

"明天晚上。"

阿姨没有任何反应，注视着垃圾桶。我尴尬地放开交叉的双臂，把妈妈给的盒子放到阿姨膝盖上。

66

"这个，妈妈叫我给您。"

阿姨慢慢地撕开包装纸，打开盒子。里面装着妈妈从秋天开始织的围巾、帽子、手套，每样三件。"妈妈，这是打算送给谁的吗？"我这样问的时候，妈妈不以为意地说："无聊，所以就织了。"我想起妈妈说这话时的神情。阮阿姨拿出红色的帽子戴上。样式和阿姨夏天常戴的窄檐帽差不多，只不过这是用毛线织成的。帽子上贴着玫瑰花状的毛线做成的佩花。阿姨一一取出盒子里的帽子、手套和围巾，拿到空中比量，仿佛那是需要在淡淡光线下仔细察看的宝石。阿姨拿起绣有大大的黄色"T"字的藏青色帽子，端详片刻，戴在翠的头上。

"这孩子脑袋大，不适合戴帽子，可是……"说到这里，阿姨停了下来，嘴巴紧闭，抽了抽鼻子。那是我第一次看见她强忍泪水的样子。谈到战争的时候，阿姨的神情没有丝毫变化，说话的语气也很平静。此时此刻，我在阿姨身旁，不知道该做出什么样的表情。阮阿姨，我看着她的脸。

大大的褐色眼睛，小小的鼻子，为了忍住哭泣而下垂的嘴角，眉间有两道纵向的皱纹。

我吹掉落在阿姨帽子上的雪块。

"再见。"我望着阿姨小小的脸庞说道。

"再见。"阮阿姨也用同样的话回答我。

"再见，翠。"我提高嗓音说。

翠戴着藏青色帽子，鼻子红红的，手插在口袋里看着我。"再见。"翠小声回答。

也许我一直在期待这样的场面。阿姨来到我们家，和我们家人最后道别的场面；阿姨和翠戴着妈妈织的帽子向妈妈展示的场面。也许我期待看到妈妈心满意足地注视着阿姨和翠的面庞。但是这种戏剧性的场面没有出现，甚至没有常见的拥抱、亲吻和字字句句的临别赠言。只是"再见"这一句话而已。我们从长椅上站起，抖掉外套上的雪花，朝着路边走去。我过马路，阿姨和翠没有过。看到我站在家门口，阿姨和翠才离开。转过那个拐角就看不见了吧。我站在门口不动，注视着渐渐远去的阿姨和翠。一次，两次，翠回头看我，却没有停下脚步。阿姨和翠转过拐角，我再也看不见他们了。也许还会再回来呢。我蹲在门前，等着他们。他们没有回来，我朝翠家门前走去。街上空无一人。

当时间流逝，某段关系结束时，我总会想离开的是谁，留下的又是谁。有时是我离开，有时是我留下，然而当真正可贵的关系破裂的时候，我分不清是谁离开，谁留下来。有时是双方同时离开，或者双方同时留下来。很多时候，离开与留下的界限并不清晰。

后来几次去德国出差，我都没去普劳恩。在莱比锡停留的十天里，明明只需坐两个小时的火车就能到普劳恩，我还是极力回避了。那里有互相看不起对方的父母，以及他们身边那个从灵魂最深处瑟瑟发抖的孩子，有缺少拥抱的冰冷离别和独自哭泣的街头。我总是在想，有的关系在分开之后依然可以笑着再见，无论结局如何，仅凭回忆就让人露出笑容，然而有的分离留下的却是伤心，很久之后依然不想回头。

妈妈去世的第二年，我去了普劳恩。妈妈的周年祭已经过了一周。那时正逢早春，阳光和煦，风有点儿凉。城市比我记忆中小得多，远比二十年前衰落和荒凉。我曾就读的学校变成了小工厂，几位老人在后院抽烟，漫不经心地看了看我。我住过的公共住宅楼没有变，依然留在原来的位置，面对着公园。我抬头看了看三楼的窗户。小时候，我经常站在那里。想起在窗边偷窥在公园里跑来跑去的翠，我情不自禁地笑了。

翠送我的史努比漫画书仍然保存在我房间的书架上。漫画书是黑白色，只有糊涂塌客被涂成了黄色。飞行技术很差的小黄鸟，糊涂塌客。每当翻开书页，看到那只黄色的鸟，我都会感受到翠一页一页地翻书，把小鸟涂成黄色的温暖心意。

找到翠的家并不难。我坐在翠家对面的长椅上，看着他家的窗户。那应该是厨房窗户吧。我隐隐记得从那扇窗户看到的公园风景，以及在厨房里准备晚餐的胡叔叔的背影，煮米饭的味道和喝肉汤时咀嚼过的香菜香味，阮阿姨做的大米凉糕的甜美，以及翠靠墙而坐看史努比漫画的时光。那些时光依然甜蜜而凄凉地沿着我心里狭窄的水路流淌。尽管如履薄冰，却努力不放弃对方的我的父母，以及因为自己受过伤害而不想伤害任何人的阮阿姨夫妇，他们互相给对方唱歌的时光，都保存在那里了。

妈妈离世的时候，为她哭泣的人不多。"她从小就敏感而忧郁""她不是个聪明伶俐的孩子"，大姨和小姨也只是以这种方式回忆妈妈。我这才想起阮阿姨说过的话，妈妈是心里充满爱的人。那被别人指责为敏感、抑郁的气质，被阮阿姨说成细腻和特别的情绪能力，她是唯一一个以这样的方式理解妈妈的人。在阮阿姨满是爱意的视线里，妈妈是理应得到爱的人。

在阿姨看来，妈妈所有方面都很美丽吗？还是阿姨没有看到妈妈的缺点？阿姨看清了妈妈全部的人性弱点之后，仍然把妈妈留在身边。阿姨留给妈妈的一片真心，妈妈是何等珍惜？当一切出于别的缘故而不是妈妈的过错而粉碎的时候，妈妈该是多么绝望？据我所知，后来妈妈很难交到可以谈心的朋友。她一定很怀念那段时光。嘴上说着不记得当时的事，然而对于接纳和喜欢原本的自己的阿姨，妈妈一定思念了很久很久。

我只是偶尔做个倾听的朋友，哪怕是给妈妈一点点陪伴。并不因为她是我的妈妈，而是因为她孤独了太久。如今我已经知道，人的意志和努力并不与人生的幸福成正比。妈妈在我们身边感觉不到幸福，并不是对人生不负责任，也不是对自己的放任。

当我联系上阮阿姨的时候，阿姨不停地说"真的难以相信"。"我们夫妻一直住在这里，翠在汉堡工作。"阿姨兴奋不已，我没把所有的事情都告诉她。可是，当阿姨问"你妈妈还好吧？"的时候，我无法说谎。

戴着红色毛线帽的小个子女人走出玄关，站在马路对面。我从长椅上站起身来，朝着路边走去。我们隔着小路，注视对方。绿灯亮了，我穿过马路，从阿姨的眼睛里看到了掩饰不住的震惊。三十三岁的我长相酷似妈妈，即使有人说我和当时的妈妈是一个人也不过分。在阿姨眼中，我看见了陪我站在这里的妈妈，我看见了开心地喊着阮女士，往那边走去的妈妈。"你好，你好。"我们不停地重复着这句话，仿佛忘记了所有的语言。

姐姐,我那小小的顺爱姐姐

天蒙蒙亮的时候，姨妈来到妈妈的病房。房间里很暗，然而妈妈在黑暗中也能立刻认出姨妈。姨妈还保持着十六岁时的样子，长发扎成一束，戴着黑色玳瑁框眼镜，穿着亲手做的水滴纹夏季连衣裙。姨妈面无表情地把手放在做过人工关节置换手术的妈妈的右膝上。妈妈看了看姨妈。姨妈笑了笑，开口说道：

"海玉，你的膝盖也是不让人省心啊。好神奇，你竟然也会老。"

"你怎么知道我在这儿，姐姐？"

"想你了，就飞来了。"

"你又没长翅膀，怎么飞来的？"

"怎么没有，你看。"

姨妈展开后背上扇形的白色翅膀，绕着八人间病房的天花板飞来飞去。妈妈怔怔地看着飞来飞去的姨妈，感觉那样子太滑稽，像个小孩子似的笑了。姨妈也心满意足地收起翅膀，落到地上。

"见到你好开心啊，海玉。"

"真好。"

"我们,每天都见面会不会更好?"

姨妈靠着病床坐下,低头静静地看着妈妈。

"我还觉得我们像小孩子呢,可是外壳已经变成了老太婆。"

妈妈摸着姨妈柔软的手背,点了点头。

顺爱姨妈是外婆表姐的女儿。外婆想找个女孩帮她打理裁缝店,于是叫来了正在首尔找工作的顺爱姨妈。妈妈躲在外婆背后,偷偷地打量站在水池边的姨妈。

"你也有姐姐了。"

从第一次看到呆呆地站在院子里的姨妈开始,妈妈就喜欢上了顺爱姨妈。妈妈很喜欢"姐姐"这个单词的回音,喜欢这个听起来温暖而深情的字眼。小时候,那些只比自己大几岁的姐姐为什么看起来那么高大呢?妈妈心跳加速,甚至没能主动和姨妈说话。姨妈不爱说话,而且容易脸红。她十六岁了,看起来却比十一岁的妈妈还小,所有的衣服都要改小再穿,或者自己亲手去做。如果找村里最瘦小的十六岁女孩,那么非姨妈莫属。

学校里发生了什么事,妈妈首先想到的是告诉姨妈。放学就跑到裁缝店,扔下书包,跟姨妈一吐为快。姨妈拿着粉笔在布料上描样,穿针引线,踩着缝纫机踏板,同时听妈妈说话。

从缝纫店到家,只有步行五分钟的距离,然而妈妈和姨妈故意绕路走。姨妈会静静地注视着放学的女高中生,在文具店门前停下脚步,久久地抚摩着拴在电线杆上的狗。妈妈凝视着落在姨妈头顶的光。每当这时,时间总是温柔地流淌,奇怪的乐观情绪渗入心底,仿佛什么问题都将迎刃而解。

姨妈在战争期间离开了父母，相依为命的奶奶也去世了。妈妈听外婆说过，有所了解。对于离别，姨妈只字不提。工作辛苦或心情难过的时候，她会说起在家乡养过的狗。战争结束后，那只叫熊熊的狗一直陪伴着姨妈。姨妈很少说起自己的事，妈妈每次也都听得很认真。

"熊熊在最后几天病得厉害，什么都吃不下去。即使这样，当我叫它的时候，它还是用力抬起头，摇尾巴。我说'熊熊，吃饭了'，熊熊就会假装没生病，把鼻子凑到狗食前，做出吃东西的样子。我在熊熊面前哭了。我感觉熊熊不是单纯生病，它是快要死了。一觉醒来，我去狗窝一看，熊熊不见了。熊熊失踪后的一个月，我每天都哭着上学，哭啊哭啊。都怪我在熊熊面前掉眼泪，熊熊才会离开。看到我为它生病而难过，它肯定是自责了，想着要死在外面。不管多么悲伤，我都不应该表现出来，我不应该哭的。"

听熊熊的故事时，妈妈看见了姨妈变成熊熊，跟熊熊说话的样子。看见了姨妈说"熊熊，吃饭了"，然后号啕大哭的样子。如果以熊熊的角度看姨妈，那姨妈就是全世界最宝贵的人。从那之后，妈妈经常以死去的狗的心情注视姨妈。不管愿不愿意，她已经失去一切，还会失去姨妈。

妈妈爱姨妈。

姨妈的丈夫是妈妈的朋友兰阿姨的哥哥。他对擦肩而过的姨妈心生好感，让兰阿姨帮忙送信给姨妈。姨妈把信塞进口袋，去卫生间或者跟妈妈回家的时候拿出来读。

那个瞬间的姨妈不是在黑暗的房间里踩缝纫机的女孩,既要接待村里的大妈大婶,还要在水池边弯腰敲打衣物。读信的时候,姨妈的面孔变成了渴望平凡爱情的二十二岁女孩的样子。为了克制内心的情感,姨妈故意露出平淡的表情,妈妈却从姨妈脸上看到了怪异的凄凉。那张脸茫然、恐惧却又幸福,虔诚地渴望却又犹豫不决。

两人交往了两个季节就结婚了。

姨妈和妈妈经常在妈妈公司门前的刀削面店里见面。姨妈不再像从前那样胆怯,而是大声点餐,说话的时候眼里也有了光芒。她穿着新买的醒目的雪纺衫和未过膝的短裙,嘴唇涂成深粉色,神情更加灿烂。

姨妈把刀削面碗里的花蛤逐个剥好,放到妈妈的盘子里,自己只吃面。

"不要总是谦让。这样总是让着别人,会成习惯的。"

妈妈用勺子舀起姨妈剥好的花蛤肉,放回姨妈的盘子。

"海玉啊。"

"嗯?"

"我真的很想好好生活。只想像现在这样,就这样过下去。虽然这样的期待有点痴心妄想,不过我还是很想好好生活。"

姨妈说她不久后要参加高中毕业资格考试。她还说自己正在备孕。等孩子出生了,她要把自己没能从父母那里得到的爱和机会全都给他。妈妈都有些嫉妒那个尚未出生的孩子了。

姨妈迟疑片刻,说道:

"海玉,没有谁像你那样喜欢我,无条件地站在我这边,无条件地接纳我、理解我。说来也奇怪,我感觉你像我的妈妈。"

妈妈的家人对姨妈总是冷冰冰的,然而姨妈从来没有表现出难过。不是为了家人,而是因为姨妈的自尊心:不管你们怎么对我,我都无所谓。

"姐姐,这个给你。"

妈妈递给姨妈一个牛皮钱包。这是妈妈第一次在百货商店里买东西。

"姐姐的新婚礼物,给得太晚了吧?我拿到第一个月工资的时候也没给姐姐买东西。"

"我有钱包。这么贵重的东西,为什么要给我?"

妈妈想起姨妈那个破了洞的钱包,缝缝补补好多次,已经破烂不堪。

"姐姐你必须用,不要傻傻地给姐夫。这是我送给姐姐的礼物。"

"我可以用这么好的东西吗?"

"当然,以后我赚更多的钱了,给你买更好的。"

姨妈双手捧着钱包,轻轻爱抚,好像对待小动物。妈妈常常陷入回忆,凝视着那时的姨妈。看着那个因为皮质钱包而不知所措的小女孩,妈妈问她为什么对这件小物品感到慌张和幸福,告诉她应该享受更好的东西,她有这个资格。

妈妈来到姨妈家的时候,姨妈坐在通往厨房的台阶上,两条小腿上出现了巴掌大的瘀青,胳膊上也有被划伤的血迹。厨房地板上凌乱地堆放着泡菜头、青花鱼刺、鸡蛋壳、烟头、泡在水里的黑豆、豆芽头、葱根和洋葱皮。西斜的阳光从厨房窗户照进来，照亮了脏乱不堪的地面。

妈妈把姨妈留在厨房，自己去了房间。地板上散落着内衣，被子和褥子被锋利的东西划破。粉饼碎了，地上都是化妆粉。所有的东西上都有皮鞋的痕迹。

妈妈用碗舀水，帮姨妈润了润嘴，拿起笤帚开始清扫卧室。擦完卧室地板，妈妈把姨妈带进房间，让她躺在破裂的褥子上面。姨妈在发抖。妈妈本可以说这不是什么大事，不用太担心，可是开不了口。她从家里随便拿了些衣服和洗漱用具，把行李放到姨妈家，说至少要陪姐姐住到姐夫回来。姨妈却把妈妈的行李重新塞回背包，扔到门外的胡同里，锁上了大门。

每天下班后，妈妈都去找姨妈，敲门，呼唤姨妈的名字，甚至敲卧室窗户，让姨妈开门。妈妈想以这样的方式告诉姨妈，她不是一个人。除了丈夫，姨妈没有要好的朋友，外公外婆告诉她说，不要把我们当作娘家，不要回头。姨妈没有可以依赖的人。这个事实让妈妈的心里充满凉意。也不知道在姨妈家门前坐了多久，外婆静静地站在院子里，望着妈妈。

"顺爱今天走了。房东给了我这把钥匙，让我整理房间。"

外婆打开房门。没有衣柜、电视、冰箱之类的大件，棉被和姨妈的衣服都叠得整整齐齐。一件男装都没有，也不知道姨妈究竟有什么本领，似乎把那些衣服全部带走了。外婆包起了姨妈的衣服和姨妈留下的东西。

"从现在开始顺爱就不存在了。那个人跟我女儿什么关系也没有，将来也不会再见面。你记住了。"

包袱的结打得很结实，解不开。妈妈费了半天力气，最后放弃了，坐在地上久久地抱着包袱，仿佛那个包袱变成了姨妈。包袱里散发出隐隐的樟脑球气味。

"我们可以给顺爱物质上的帮助，这就足够了。你为什么到现在还不明白，不管你怎么折腾都无济于事。不要插手，千万不要，什么都不要管。"

"还没判决，为什么就把姐夫当成罪人？"

"虽然没判决，可是已经有定论了。消息传得沸沸扬扬，说顺爱的丈夫接受北边的指令行动。"

外婆静静地说道。

"又没有证据。"

"都上报纸了。说他们读共产主义的书，听北边的广播。"

"妈妈，怎么连您也这么说？"

"国家说是这样，那就应该是这样。闭上眼睛，捂上耳朵，相信就对了。什么姐姐姐夫，以后不要再这样叫了。又不是真正的姐姐，连远房亲戚都算不上，不要到处这样叫。"

外婆从妈妈手里夺过包袱，扔到附近的河里。

"妈妈什么时候把姐姐当成过家人？只不过打着家人的幌子利用姐姐罢了。"

"是的，我也是为了生存。我从来没把她当成家人。从现在开始你也要这样。这是你和我的生存之路。"

外婆毕生都是吝啬而无情的人。她用这种态度熬过了郁闷的一生。妈妈不理解外婆，蔑视外婆的态度，然而多年以后，妈妈渐渐理解了外婆的无情。既然不能分担对方的痛苦，既然没有勇气和对方共同走过生命的旅程，那么比起浅薄的情分，她宁愿选择无情。这是外婆的方式。

检方对八名被告人判处死刑，七人判处无期徒刑，四人判处二十年有期徒刑，四人判处十五年有期徒刑。一周后第一次审判，法官按照检察官的量刑做出判决，被告人全部提出上诉。根据报纸上的说法，这些人违反了"紧急措施"[1]、国家安保法，涉嫌谋反和煽动罪。姐夫免去了死刑和无期徒刑。这是唯一令人安慰的消息。

妈妈写了以"尊敬的总统阁下"开头的信，寄到青瓦台。妈妈以为，只要总统消除误会，听听人们怎么说，那些被关押的人就能洗刷冤屈。二十岁的妈妈就是如此无知而单纯。她无法想象，人会因为微不足道的权力而诬陷无辜，甚至置人于死地。

两个月后，二审开庭，维持一审原判，什么都没被推翻。死刑犯和无期徒刑犯留在首尔看守所，有期徒刑犯转移到安阳监狱。妈妈参加了为被告举办的周四祈祷会。基督教会馆里聚集了被告人家属、天主教司祭、新教牧师和外国人。他们祈祷公开审判，而不是不公正的秘密军事审判，并为在冰冷的监狱里得不到亲人探望的被告人祈祷。

妈妈和那些人分享面条，听他们讲自己的故事。村里的孩子们拿绳子套住四岁孩子的脖子，像牵狗似的牵着走来走去，说是赤色分子的子女，还模仿枪决的动作。大人们围在四周看热闹。女孩郊游时带的便当盒里被同班同学放进了蚂蚁。一位妈妈说她

---

[1] 指的是当时韩国的第四共和国宪法（《维新宪法》）中的特别条文，用以镇压反抗当时政权的民众。——编注

从市场回家，路上被别人扔的砖头砸破了脑袋。"南山"……这个字眼说出口，人们不约而同地闭上了嘴。如果可以的话，妈妈现在真想拿回那封写给总统的信，撕得粉碎。

"姐姐，对不起。"妈妈在心里对不知身在何处的姨妈说。

妈妈从基督教会馆出来，漫无目的地走路，不一会儿就到了大学路。人们三五成群，说说笑笑。刚才人们说的话感觉是那么遥远，像一场梦。姐夫温柔地笑着叫她"海玉妹妹"的面孔，姐夫在时姐姐熠熠生辉的脸庞，也都恍然如梦。妈妈低下了头。

妈妈把正义具现司祭团[1]的宣传单分发给办公室职员。每当这时，气氛变得沉重，偶尔还会传来低沉的笑声。

"李小姐还是老老实实待着，想想怎么嫁人吧。经历过世事的人都知道，就算安安静静地生活也会溅上火花。这就是世道啊，李小姐。"

部长以参与过"四一九"革命[2]而倍感自豪，他的语气柔和，像是在哄妈妈。

"不管你怎么努力，都不能改变什么。不要插手，别像个孩子一样。"

每周四，妈妈都去明洞参加要求恢复民主的祈祷会，跟着被告家属分发要求公开审判的宣传单。起先是为了顺爱姨妈和姐

---

[1] 一九七四年由韩国天主教司祭们发起成立的宗教组织，全称为"韩国天主教正义具现全国司祭团"。——译注
[2] "四一九"革命是一场于一九六〇年三月起由韩国中学生、大学生和劳工领导的学生运动。当时由于韩国在第四任总统选举时发生作票舞弊情形，导致学生及民众抗议。——编注

夫，后来妈妈好像被什么吸引住了。每次集会妈妈都站在角落里听别人发言，小跑着跟随在队伍后面。应该拿回家的生活费也被用作活动基金，如果不是很远的距离，妈妈都会为了节省公交车费而选择步行，省下来的钱用来补贴周四的聚会。

死刑在大法院判决十八小时之内执行。

家属不知道死刑已经执行，仍然为了准备应对死刑判决的对策而奔波，听到这个消息后，他们瘫坐在地。我的丈夫，我的爸爸，我的儿子，没能摸摸他的脸，没能说句"再见，一路走好"。"不要担心，不要害怕"这句话也没机会说了。没能好好看一眼，就这样失去了亲爱的人。国家未经家属许可，强制对死刑犯的遗体进行火葬后再移送家属。"哪怕是死了，也想摸摸他的身体"，死刑犯的妻子声嘶力竭，好不容易说了下去。妈妈没有停留太久，转身离开了。

对于人与人之间的爱，对于宁愿付出生命也要挽回某个人的虔诚心愿，这个世界却报之以嘲笑。人与人之间的爱什么都不是，你们这些无力的人最好小心点儿，那十八个普通人的生命有什么了不起。我们就是法律，我们说谁是赤色分子谁就是赤色分子，让谁跪下谁就要跪下，随便找个借口就可以轻而易举置人于死地。你们最好闭嘴，好好听话。

他们是被国家杀害的。

死刑执行之后，妈妈才知道原来自己对世界懵懂无知，将来也不可能理解。坐在去公司的车上，妈妈默默地流泪。对于那件事，她永远保持沉默。人们说妈妈终于想通了，还说人都是这样长大的。谁都不想了解妈妈内心受到的伤害。在别人看来，这件事和妈妈没有关系，谁都没想到妈妈会因此受伤。

妈妈坦言，从那之后她就成了沉默寡言的人。在这件事上说过的天真话语和仅仅依赖理想主义而对世界的全然无知，这些都让妈妈感到惭愧。世界的坚固，常识无法穿透的坚固壁垒使妈妈变得沉默。打破妈妈沉默的是意外之人。

"海玉小姐，你还好吗？"

妈妈拿着咖啡杯，僵硬地站着看他。

"什么？"

反问之后，妈妈就离开了。那张冷漠的脸流露出来的话语却在心里停留了许久。那是进入公司一年之后，妈妈和爸爸之间的第一次私人对话。

二十五岁那年，爸爸失去第一任妻子，独自生活了五年。爸爸常常带着冷冰冰的表情，妈妈从那张冰冷的脸上读不出任何感情或思绪。妈妈给职员们分发宣传单，解释事件经过的时候，他也是和平时一样冷冰冰地看着妈妈。当他询问妈妈好不好的时候，妈妈心里有所抵触，同时也对爸爸的想法感到好奇。

"她是个很能忍的人。"

爸爸说。

爸爸的第一任妻子患了流感，后来转成急性肺炎，那时她正在腌冬季泡菜。直到把泡菜缸埋到院子里才去医院，可是已经太晚了。

"相亲第二周就结婚了。陌生人突然组成家庭，我们用了很长时间才适应。我和她从来没有并肩走过路。她说和男人走路是丢人的事,她是这么学的。人有点儿傻,这点我喜欢,傻傻的,所以才和我一起生活。也不知道她为什么要腌那么多泡菜,每顿光吃泡菜都吃不完,不过真的很好吃。好委屈,那么费力腌的泡菜却没吃到,真傻。"

爸爸好像在讲会议提案,说这些话的时候面无表情。听着爸爸没有丝毫伪装和夸张的话,妈妈想起了顺爱姨妈。下班后,妈妈和爸爸吃晚饭,坐在公司后面中学操场的看台上嘀嘀咕咕地聊天。那天,妈妈第一次说出了死刑执行之后从未说过的事。

"国家杀死了无辜的人。"

"我知道,是司法杀人。"

"当时你为什么是那种表情?"

"海玉,在我的故乡……战争接近尾声的时候,军人们把村里的女人和孩子都当成叛变者枪毙了。命令他们在学校操场集合、排队,然后全部杀死。母亲抱着我躲在仓库里活了下来,但她终生都有负罪感,说我们是运气好才活下来。我从小就想,为什么那些人死了,我还活着?人怎能那么轻易地杀死别人,怎么可以当着妈妈的面杀死吃奶的婴儿?怎么能像什么事都没发生似的轻易掩埋然后继续前行?前面有什么,前面究竟有什么,才会让人彻底忘记做过的事,仿佛从来没有发生过似的活下去。我常常这样想。因为什么事都没做过,即使被批判为叛变者也无话可说。我没有你那样的勇气。"

妈妈和爸爸没有举行婚礼,登记完就同居了。妈妈的家人反对妈妈嫁给这个没有财产、没有像样的职业、年纪又大的男人，而且还是二婚。妈妈结婚的事成了家里的丑闻，她和家人断绝了关系。顺爱姨妈就在那个时候重新联系上了妈妈。

"突然联系你，是不是有点儿慌？我往你们公司打电话，问到了你家的电话号码。恭喜你，新婚快乐。"

电话里传来公用电话硬币落下的声音。

"我，一月生了孩子。"

"是吗？"

"什么时候来安阳看看我们？"

听到姨妈生孩子的消息，妈妈实在没能说出"恭喜"二字。姨妈独自生了孩子，这件事本身令妈妈不知所措，哑口无言。挂断电话，妈妈才想起姨妈应该是想收到自己的祝福。如果姨妈有什么理由再次联系妈妈，也只有这个了。

妈妈在安阳市郊公交站前见过姨妈几次。每次姨妈都没能好好抬头看看妈妈，只是用余光瞥一眼妈妈。两人对视时，姨妈迅速回避。姨妈说话的时候，眼睛盯着自己的指甲、伸到拖鞋外面的脚趾、路上的烟头和孩子的纱布毛巾。声音也比以前小，让人不得不重复反问。脚后跟发白、干裂，凝了血迹。

姨妈以女儿为荣。她说孩子很乖，晚上睡得很好，尽管时间很短，但已经可以独自站立，不爱哭，姨妈工作时，她也知道安静地等待。说这些的时候，姨妈的声音有了力气，弯曲的肩膀也舒展开了。姨妈把希望寄托在孩子身上。不是期待孩子将来成为什么，怎样长大，只要孩子陪伴在身边，姨妈似乎就有了活下去的力量。孩子贴在姨妈背上，轻轻地呼气。妈妈感觉她就像附着在姨妈体外的心脏上。

姨妈没有提到过去的一年,妈妈也没有追问。姨妈说希望妈妈不要去探视姐夫,只要寄些书给他看就足够了。姐夫看到熟人会感到痛苦。"他在那里受了点儿伤。"姨妈只说了这些。

妈妈在周四祈祷会上听说了那些被带到南山的人受到怎样的拷问。鼓膜破裂、肋骨粉碎、小腿骨折。不是被车撞,不是从悬崖坠落,而是一个人对另一个人做了这些事。妈妈无法直视淡淡地说着姐夫腿瘸了的姨妈。

姨妈和妈妈都没有提到被杀害的人。姨妈说她参加了终审,然后没再说下去。应该说些别的,应该转移话题,然而想到那件事,仿佛就什么都想不起来了。每当这时,妈妈就尴尬地说起自己的事。妈妈给姨妈逐个讲了婚姻生活中令她失望的地方,还有和娘家断绝关系的事,让姨妈知道自己过得也很难。事实上,妈妈还算幸福,可是稍微暴露出一点点的幸福,恐怕姨妈也会感到失落,所以只能用这样的方式说话。后来妈妈才明白,这种态度就是欺骗正在经历痛苦的人。

起先妈妈每个月看望姨妈两次,后来每个月一次,两个月一次,一个季度去一次安阳。偶尔通话时无话可说,只说些不痛不痒的话。姨妈对妈妈做不到坦诚,妈妈也一样。妈妈如履薄冰,很怕触及姨妈受伤的心。姨妈为了不让妈妈可怜自己,尽可能不说难过的事。妈妈甚至没问姨妈在安阳做什么工作。她们都以为是在为对方考虑,然而这种态度慢慢地拉开了她们之间的距离,那段共同度过的时光里积累起来的感情也不足以支撑她们的关系。妈妈怀孕生孩子期间,和姨妈变得更加生分。提到怀孕的过程可能会让姨妈联想到痛苦的过去,所以妈妈没有告诉姨妈关于身体变化和准备分娩的事,只是觉得应该给姨妈打电话。拖来拖去,联系变得越来越难。顺爱姐姐……写信写到这里,也不知道说什么才好,无法继续往下写。

妈妈的生活渐渐稳定,姨妈成了累赘。姨妈的存在让妈妈感觉不舒服。没有化妆的浮肿的脸,露在廉价凉鞋外面的小脚趾,毫无自信的表情和声音,全部心思都给了孩子的样子,粘在镜片上看似泪珠的痕迹,明明没钱却总是要请客的姿态,故作泰然仿佛不需要任何帮助的样子,不敢大声说出姐夫冤屈的样子。姐姐的态度只会证明那些说姐夫有罪的人是对的。这是妈妈的想法。姨妈千方百计地以温暖的态度面对神情冰冷的妈妈,委婉地说:"我很需要你"。她偶尔来首尔,满头大汗地抱着妈妈的儿子,满脸悲伤地看着他,那双眼睛,还有关于死狗的令人厌倦的老套故事。

"海玉,你知道我养过一只叫熊熊的狗吧?现在我还是会想它。"

妈妈不想再听姨妈的故事了。

妈妈不再主动联系姨妈,姨妈打电话来,妈妈表现得也很冷淡。没过多久,姨妈也不再给妈妈打电话了。妈妈把姨妈当成累赘,这点刺痛了姨妈,同样也让妈妈痛苦了很久。直到现在,妈妈还在回想自己怎么就背弃了顺爱姨妈。姨妈经历了自己无法想象的巨大痛苦,正视她为什么那么难?有的人是大吵之后分开,有的则是逐渐疏远,直至看不见对方。留在记忆里时间更久的是后者。

二十岁出头的时候，妈妈以为人生的每个节点都会遇到重要的人。妈妈茫然期待，像儿童时代遇到的缘分，生命中还有很多面孔在等着自己，可以坦率正直地对待。但是，任何缘分都不可能替代失去的缘分。最重要的人，竟然出现在人生最初的阶段。那些童年时代很容易进入的关系，到了某个时刻却连第一页都很难如愿翻过去。走到人生的某个节点，人们不约而同地给心灵上了锁。心门之外，人们和绝对不会彼此伤害的人见面，组成互助会，参加夫妻之旅，登山。相互说着绝对不想回到二十岁，因为那时候什么都不懂。

从那之后，妈妈只见过姨妈一次，是在姐夫出狱的冬天。

姨妈家在二层，那是栋建在运动鞋工厂后面的小楼。顺着铁制楼梯走上去，可以看到关闭的卷帘门。妈妈在卷帘门前呼唤姨妈。脚步声传来，卷帘门向上拉开。姨妈勉强地笑着说快进来，是不是很难找。房间里弥漫着臭烘烘的味道。妈妈一进去，姨妈就立马打开窗户。冷风吹进来。妈妈没有要求关窗户，因为她看出姨妈想以这种方式驱除房间里的异味。每当外面有汽车经过，地板就会摇晃。

姨妈的女儿在小桌子上做假期作业。孩子的袜底黑乎乎的，磨得锃亮。孩子避开妈妈的视线打招呼。姐夫坐在孩子对面，双腿伸开，端坐如静物，注视着房间角落。他瘦得皮包骨头，不只是瘦，仿佛连骨架也萎缩了。眼睛显得不太自然，像是故意瞪大，脸上带着怪异的笑容。

"老公，海玉来了，我妹妹海玉。你知道吧？"

姨妈很温柔，仿佛是和很小的孩子说话。他看着妈妈，皱起眉头笑了。

"你穿上这个吧。"

姨妈把蓝色夹克递给了穿着内衣的丈夫。他想穿上蓝色夹克，可是做不到，就连伸手进袖子都显得吃力，指尖在颤抖。妈妈把头转向姨妈，姨妈避开妈妈的目光。

姨妈的女儿拉着他的手，帮他放进袖子。眼镜滑到鼻梁以下，孩子用手背扶上眼镜，把另一只胳膊也塞进衣服。两只袖子都穿好了，又熟练地系上扣子，然后从角落里拿来起皱的运动裤，帮他穿好。他像新生儿，被动地接受女儿的帮助，眼睛却不与女儿对视，瞪着房门的方向。

"我买了整只炸鸡，姐姐喜欢的。"

妈妈从塑料袋里拿出装着炸鸡的纸袋。香喷喷的炸鸡味儿和家里的臭味儿混在一起，变成了猪腥味。姨妈在地上铺了报纸，妈妈撕开纸袋，摆上炸鸡。

"还很烫呢。"

一看到炸鸡，姨妈一边说，一边撕下一块肉放到嘴里。以前吃饭的时候，姨妈总是让对方先吃，然后自己再吃。看到姨妈的举动，妈妈觉得很陌生。姨妈像很久没吃东西似的，气喘吁吁地嚼着鸡肉。仿佛房间里只有她，仿佛她是个不知羞耻的人，一边吃肉一边流口水。

妈妈招手让姨妈的女儿过来吃。妈妈递给她剩下的鸡腿。孩子从妈妈手里接过鸡腿，呼呼吹了几下，送到爸爸嘴里。他转过头。孩子没说话，再次把鸡腿送到爸爸的嘴边。他挥着胳膊，眉头紧皱。姨妈像什么都没看见似的,撕扯着附在骨头上的软骨。鸡油和口水混合,嘴角油光光的。孩子则固执地往爸爸嘴里塞鸡肉。她剥下鸡腿上的肉,强行塞进他嘴里的瞬间,不停挣扎的姨父终于平静下来。

他的尿流到地板上。热乎乎的尿液沿着妈妈的手指、长筒袜和裙角,弄湿了铺在地上的报纸,也弄脏了炸鸡。人体里怎么会流出那么多的水?他静静地坐着,渐渐变湿。地板朝妈妈那边倾斜,尿液流到对面的墙根。孩子拿来发黄的抹布,擦着地板。姨妈迅速捡起几块还没被尿污染的炸鸡,放在小桌子上,望着妈妈。她似乎才回过神来,面红耳赤。

"那么漂亮的衣服扔掉怎么行,先到水池边洗洗。我给孩子她爸洗干净,换上衣服。"

妈妈去水池边,清洗沾了尿液的手,搓洗长筒袜和连衣裙角。重新穿上用凉水洗过的长筒袜,妈妈冷得发抖。不知谁家的厨房里飘出煮大酱汤的香味。妈妈没有难过,也没有对摧毁姨父的人感到愤怒。妈妈只是讨厌那个家,连姨妈的女儿——那个小孩子——也不想看到。她想离开那个地方,回到自己整洁舒适的家,钻进自己的被窝,看到穿着干净袜子的孩子。回到房间后,妈妈和姨妈也没有过多的交谈。"没有可以换穿的长筒袜,对不起。"姨妈接连说了好几次。

"你走吧。"

姨妈板着脸说。

"我才来一会儿……"

妈妈言不由衷地说。

"我就说不让你来吧,快点儿,走吧。"

姨妈看了看丈夫,说道。妈妈拿起手提包,尴尬地站起来。外面好像有大卡车经过,地板剧烈摇晃,仿佛要塌的样子。他机械地和道别的妈妈打招呼,微笑的嘴角颤抖得厉害。

"我不能远送了。"

姨妈从房间里出来,说道。妈妈不知说什么好,紧闭着嘴看看姨妈,挥了挥手,转身走了。

"海玉。"

姨妈叫住了妈妈。姨妈的手插在裤兜里,弯腰站在那里。随便修剪的短发、胖得看不到脖子的身材、粗糙的嗓音。顺爱姐姐,我讨厌姐姐,讨厌姐姐的家,讨厌姐姐的一切。

姨妈静静地看了看妈妈,开口说话了。声音很小,听不清楚。妈妈大声说:"听不清,再说一遍。"

"不是一直这样的。我,不是一直这样活着的。"

妈妈点了点头,转身继续走。

"海玉,多保重。"

妈妈听清了姨妈的话,却像没听见似的,双臂抱在胸前继续走路。没有回头,不过妈妈知道,姨妈一直站在那儿,直到看不见妈妈的身影。海玉,多保重。姨妈说出这句话,像是把搁浅的船往湖里推。

正如外婆期待的那样,妈妈把姨妈当成了没有关系的人,一辈子都是这样。即便如此,妈妈偶尔还是会想起姨妈。准备晚饭,隔着厨房窗户看日落的时候,看到某个妈妈背着不满周岁的婴儿走路的时候,妈妈都会想起姨妈。偶尔路过基督教会馆或明洞教堂的时候,妈妈会尽量加快脚步。妈妈好几次都想应该再给姨妈打电话,却没有真的联系过。时间把姨妈记录为在妈妈的生命中短暂停留、擦肩而过的人。妈妈接受了这个事实。

妈妈听说,人死之后灵魂会去看望身在远方的重要的人。姨妈以十六岁孩子的面孔来到妈妈病房的时候,妈妈知道姨妈早就原谅自己了。姨妈看着妈妈的时候,脸上泛着凄凉而透明的光,像以前读姐夫情书的时候。每当遇到妈妈的视线,姨妈就像碰到水的肥皂,渐渐变小。

"姐姐变轻了。"

望着只有手掌大小的姨妈,妈妈说道。

"海玉,你记住。"

身体越小,姨妈的声音越沉重。

"谁也杀不死我们。"

姨妈坐在病房的屏风上,妈妈模仿着姨妈的口型。谁也杀不死我们。姨妈用她纤细的脖子和小小的脑袋点了点头。

"不要忘了哦,海玉。"

阳光从窗户洒落,拇指大小的姨妈乘着光线离开了。妈妈久久地注视着从窗口洒落的阳光,摸了摸姨妈的手碰过的右膝。分明不是梦。妈妈叫醒了睡在陪护床上的我,说小时候认识的姐姐刚刚来过了。我为妈妈的反应感到惊讶,同时有些害怕,不想再听下去。妈妈却停不下来。

妈妈深信姨妈来那天的所有体验都是真的,却唯独不包括自己得到姨妈原谅的瞬间的感觉。直到她看见姨妈的遗物——一个旧皮夹里两个少女的照片。

看着像是妹妹的瘦小少女,从后面抱着她的高个子少女。瘦小的少女穿着自己做的水滴纹连衣裙,高个子少女穿着显得脖子修长的T恤和短裤。两个人在砖墙前笑得那么灿烂,无忧无虑。那天她们去了首尔中央博物馆,如今那地方已经不存在了。这张塑封的小照片,放在边角磨破、油光锃亮的皮夹内层。姨妈的女儿给妈妈转送遗物的时候,妈妈没有多说什么,只是看着照片窃窃私语:"姐姐,我那小小的,顺爱姐姐。"

韩志与英珠

望着冰河反射的光，我想起你。

一百天的白夜。

光令人陶醉，也让人清醒。我在这里，睁着眼睛做梦。仿佛你就站在冰河前面。在阳光下，你的身体发出绿色的光。

在只有光的孤立中，我想钻探南极深处的冰，我要洞悉刻在冰上的六十五万年的记忆。我知道自己没有这样做的勇气，也没有力量。

尽管如此，我还是来到这里。

听着南极和冰河、白夜和黑夜的故事，我想你或许不在内罗毕，而是在这冰封之地。怔怔地站在耀眼冰河前的你，对你的幻想，牵引我来到这片冰封大陆。

我想把这个笔记本转交给你。

*

二十五岁的年轻修士建造修道院的时候，欧洲正处于"二战"时期。为了寻找适合建修道院的场所，他去法国乡村旅行，那是位于里昂附近的荒凉的小村庄。年轻人都离开了，只留下老人忍受战争的孤独。经过这个村庄的时候，一位老妇人接待了他。

"谢谢你来到我们这个寂静的地方。"

他忘不了这句话，第二次来到这个村庄，买下废弃的房屋，建造修道院。说是修道院，其实只有他自己是修士。他养了两只山羊来谋生。

他是个温柔腼腆的男人，追求只有祈祷、劳动和休息的简单生活。他认为不存在复仇、嫉妒和愤怒的神，相信神赐予人类的只有爱。明明知道人在战争中对同类做了什么，却还是相信神的爱。他让"二战"中躲避纳粹的犹太人藏进修道院，战争结束后他又收留了逃跑出来的德国俘虏。

那些想要追随他的人找到旧房子，修建书院。他是新教出身的修士，然而请求当修士的人中，既有包括神父在内的天主教信徒，也有俄罗斯正教信徒、希腊正教信徒和圣公会信徒。来自不同宗派的修士们，每天用俄罗斯正教会唱的简短而重复的歌曲祈祷三次。音乐专业的修士每年都创作这种形式的歌曲。有的歌曲用拉丁语，有的用德语，有的用法语、俄语、波兰语。每天三次的共同祈祷包括诵唱这些歌曲和十分钟的沉默。早晨读一章福音，冥想，分享圣体[1]。他们不接受任何捐赠和礼物，通过烧瓷器和写书来填补修道院需要的资金。

凡是来访的人，任何人都不拒绝。这是原则。只要想祈祷和劳动，随时都可以在那里停留。尤其是夏天，访客从欧洲各地赶来，有时一周超过四千名。一百多位修士很难接待这么多人。访客人数增加，长期居留的人们就帮他们接待。始于荒凉村庄的废弃房屋的修道院，每年都能迎接十多万名访客。

早期志愿者大多是欧洲人。他们留在修道院，短则一个月，长则两年。后来修道院还为那些因距离或费用问题难以来到法国的第三世界的年轻人提供往返机票，邀请他们前来做志愿者。非洲、亚洲、中南美洲，每个国家邀请两人。他们在访客最多的夏季住在修道院三个月，工作，祈祷。

直到现在，我也不知道自己为什么在那里停留那么久。

起先我打算停留一周，后来我在那里住了七个月。第一次共同祈祷的时候，我就知道自己不可能在一周之后离开。这是发生在为期两周的法国游中的事。我需要在修道院的帮助下获得签证，并在研究生院办理休学。

那时我二十七岁。

我是住在修道院的女孩子中年纪最大的。修道院选择的长期志愿者的年龄限定在十九岁到三十岁。大学毕业后寻找出路的二十三四岁年轻人居多。我二十七岁。每当我这么说，对方都会沉默片刻。我的父母是这样，在我出发旅行之前生孩子的姐姐是

---

[1] 天主教徒在做弥撒时以面饼代表耶稣的身体，称为圣体，教徒领食，称为领圣体。——编注

这样，指导教授和研究室的人们也是这样。二十多岁的时期应该比任何时候都要炽烈，所谓的炽烈当然是指拼命在短期内积累安全的经验。

"我不知道你在做什么。"姐姐说，"你在浪费，而且是最愚蠢的浪费。如果你随心所欲地度过二十岁，最后你就会像爸爸妈妈那样，一辈子连房子都没有，一辈子在别人手下苦苦哀求，人家让你做什么你就做什么。即使这样，儿女结婚的时候还是拿不出一分钱。你说要考研究生的时候，我还以为你的目标是当教授，要不然为什么要投入时间和金钱？教授和同伴会怎么看你？你太不了解社会了。如果没有积蓄，至少要有个学位才行。像你这样活得稀里糊涂，你试试看吧，你真的会变得一无是处。恐怕你这辈子连自己生的孩子都抱不上。"

我同意姐姐的说法。姐姐的声音里带着近乎愤怒的恐惧，那是我长久以来的主人。这恐惧从小时候就推着我，使我长成了一个外表看上去不是那么岌岌可危的大人。恐惧告诉我，不能顺势而生，不能停止让自己变得更好的脚步。如果没有改变，没有进步，我就会被这个世界抹去。

尽管如此，我还是选择留在那里。

男朋友沉默。

最后一次通话中，我说我会继续留在修道院，不知道要住多久。男朋友叹了口气，说知道了。只有这句话。还没等我说对不起，他就挂了电话。

我们动员了吵架之外的所有方法去忍受对方。我们都没有那样的意志，通过发泄感情和相互责骂来确认对方反应的力度。吵架也需要存在丝丝缕缕的爱情。我不恨他，他也不恨我。我不会因为他的言行举止受伤，他应该也差不多。我们不知道怎样才能对彼此不好。不过回头想想，最糟糕的莫过于连彼此伤害都不会的无知。

我们礼貌地蒙住彼此的眼睛，直到最后，我先把手从他的眼前拿开，干干净净地分手。相爱之人的最后不可能如此利落，这次离别证明我们之间没有丝毫的爱意。我们只是从一个点向另一个点移动罢了。

最后的通话过去了四周，他发来消息：

"谢谢你在过去三年里同意和我交往。对不起，以后我们不要来往了。"

他总是说我"同意和他交往"，这让我不知所措，也让我有点看不起他。最重要的是，这句话让我感觉不舒服。即使不是我，即使遇到别人，他也会这样说。他总是把自己放得很低。这已经不仅是谦虚，而是对自己吝啬到了残忍的程度。

我是他活到二十七岁交往的第一个女朋友。

"以前从来没有女人关注我，交女友这种事只发生在梦里。"

他算不上英俊，不过也容易让人产生好感。博学多识，钢琴弹得很好，接吻也很棒，然而他内心深处却坚信自己得不到爱。他没有直接这样说，只是在交往的三年里，多次通过言行举止传达出这样的信息，最后连我也被他的想法洗脑了。怎么会这样呢？

曾几何时，我从他身上感受到的爱要比韩志更强烈。某个瞬间，这份爱消失了，仿佛站在我眼前的是个巨大的纸玩偶。这样的悲伤不同于爱情粉碎时的悲伤。

为什么会这样呢？

还有很多话想对他说，但是我没说。我只是说：我这样独自离开韩国，对不起，这几年也谢谢你。我给他发了信息。明明是场无感的离别，可我竟然流泪了。

在修道院住到四个多月的时候，我去迎接来自肯尼亚的韩志和卡罗。其他志愿者要么不会开车，要么对地理位置不熟，于是我和提奥负责迎接新来的志愿者。当时是六月，很多志愿者将到达里昂机场。我负责接来自墨西哥、马达加斯加和越南的志愿者。那是很酷的事。开着破车欣赏外面的风景，感觉豁然开朗。

韩志出现在入境口的时候，我的视线轻而易举地就被他夺走了。在那之前，在那之后，我都没见过比他更黑的黑人，好像用黑色油彩画在画布上的人。他的皮肤是纯粹的黑色。韩志个子很高，一眼看上去超过一米九。天气很热，他穿着棉质长裤和皮鞋。他笑容满面地走过来，仿佛我们是相识多年的老朋友。走在韩志旁边的女孩叫卡罗。我们四个人拥抱之后开始聊天。韩志和提奥、卡罗，他们用速度很快的法语说话。我拿着卡罗的小背包，走在前面。

"你不会讲法语？"卡罗问。"是的。"我用英语回答。"听也听不懂吗？"我点头。卡罗转过头用英语告诉韩志和提奥："我们说英语吧，英珠不会法语。"提奥说他只是下意识地用法语说话，没能考虑到我，向我致歉。

天气晴朗，旧车发出刮擦的声音，除我之外的三个人从开始就很合得来，先是用法语愉快地交谈，然后考虑到我换成了英语，最后又回到了法语。如果请他们用英语说话，似乎显得很尴尬，于是我静静地开车。我感觉到被排斥，却又不愿承认，于是我打开收音机，眼睛盯着前方专心驾驶。

来自肯尼亚的修士在修道院等着我们。韩志和卡罗像刚刚见到我们时那样，大笑着跑向修士，热情拥抱。三个人走向事先准备好的餐桌。我打了招呼准备离开，韩志说："英珠，谢谢你。"然后静静地注视着我。"再见。"我对韩志道别完出来，外面下起了雷阵雨。

我刚来时只有二十名长期志愿者，韩志到达的时候已经增加到了四十人。三十个女孩，十个男孩。女孩子住在修道院内部的二层建筑物里，每个房间住四人，二楼是餐厅和客厅。男孩子住在修道院正门外的旧房子里，房子前面有一棵高大的菩提树，每到夜晚就散发出菩提花的芳香。他们住在菩提树前，我们管他们叫"菩提男孩"。偶尔走过那个房子门前，菩提男孩就在阳台上吵吵嚷嚷地打招呼。

每个周六的早晨，我们安排好一周的工作。早晨、中午、晚上各有不同的事情，按时间计算，每天劳动时间大概是六小时。在大厨房做饭、搭建访客用的帐篷、清扫、洗碗、迎接访客、整理礼拜堂等等。有驾照的志愿者驾驶旧卡车或轿车，那么旧的车竟然还能启动，真的很神奇。

每天有三次共同祈祷。修士们来到礼拜堂中间坐下，祈祷就开始了。礼拜堂很简陋，像讲堂，连椅子都没有。所有人就坐在铺着旧地毯的地上祈祷。长期志愿者们围坐在志愿者后面固定的位置。在到达修道院那天傍晚的祈祷时间，韩志第一次露面。他坐在我右侧最后面的位置，身穿蓝色圆领Ｔ恤和大短裤，看上去很悠闲。我刚刚洗过碗，脱掉长靴，赤脚坐在地上打起了瞌睡。修士们都走之后，想唱歌的人留下来唱歌。我低垂着脑袋继续打盹儿。

"英珠。"

坐在远处的韩志不知什么时候来到我身边。其他志愿者已经离开了。韩志拿起放在我旁边的长靴又放下，看着我的脸。

那是我第一次这么近距离地看韩志。黑色的皮肤泛着光泽，没有丝毫皱纹，大大的眼睛清澈得像孩子的那样，牙齿洁白，一颗门牙断了半颗。圆领Ｔ恤上露出修长的脖子。他的身上散发出夏草的清香。

"累吗？"韩志问。

"你不累吗？从非洲来到这里。"

"一点儿也不累。你知道商店在哪儿吗？我没带牙刷。"

我穿上长靴，离开礼拜堂。礼拜堂对面的围墙那边，来自中南美洲的长期志愿者们聚在一起谈笑风生。韩志露出灿烂的笑容，用西班牙语和他们说话，仿佛早就认识了。

"英珠，你刚才在车上生气了吗？"

"没有啊。"

"看着像生气的样子，因为我们说法语。"

"不是的，只是最近事情多，有点儿疲惫。你看，我英语也说不好。"

韩志摇着头说：

"不，我理解你。"

韩志的意思是说他能听懂我的话，然而用英语说出来却是"我理解你"。

"英珠，你知道吗，我是第一次出国，也是第一次见到韩国人。你是我认识的第一个韩国人，英珠。"

"那没见过其他亚洲国家的人吗？"

"嗯，内罗毕也有路过的中国人，见是见过，说话还是第一次。好神奇，好开心，英珠。"

商店门口有几张高高的桌子。孩子们站在桌前面吃薯片，喝可乐。在商店前方空地的灯光下，韩志的脸显得更加陌生。我第一次见到这种长相的人。韩志应该也和我一样，对我的长相感觉陌生吧。

"你做什么工作？"韩志问。

"我在研究生院学习地质学。"

"地质学？"

"就是研究地球的身体，测定地球的年龄，了解以前地球上存在过的生物，预测火山爆发或地震，也研究岩石和冰河。"

"你研究什么？"

"我研究以前的气候。最近我在研究过去两千年来东亚的气候。"

"怎么研究？"

"分析洞窟里的石笋。"

"石笋是什么？"

"洞窟里冒出来的光滑的角。"我指着甜筒冰激凌说。

"啊,我知道是什么了。"韩志笑了,"你也是受邀来这里的吗?"

"不是。起先我只想在这里停留一周,后来一周变成两周,两周变成三周,我也不知道自己会在这儿待多久。学校休学了,什么计划也没有。我二十七岁了,知道自己不能一直待在这里。"

"为什么?"韩志问道。

"逃避是不对的,我要对自己的人生负责。"

"没关系的,英珠。"韩志说道。

冲动地留下也好,抛开该做的事情也好,修道院的生活也好,都没关系。

韩志这样说的时候,脸上神采奕奕。我从来没见过这样的表情。不像是安慰,不像是说谁都会说的空话,更不像连笑都要考虑对方的成人面孔。韩志的表情就是那样自然而轻松。

进入研究生院这个小社会之后,常常有人告诉我,对人要小心。他们说我对人不设防的态度非常幼稚。尤其是女人,形象管理很重要。要是传出绯闻,那就没有未来了。这种话我听得太多了。

我相信自己很好地遵循了这个规则。上课和实地勘察都很积极,聚餐也参加到很晚,说说笑笑,只是在回家的路上会没来由地哭泣。

我的眉间有了皱纹。照片上笑着的我,有半边嘴角翘得更高,整张脸很不对称。只是笑笑而已,非但不自然,反而让人觉得板着一张脸。自从意识到这点之后,我和别人说话的时候就不再正视对方的眼睛。

那天我没有回避韩志的眼睛,而且没有意识到我没有回避韩志眼睛的事实。

韩志说他在内罗毕是兽医，主要为农场里的牛羊治病。他说他在学习兽医专业的时候，曾经参加过某个课题，花了九个月时间照顾两只变成孤儿的野犀牛，然后放生。

"它们的名字叫哈禹和格洛丽亚。我们每次泡两升奶粉喂给它们，在地上挖坑，往里倒水，给它们打造泥坑。不用教，它们就知道怎样在泥坑里洗澡。它们很听我的话，像影子似的跟随我，温柔地看我，向我发出完全信任的信号。适应训练结束，到了送回野生环境的日子，以后再也见不到它们了。它们这么相信我，追随我，我感觉自己背叛了它们。它们会不会因为自己被抛弃而悲伤？同时我又担心它们会不会死。虽然进行过野生适应训练，可是比起在野外长大的犀牛，肯定要逊色得多。我们在训练最后一天举行了小小的派对，互相激励，说这些日子养得很好。嘴上这么说，眼泪却流了下来。"

韩志的眼圈红了。

"跟它们分开，我没有真实的感觉，仿佛做了什么坏事。我甚至说过不知道这么做是否正确。另一位老师说，这只是我们的想法，不要因为人的思维而阻止了它们的幸福。爱与眷恋要区分开来。为了我自己而把野生动物留在身边，这样的想法不是出于真正的爱。分开那天，我们把它们放在笼子里，开车步行了一段距离，然后放了它们。我想转身，可它们总是看我。我对它们说'不要看了，往前走'，它们还是不停地回头。不过一边回头，一边还是往前走。就这样背对我们，慢慢地，进入了草原。"

我们交谈的时候，商店关门了，黑暗中只剩下几个人。

"现在，我还会想起哈禹和格洛丽亚。我是人，无法了解犀牛的心思，可是我尽己所能地想象它们感受到的草原。那里应该比现在的训练场好吧。"

韩志还讲了他为动物治病的事。有的动物看似毫无希望，最后却活了下来；有的以为能轻松治好，病情却突然恶化，最后死亡。每当这时，他都会自责，觉得是不是自己害死了本来可以救活的动物。现在也是一样，不过也只能尽力而已，当然尽力并不能保障好的结果。他说自己逐渐明白了这点。

"我也喜欢动物，可是我担心看见生病的动物会痛苦，所以不敢想象自己成为兽医。眼睁睁地看着生病的动物死去，这我没有信心。"我说。

"我理解。"韩志说。

商店门前的空地上只剩下我们两个人。

后来很长时间，我和韩志都没能单独聊天。

每天在礼拜堂里看见韩志三次，都是坐得很远，通过眼神打招呼。韩志和男志愿者们相处得很好，总和他们在一起。"你好，韩志"，这样打招呼的时候，韩志身边的男孩们也会跟我说话。

我开车搬运帐篷或床垫，打扫修士家属住的房子。韩志主要在大厨房工作，做土豆泥，大锅煮可可或红茶，搬到配餐台。我站得远远的，注视着搬运食物的韩志。自从知道晨祷之前可以在仓库门口看见他，我就打着散步的幌子在附近徘徊。

他专心致志，努力工作，搬袋子，往地上洒水拿刷子刷，整理配餐台。他做什么事都很专注。我喜欢看他工作的样子。现在，当我写下这些文字的时候，我想韩志应该也知道我在他的周围徘徊吧。我以手为伞遮挡阳光，眯着眼睛，努力看清他的脸。阳光下，他的黑皮肤发着绿光，像神秘的金属。

每周两次学习《圣经》的时间。

场所是中央礼拜堂旁的小房子。那是只有修士才能进出的区域。房子门前密密麻麻地绽放着大丽花和薰衣草。

《圣经》学习包括对《圣经》文本的内在分析，以及对文本产生的时代背景的外在分析。修士们解释《圣经》作者所处时代的观念和文化对文本技术产生的影响，然后是志愿者向修士提问，批判性地阅读文本。

"有趣的是，《圣经》并没有具体地描述死后的生活。但可以确定的是灵魂没有死亡，而是以不同于现在的状态继续存在。死后的灵魂不再受到肉体有限条件的影响，可以毫不夸张地说，现在活着的我们对死后的生活是全然无知的。"修士说道。

"《圣经》没有提到天堂和地狱吗？"卡罗问。

"《圣经》提到了天堂，但是没有具体的描述。坦率地说，那是我们现在无法认识也无法想象的地方。"修士回答。

"人类的认识是有限的，这点我也认同。不过能不能想象，我就不知道了。还有人类无法想象的东西吗？想象有极限吗？"卡罗问。

"是啊。不管我们怎样想象，天堂都处于超越想象的状态。天堂里没有时间，也没有空间，而是灵魂的状态。"修士说。

晚祷开始的钟声响起，《圣经》课到此结束。晚祷的时候，我意识到自己从来没有思考过来生。我只是被"永恒"这个概念压制住了。不管是地狱还是天堂，永恒的概念令我窒息。

无穷无尽。

晚祷结束，回到宿舍，我问卡罗：

"天堂处于超越想象的状态，你怎么看这个结论？"

卡罗沉默片刻，说道：

"我不清楚。"

"你认为天堂是什么样的地方？"

"虽然不太清楚，但我认为应该和这个世界不同。只有爱和被爱的状态。你可以嘲笑我的想法单纯。"卡罗说。

"如果死后的世界是永恒，那么和永恒相比，现在只是刹那而已，那又为什么要存在呢？难道天堂是对这种生活的补偿吗？"

"这种生活？"卡罗怔怔地看着我。

我没再和卡罗说什么。我希望我在死亡之后彻底消失。不，我希望我从来就不曾存在过。这要比活过之后再去天堂更好。

"英珠。"卡罗喊着我的名字，抚摩我的后背。

修道院附近有几个大大小小的村庄。有些访客去村里喝葡萄酒，说说笑笑。这对村民来说是难以忍受的噪声污染。尤其是夜里动不动就惹事。几名志愿者站在村口，阻止准备夜游的访客。这件事叫作"守夜"。

那是我和韩志第一次做同样的工作。

守夜人共有十名，五个区域，每个区域安排两人。工作时间从晚上九点到十一点，韩志和我一组，负责A区域两周时间。那是通往修道院附近最大村庄的路口。七点钟，太阳还没有彻底落山，天空看起来像橙色、粉红色、墨色凌乱地混合而成的湖水。凉爽的风送来菩提花的芳香。那天韩志和我坐在长椅上，看着回家庭宿舍的人们。

家庭访客住在修道院外面，人们骑自行车往返于修道院和住所之间。他们要赶在太阳落山前回到住所，不过有的人祈祷到很晚，全靠零星的几盏路灯的微光回去。

"往那边走会有什么呢？"我指着浓浓的黑暗问道。

"房子、向日葵地、薰衣草地、牧场、葡萄酒店、餐厅，继续走下去，有人说是小河，有人说是湖。中间还有些小教堂。"韩志说。

"我听说有别的。"我说。

"什么？"

"在农场里做爱的年轻人。"

韩志点头笑了笑，说道：

"跟你们修女也这么说吗？"

我们都笑了。

"我们去看看那里有什么吧。工作结束后再去。"韩志露出特有的天真表情，说道。

我静静地摇了摇头。我不想在不了解情况的异国他乡冒着危险走夜路。

九点过后就不能到修道院外面散步了，有些访客就谎称自己是住在家庭宿舍的情侣。我们假装信以为真，放他们出去了。

坐在长椅上，韩志和我聊了很多。有时聊得太投入，访客走出修道院很远了，我们才回过神来。我相信不管说什么，我的话都不会传出去，而且韩志也不会凭借我说的话对我做出判断。惭愧的往事、无法宽恕的事情，我都可以在韩志面前无所顾忌地说出来。甚至在这部作品里也不能说的话，我都跟韩志说了。这些事只属于他。

尽管如此，我们还是有哑口无言的瞬间。

比如，韩志问我住在什么地方的时候，问那么富有的国家为什么有那么多人自杀的时候。我无法回答这些问题。我为自己不能清清楚楚地说明自己生活的世界而惭愧。我没有回答，而是讲了我的奶奶、妈妈、邻家阿姨的人生故事，感觉这样说更适合回答韩志的问题。

韩志也讲了他的故事。内罗毕有三百万人，其中二百五十万住在贫民窟。韩志说他从小就不理解父母，为什么对如此极端的不合理置若罔闻。看着父母去教堂为全家人祈祷平安，韩志想到了距离教堂几公里远的街头即将死去的孩子。在这种情况下，韩志还是用父亲的钱接受了良好的教育，因为母亲对家人无私的爱而过着安稳的生活。这是他认可的事实。他说他享受的生活得益于父母的财富。当他想到这些财富可能是榨取他人的劳动果实的时候，他就会闭上眼睛。尽管这样，他真正相信和依赖的最终还是只有金钱，他坦白地说。

离开修道院的情侣们都回来了，再也听不见说说笑笑的声音了。我们这才看了看表，凌晨一点。我还以为也就十一点呢。

晚祷结束，韩志和我去了前一天的长椅旁。

"我有东西要给你看。"

韩志从随身带的斜挎包里拿出巴掌大的小相册。我们在路灯下翻看相册里的照片。

第一张是大约二十人直挺挺地站在厨房里的照片。照片正中间，身穿带黄色花纹的淡绿色连衣裙的女人抱着襁褓里的孩子，头上围着和裙子同样图案的头巾。韩志指着襁褓里的孩子说：

"这是我，这些人都是我最亲近的家人。"

韩志的家人，不论男女肩膀都很宽，手脚很大。韩志的妈妈看上去很强壮，像个健壮的男人。被抱在妈妈怀里的韩志，我觉得像只小狗。

"这个小孩子是谁？"

我指了指抓着妈妈裙角、注视相机的约莫三岁的孩子，问道。

"我哥哥。"

"你只有一个哥哥吗？"

"不，还有个妹妹。"

韩志翻了翻相册，指给我一张照片。看着不到百天的小孩子在床上睡觉。韩志继续翻相册，给我看另一张照片。一看就是刚才那个孩子，现在有五六岁了，也是在睡觉。随后我又看见了一个十几岁的女孩子躺在床上的照片。十几岁的女孩子，脸上、脖子上都长了很多肉，头发很短。孩子枕着铺有纱布毛巾的枕头，轻轻张着嘴巴，看上去很平静，像是在做美梦。

"除了睡觉的照片，没有别的吗？"

韩志给我看了妹妹躺着笑的照片。妹妹皱着眉头在笑。

"莱雅从出生到现在就这样躺着。"

韩志递过相册，给我看另一张照片。面对比刚才照片上还胖的孩子，韩志和韩志的爸爸妈妈在笑。

"这是莱雅生日那天拍的照片。"

说完,韩志久久地注视妹妹的脸。他的脸上萦绕着温暖的光芒。

"很美,是不是?"

我点了点头。

"我从小就是这样,每当心乱的时候就去找莱雅。哥哥瞒着爸爸妈妈偷偷打我、欺负我的时候,我也会去莱雅睡觉的房间,静静地哭泣。静静地注视睡在床上的莱雅,我的心就会平静下来。如果莱雅和别的孩子一样,我会跟她玩什么游戏呢?我也这样想过。莱雅的心智停留在两岁的水平。"

我想象着年幼的韩志坐在房间里注视莱雅的情景。有个需要自己照顾一辈子的家人,我不知道这是怎样的人生。

韩志说,爸爸、妈妈、哥哥、奶奶、姑姑轮流照顾莱雅。迟早有一天,他会成为照顾莱雅的主力。他从小就知道,自己的人生并不完全属于自己。

"什么结婚、生孩子,这些事我从来没想过。我要对莱雅负责,要赚钱,要雇个信得过的人,在我不在家时照顾莱雅。"

为了不让莱雅身上生褥疮,韩志家人每隔两小时帮她翻一次身,给莱雅洗澡则至少需要两个人。莱雅出生以后,曾经有时间就旅行的爸爸妈妈连近处都去不了。韩志说,这是很痛苦的事情,但还不是全部。全家人都真心爱莱雅、珍惜莱雅。

莱雅送给全家人的礼物是沉默。韩志每天至少默默地盯着沉睡的莱雅看两三次,这些微不足道的时间让韩志变得内心坚定。

"有时她也会哭闹,毕竟是孩子嘛,情有可原。有时不停地哭，哭好几个小时。这时就会觉得莱雅好烦，真的，好讨厌这样的时候，真想打她，让她安静下来。我是坏人啊。"

"韩志，你比任何人都好。"

"英珠……你真的好单纯。"

为了让气氛不再尴尬，我转移了话题。

"这是你的第一次旅行吗？"

"是的，我连内罗毕近郊都没怎么去过。只是上学的时候去塞伦盖蒂公园郊游过。"

"塞伦盖蒂？"

"坐吉普车去看野生动物。"

"好酷。"

"对我来说，塞伦盖蒂公园就是世界的尽头。塞伦盖蒂公园的草原无边无际，小学时我真的以为没有尽头。郊游回来，我兴致勃勃地跟爸爸妈妈说着塞伦盖蒂。这还不够，我又跑到莱雅的房间，夸张地给她讲述我看到的风景。说完这些，我又莫名地对莱雅感到抱歉。莱雅一辈子都挪不了步，只能躺在那里，只有我去欣赏了美景。"

韩志说他在外面吃美食的时候、和女孩约会的时候、在夜店跳舞的时候、唱歌的时候，都会想起莱雅。这时他会心软，然后告诉自己，这样的怜悯本身是对莱雅的傲慢，借以平静自己的内心。

"莱雅不是别人。此时此刻我和你聊天，可是我身体的一部分躺在内罗毕的家里。不管我去哪儿，不管我在做什么，我的一部分总是在内罗毕。"

这样说的时候，韩志的视线仍然盯着照片上的莱雅。他脸上洋溢的温暖光芒映在我苍白的心间。

我和韩志十指相扣。

我亲吻韩志的脖子。

我和韩志一起睡在树荫下的长椅上。

我和韩志乘飞机去内罗毕，看到了照片上见过的高高大大的韩志家人。他们热情款待、接纳了我。我和韩志去莱雅的房间跟她打招呼。韩志用他看莱雅时的温暖目光看我。我和韩志在没有斑马线的内罗毕公路上放肆穿行，乘公交车去塞伦盖蒂草原。我们偶然遇见了韩志的犀牛。它们看上去健康而幸福。我们和犀牛一起看草原落日。

我怀上了韩志的孩子，留在没有寒冬的内罗毕。在那里，韩志和我谈起修道院里发生的事。过去太久，记不清了。以前没有彼此的时光是多么不完整。我们这样说。

我没能离开内罗毕。

我给莱雅换尿布，扶着她的头喂汤给她喝。我美丽的孩子坐在地上哭泣，韩志没有回家。我怀念初遇韩志的时光。

两周过去了，我们的守夜工作也结束了。韩志和我还是不约而同地在晚祷结束后去那个路口见面。虽然不能像以前那样长谈，不过也会简短地告诉对方当天发生的事情。

没有路灯的地方，我很难认出韩志。韩志的身体融入黑暗，只能看清眼睛。看到他的眼睛，我就知道韩志在想什么，心情怎么样。

韩志总是板着脸。

再也不是最初见到的那张自然而放松的脸。偶尔，很短的瞬间，韩志看起来像个死去的人，仿佛是不存在于这里的人。这时候，我感觉他是在内罗毕莱雅的身边。

我们不再像从前那样说很多话。短则几秒，长则几分钟，默默无语，静静地走路，捡起从路边爬出来的鼻涕虫，扔进草丛。在沉默中，我明白自己对那段时光有多么执着。那段时光要永恒才行，不能像别的时间那样随意流走，废弃在过去里。

我们经常去修道院外面散步。

修道院正门附近是已故修士的墓地。墓地种了很多花，看上去像个小花园。样式简单的木质十字架上刻着名字，墓碑上记录着出生和去世的年份。那里还有建造修道院的修士的坟墓。他是个内心柔软的人，就因为某个老妇人说"谢谢你来到这个寂静的地方"而来到这个举目无亲的小村庄。在他的坟墓前，我们总是不约而同地沉默，静静站立，注视着那个木质十字架。

墓地下面的山坡上有一棵大菩提树。每当有风吹来，菩提树长而柔软的枝条就会碰到树下行走的我们的脸。菩提花的芬芳混合着田野里刚刚收割过后的草香，拂过鼻尖。山坡下有匹马，我们给它取名为彼得，拿吃饭时发的苹果和饼干喂它。我们用小刀把苹果分成四等份，放在手心。彼得用厚厚的舌头舔我们的手掌，夺走苹果。即使离得很远，只要我们叫声"彼得"，它就会慢慢地朝我们走来，带着沉重的脚步声。靠近的彼得，充血的眼睛四周围满了苍蝇。

离开彼得，往南是广阔的草原。我们走过草原中间的小路，看树荫下午睡的短毛羊。从草原往东，有座石头建造的小教堂。黑鸟们收起翅膀聚在一起，落在教堂房顶。我们通常从这里往回走，如果时间充足也会走得更远。从那里开始就都是村庄了。大部分都是旧式的二层小楼，围墙和露台上盛开着五颜六色的鲜花，感觉明媚而温暖。

经过村庄，混凝土桥下是小溪。我们喜欢脱鞋坐下，静静地把脚泡在溪水里。

当然不是只有开心事。

有人在桥上喊着"Fuck off colored"，作势要扔下酒瓶。每当这时，我们就呆呆地往桥上看。因为我们一点也不害怕。有人用法语骂人，我问什么意思，韩志笑着说没什么。

我们只是静静地坐在那里，那些人冲我们说些种族歧视的话，然后逃跑。他们都是什么样的人呢？他们过桥之后去哪里？应该是去市场买菜然后回家，或者去酒吧见朋友吧。那些人也是某人的重要朋友、家人，有时也会在顾客或上司面前遭受羞辱，也会因为外貌、年龄、环境或偏见而受到歧视，也会被喜欢的人拒绝吧。

想要报复吗？

还是单纯为了刺激某个人，看看对方的反应？只能以这样的方式让自己安心，我真心觉得他们可怜。通过捉弄和歧视别人获得快乐，这样的人生该是何等空虚！

在那里的时间过得飞快，每时每刻我都舍不得，随时看表。感觉没说几句话，三四十分钟过去了，不知不觉就到了该回去的时间。我们用随身带来的毛巾擦干脚上的水，加快脚步走回修道院。我几乎是跑着去追韩志的。

每个周日我们都会为离开修道院的志愿者举行聚会。聚会在只有三四坪[1]的小休息室里举行。即将离开的志愿者们前面放着小桌子，点燃几支蜡烛，给大家讲述自己的感想。跟他们关系要好的同伴们回忆共同度过的时光，擅长乐器或唱歌的人还会来个小型演出。来自墨西哥的辛迪亚表演了独角戏，来自哥伦比亚的古斯塔格表演了哑剧。如果还有时间，大家也会继续做游戏。

那个小小的房间里聚集了三十名不同国籍的志愿者，没有志愿者的母语是英语。大家都用英语说话，然后像唱副歌似的补充："你明白我的意思吗？"如果有以英语为母语的人看到我们，也许会觉得我们说话的水平和十岁孩子差不多。尽管如此，我们还是千方百计去理解对方说的话。凭借不怎么样的英语，或者通过英语水平较低的翻译，我们笨拙地交谈，难以想象这些人用自己的母语说话是什么样子。

这种聚会的气氛只能属于这种聚会。

没有哪一种文化是聚会的主导，也不可能成为主导。大家自发地唱歌或弹吉他、表演戏剧或哑剧，然而水平并不是很高。寻找共同话题也不容易。除了几个人，我们彼此一无所知。多大年龄、受过怎样的教育、住在什么地方、有着怎样的政治倾向、为什么来这里，我们统统不知道。尽管如此，我们依然努力理解各

---

[1] 坪是韩国面积单位，1坪约等于3.3平方米。——译注

自结结巴巴吐出的字字句句,并在狭窄的空间里画了两个圆,坐下。好像这样画圆围坐就是我们聚会的全部理由。

完全不懂英语的中南美人参加聚会,需要借助会说西班牙语和英语的中南美人的翻译,只会法语的非洲人则要听能说法语和英语的人的翻译。有人说出一句话,到处都在进行同声传译。当很短的英语被翻译成很长的句子时,听不懂这种语言的人们就会哄堂大笑。

从某种意义上说,来自非洲的人都和韩志很像。爱笑,自由自在,仿佛只要有点儿好笑的事情,他们绝对不会放过,非笑不可。看到韩志在他们中间谈笑风生的样子,我感觉韩志或许会认为我很乏味,让人不舒服。

韩志把坐在窗前的非洲孩子们的话翻译成法语。明明是转述简单的事实,却像在讲有趣的故事似的,表情丰富,中间不时大笑。跟韩志聊天的人们看上去都很开心。平时不怎么笑的人,面对韩志也会露出灿烂的笑容。和别人在一起的韩志,和我单独相处的韩志,仿佛不是同一个人。

每当这时,韩志比任何时候都离我更远。

我不了解韩志,不了解他的世界,不了解被他的手触及之时会稍微变暖变亮的世界。

我躺在宿舍客厅的沙发上看杂志,卡罗坐到我身旁。巧克力色的皮肤闪闪发光,小小的脸庞像是精雕细琢般美丽,还有乌黑闪亮的大眼睛。卡罗用那双眼睛盯着我看了看,开口说道:

"昨天我看见你和韩志聊天了。送别会结束后,你们在去村庄的路上聊天，对吧？"

"是的。"

"你们从地上捡起什么东西扔掉了，那是什么？"

"鼻涕虫。"

卡罗皱着眉头笑了。

"英珠，韩志是个怪人，真的很特别。"

卡罗对韩志了解多少呢？对我说的那些话，韩志对所有认识的人都说过了吗？我很好奇。

"你给人的第一印象很不一样。"卡罗说。

"我给人的第一印象什么样？"

"我以为你是修女，而且是很顽固的修女。不是开玩笑。"

卡罗似乎担心她的话会让我难过，急忙补充说：

"这是我的偏见，你也和韩志一样奇怪。我从韩志那里听说过很多你的事。他说你是他在这里最好的朋友。我和韩志认识三年多了，第一次见他和别人走这么近。"

"韩志吗？"

"是的。"

"韩志和所有人都相处得很好啊。"

"和所有人都相处得很好，但是谁都无法了解他的心思。我从来没见过韩志对别人表现出厌恶。他好像不愿伤害别人才这样。可是呢，所有人都对他多多少少有点儿反感。虽然很亲切，但是仅此而已。比起反感，应该说失落更合适吧？偶尔我觉得他和动物更合得来，而不是人。"

我静静地凝视着卡罗说话时美丽的脸庞。精致的五官和圆圆的头,让人想要触摸的明亮皮肤。像你这么美丽的孩子,怎么会和韩志往草丛里扔鼻涕虫呢?

"其实我也不了解韩志,不知道他为什么说我是他最好的朋友。你知道的,这里事情太多,没有足够的时间交流。"

如果我对韩志喜欢得稍微少点,也许就实话实说了。

是这样的,卡罗、韩志和我每天都聊天,只要我们不工作的时间赶在一起,就会到修道院周围散步,夜里从商店自动贩卖机上买可乐喝。过了午夜,我们静静地坐在水池边的树下。怎么说呢,如果可以这样说的话……韩志了解我。我想象韩志的心思,就像韩志想象犀牛的心思。偶尔我也会在从未去过的韩志家的露台上坐会儿。

韩志可以随口说和我关系好,我却不能这样说他。仿佛只要我提到韩志,所有人就会看穿我对韩志的想象。从这点来看,我大概是个疯子。

"英珠,你多大了?"

面对卡罗的问题,我犹豫不决。

如果和韩志偶遇,我腹部和背部的皮肤会变得滚烫,仿佛听得见血液涌向大脑的声音。心跳加速,说话也结结巴巴。想到韩志在远处看着我,我会感觉有火苗从小腿向后颈蔓延。

每当这时,我就会想到地质年代划分表。

初一时作为礼物收到了地质年代划分表,我把它贴在墙上,喜欢从头读到尾。后来我按照年代背诵存在过的生物名称,上高中时已经能够从头默背到尾了。这些如今已经消失却又分明存在过的名字在我眼里很宝贵。

原始地球。

原始地球上没有任何生物。我想象什么都没有画的黑板。

太古代。

细菌、蓝藻、古细菌类出现。用粉笔尖画出的小点。

元古代。

水母出现。可以清晰地看到身体内部的透明水母。

寒武纪。

贝壳、珊瑚和三叶虫。

奥陶纪。

被称为海星和海蝎的生物。消失的牙形石。

志留纪。

蜗牛、蛤蜊、红蛤、无颌鱼类。

我可以像背诵祈祷文似的罗列出这些生物的名称。有颌鱼类、肺鱼、陆地蜗牛、海百合、爬行动物等哺乳类、苏铁类、始祖鸟、原始显花植物。每当我在心里背诵这些名称的时候，我对外面世界的关注就会消失，内心的想法和感觉变得迟钝，我的存在似乎也变得模糊了。

无论何地，无论何时，这些都不重要。

悲伤时，不安时，生气时，有人掌控我心情时，我就虔诚地呼唤那些名字。它们在某种程度上可以将我从现实的痛苦中分离出来。从"原始地球"开始到"各种有蹄类动物"，我感觉不是我在呼唤它们的名字，而是它们在呼唤我。这样的时候，我不孤独。

韩志知道吗？我在他身旁静静地呼唤消失生物的名字，以此压抑自己对他的感情，最重要的是我害怕他会看穿我的想法。如果韩志知道了我的想法，哪怕只是模模糊糊地知道，我也担心他会远远地逃跑。

走到哪里都没有存在感的我，身处众人之间也格外醒目的韩志；

没有自信，说话含混不清的我，跟谁都能自然交流的韩志；

不敢尽情地笑，总是捂着嘴巴的我，表情毫不造作的韩志。

也许韩志并不是喜欢我，只是因为我跟别人合不来而觉得我是需要被照顾的人。那时的我这样想。

我们不是对等关系，因此无法成为恋人，我甚至没有资格做他的朋友。谁都没有这样说过，也没有做出这样的判断，然而我自己很清楚这个事实。当我这样想的时候，我会想起经常说同意和他交往的前男友。也许三年来拴着我和他的就是我们都认为自己微不足道这个共同点。只是他的自卑比我强烈，所以我蔑视他，同时回避了对自己的蔑视。仅此而已。

"你在想什么？"韩志问。

"我在想，再过一个半月，你就要回内罗毕了。"

韩志沉默。

"如果我们回到从前的生活，还能记住多少在这里度过的时光呢？"我问。

"几乎一切都会被遗忘。"韩志回答。

"我不想这样。"

"什么？"

"遗忘。"

我从包里拿出笔记本，打开。

"这是我的日记。从到达这里开始，几乎每天都写。你可以看。"

韩志一页一页翻着我的笔记本，笑出了声。

"你的字像画，你看。"韩志指着我写的"衣服"说道，"像一个人跳舞的样子。"

韩志好奇地摸着那些文字。

"啊，这个我也会读。六月二十三日，到达这里的日子。天气很热，我们坐旧车去里昂机场，好累。那个从内罗毕来的叫什么韩志的男人，总是用法语说话，吵死了，真想打他一顿。我在礼拜堂打盹儿的时候，他又来和我说话。出门三个月，竟然没带牙刷？我不得不陪他去商店。"

韩志像认识韩文似的，指着文字编故事。我们都笑了。

"这里也写到我了吗？"韩志问。

六月二十三日以后，每天都有你登场。

"没怎么写你。"我开玩笑地说。

"我把你当朋友啊。"韩志笑了。

我指着"韩志在大厨房里工作"里的"韩志"两个字。

"这是你的名字。"

韩志静静地俯视着那两个字。我在笔记本上写了大大的"韩志"给他看。

"好美。"韩志说，"你的名字长什么样？"

我在"韩志"两个字旁边写下"英珠"。"韩志"和"英珠",几个字看起来很亲切。

"我应该不会忘记在这里的时光。"韩志浏览着我的笔记本说,"我不擅长写东西,你是怎么做到每天记录的?以后如果我们再见面,你要跟我讲讲现在的时光,我容易忘记。"

"我一定讲给你听。"

明明知道很难再见面,我们还是常常以这样的方式假设以后的重逢。仿佛我们就住在隔壁,只要按下门铃,随时都可以见面;只要叫对方过来吃晚饭,对方就会穿着拖鞋来玩。我们假设着重逢的场景,试图回避余生可能将毫无关联的现实。

"英珠,我知道,我们会再见面的。"韩志说。

"是的。"

我注视着并排写在笔记本上的"韩志"和"英珠"。

现在,"韩志"和"英珠"仍然在我的笔记本上。

读着当时的记录,我还能感受到我们的笑声和交谈,感受到夜的风景和混合在空气里的菩提花香。韩志的笑脸、韩志从商店里买的薄底拖鞋、我们分享的可乐和一条腿不结实总是向后仰的简易长椅,一切都清晰如昨。然而这些故事都失去了光芒,仿佛从未发生过。我清晰地记得和韩志度过的时光的细节,只是真实感渐渐变得模糊了。

直到现在我也不知道韩志为什么背弃我。

我无法理解他的断交行为。

时间流逝也仍然无法理解的事，那就不要理会了。想是这样想，我却连小小的记忆都不能忘怀。

起先我以为韩志没看见我。我笑着打招呼，韩志不可能不理睬。可是那天，好几次韩志都和我擦肩而过。在我们每天见面的长椅旁，他也没有出现。我想也许是韩志身体不舒服吧。直到在回宿舍的路上看见韩志和其他非洲孩子说说笑笑。我又举起手冲他打招呼，韩志却转过头去。

那是韩志回内罗毕两周前，九月十二日的事。

"韩志转过头去，"我这样写道。

韩志转头的前一天，我们还在长椅上见面聊天。没有什么不同，也没有发生令彼此伤心的事。我们一如往常地说起当天发生的事情。那是停留一周的访客离开的日子，我记得我们提到了打扫多人宿舍的事，还说从床垫上收集床单，送到洗衣室的工作很难做。韩志说，现在像他刚来的时候，访客不多，修道院有点儿冷清。这就是全部。

难道有我没记住的部分，他感到伤心？也许我说了什么调皮的玩笑话。但我一直都小心翼翼，即使在很小的细节上也不愿伤害自己喜欢的人。我不是那种说话随心所欲，连自己说什么都不知道的小孩子。就算真的因为我伤心或不快，难道就不能说出来吗？难道我犯了什么严重的错误，以至于不能见面说话了？还是谁说了我的坏话，挑拨我们的关系？如果有人说了诬蔑你的话，我不会相信，至少会找你确认。

那天韩志也说了"明天见"。黑暗中的韩志目光温柔。

我也有放不下的事。偶尔韩志说我"单纯"。尽管他总是笑着说话,然而不知道为什么,我有好几次都感觉到他话里带刺。有一次韩志说"你真单纯",然后又像辩解似的补充说"单纯很好"。

现在我仍然不知道韩志说的"单纯"是什么。

"记忆是能力。你天生就有这个能力。"

奶奶对年幼的我说。

"不过,这是很痛苦的事,你要让自己变得迟钝些。如果是幸福的记忆,那就更要小心。幸福的记忆看着像宝贝,其实就像燃烧的炭,捧在手里,只会让你受伤,所以要甩掉。孩子,那不是礼物。"

可是,我都记得。

身为佛教信徒的奶奶说过,人是因为有对现世的记忆而轮回。奶奶还说如果心里附着了记忆,那就无法摘除,只能一次次重生。即使心爱的人死去或离开,也不要太心痛,可以充分哀悼,但是不要被悲伤吞没,否则就会不断地重返人间。最后那句话令我恐惧。

时间流走,人也离开,我们再次孤独。

如果不接受现实,记忆就会腐蚀现在,让心灵疲惫不堪,从而导致我们生病、衰老。

奶奶如是说。

我永远记得那些话。

韩志赤裸裸地把我当成不存在的人。

且不说不加理睬,路上相遇也会绕开我。他的眼神里没有愤怒，只是冷漠且模糊，看上去有些疲惫。我不能追上他，或者呼唤他的名字。我没有信心。

我远远地注视着收拾垃圾的韩志。右手戴着到肘部的手套，左手拿着夹子。他从垃圾桶里掏出塑料瓶、玻璃瓶和纸箱子，塞进网兜。汗水滴落到下巴，蓝色T恤的颈部、腋下和后背都湿透了。韩志微张着嘴巴，弓着后背，安静而专注地工作。

我知道自己迟早会失去韩志，却没想到是现在。

韩志冲我笑的时候，腾出时间陪我散步的时候，他说把我当成最好的朋友的时候，我总觉得这些都不该属于我。即便如此，他也不应该在没有任何解释的情况下突然结束一切。

我朝着收拾垃圾的韩志走去，感觉头晕。

"韩志。"

韩志呆呆地看我，板着脸，没有笑容。看到这张脸的瞬间，我忘了自己想说什么，突然间哑口无言。韩志的视线在我脸上短暂停留，很快就挪开了。

韩志拿的网兜里装满了塑料瓶。明显看出黏糊糊的可乐瓶上落着几只苍蝇，不知从哪里传来孩子们咯咯的笑声。我支支吾吾说不出话，韩志扎紧网兜口，抓在手里，离开了。韩志僵硬地走了，就像木偶。

我静静地站在垃圾桶旁，注视着韩志刚才站过的位置。韩志什么也没对我说，然而我知道。不管韩志回避我的理由是什么，这都不重要。韩志在躲避我，如果我不接受这个事实，只会让他痛苦。

我不想让他痛苦。

道歉也好,追问为什么也罢,那都是错误的。

人总会离开。奶奶说过。

只要接受这个事实就行。

我喃喃自语。

偶尔我会做梦,梦见夜里散步。

世界上没有任何生物,像原始地球。没有蜗牛,没有菩提树,没有苍蝇,没有身上粘满苍蝇的彼得,没有睡懒觉的羊,没有韩志的犀牛,没有年轻人,没有老妇人,没有研究生,没有修士,没有种族歧视主义者,也没有他们扔的垃圾。

我在空荡荡的黑暗里想:"地球曾经是这样冷清的地方。"

地球只是在隆起,在侵蚀,在努力堆积。

真的很努力,尽管很冷清。

世界是灰色的,远处的火山发出隆隆巨响,我朝那边走去。走了一会儿,我看见修道院附近的小教堂、家庭宿舍和韩志走过的村庄。远远地,我看见在溪水里泡脚的韩志和我。世界上只有他们两个人。我要快点儿下桥,走到他们身边。我找不到去桥下的路。任凭我怎样挣扎,也到不了桥下。

场景突然变换。

我和韩志坐在水池边的长椅上,静静地坐在黑暗中。

韩志说:

"我们还会再见面的。等我们再见的时候,你要把我丢失的记忆告诉我。我会忘掉的。你,这段时光,都会。"

韩志说着,悲伤地笑了。

我想回答，可是张不开口。我艰难地看向韩志那边，看到的不是韩志，而是巨大的网兜，张着嘴巴。那个网兜里装满了韩志扔进去的塑料瓶。

我不想向别人展示我的痛苦。

我只是做着自己分内的事，每天吃三顿饭，参加共同祈祷。以前和韩志散步的时间，现在就在宿舍客厅里看书，或者和别的志愿者喝咖啡、聊天。晚上打牌，或者和来自南美的朋友做毛线手链，在客厅餐桌上胡乱打打乒乓球。我笑到流泪。十二点左右回房间，室友们都睡了。我钻进被窝，默默地哭着入睡。

这样的夜晚，卡罗来找我。她打开房门，轻轻呼唤我的名字："英珠。"

我把毯子拉到头顶，装睡。

"醒醒，英珠，一会儿就好。"

我在枕头上蹭了蹭被泪水浸湿的脸，然后站起身来。我们走到仓库前，地上铺着纸箱。

"吵醒了你，很抱歉。可是不这样做，我就没法和你聊天了。除了工作时间，你都和别人待在客厅里。"

"是的。"

"我感觉你在回避单独和我说话。"

"我没有回避。"

"那么对不起，你应该知道我想跟你说什么吧。"

"……"

"关于韩志，你和韩志之间有什么事吗？"卡罗的声音微微颤抖。

卡罗的脸好美。她什么都不知道。突然间，我冲着无辜的卡罗大发雷霆：

"你凭什么来问这个问题？"

"我只是好奇。你们本来每天都黏在一起，现在怎么连招呼都不打了？大家经常谈论你们，只是在你们面前不说罢了。韩志看上去很累，这个周二的非洲聚会也没参加。听说他在宿舍跟别人也合不来。"

"那又怎么样？"

"我不知道你为什么要这样对韩志。韩志是好人。"

我无话可说。

"我不知道你从韩志那儿听到了什么。"我说。

"韩志什么也没说。"

"那你凭什么胡乱猜测，断定是我的错，还在这个时间吵醒我、折磨我？"

我意识到自己说得很难听。卡罗只是担心韩志才来问我，而我的反应过于情绪化了。从我身上分离出来的我，漫不经心地注视着过于情绪化的我。

"你每天还是说说笑笑，跟别人打牌、打乒乓球，而韩志那么痛苦。"卡罗小心翼翼地说道，然而她的语气已经判定我有罪了。

"是的，是这样。那跟你又有什么关系？"

我用简短的英语直截了当地回答，幼稚而尖锐的话语仿佛出自孩子之口。韩志怎样不理我，带给我多少痛苦，然而我却不能问他为什么这样对我。我想解释，却说不出来。闪现在脑海里的英语单词没有秩序，乱糟糟地混杂起来，我说不出来。卡罗，我想说的不是这些。请给我点儿时间，让我想一想，选出好的单词，组织语言。

卡罗瞪大眼睛注视着我。我这番直截了当的话没有伤到卡罗。她的目光里含着失望。原来你是这样的人，她的眼睛这样对我说。

"我这样说只是担心你们的关系。以前我也跟你说过，韩志和任何人都没有这么亲近。英珠，韩志是个好人。我以为他终于遇到了亲近的人，谢天谢地。因为他心里有着看不见的壁垒。我以为来到这里，那道壁垒就打破了，可是他好像受了伤。"

我沉默片刻，说道：
"韩志在躲避我，我想跟他说话都不行。"
"吵架了？"
"没有，前一天还聊天了。"
"真的吗？"
"是的。"
"英珠，我不理解你。那你应该去找韩志问清楚，为什么要躲着你，说出来才能解决问题。像你这样什么都不说，对你、对韩志都不好。心里有事却不说，在这里说说笑笑，你这是在欺骗自己。"

"我要回去睡觉了，明天还要早起工作。"我像没听见卡罗的话。卡罗，我不想让韩志痛苦。

那一周，我在轻食厨房工作。有的访客无法消化乳糖或谷蛋白，有的对豆类、坚果、肉、虾、西红柿等食物过敏。轻食厨房专门为这些人制作食物。我们在这里煮马铃薯、胡萝卜、鸡蛋,做米饭,蒸古斯米[1],洗生菜做沙拉。有人能吃奶酪,我们就把奶酪装在篮子里送过去。

那天奶酪用光了,轻食厨房负责人派我去大厨房。我知道韩志在那里工作,不过大厨房很宽敞,我只是去趟料理室后面的冷库,在料理室工作的韩志应该看不到我。

我打开冷库的灯进去。韩志抱着苹果箱子,站在那里。

我看了看他的脸,默默地让到旁边。韩志仍然抱着苹果箱子,静静地看着我。

我把散装奶酪放进篮子,转头看去,韩志仍站在原地。冷库天花板上的圆灯泡闪闪烁烁。韩志看着我,似乎有话要说,终于还是什么也没说。

他没有躲避我。这已经让我安心,有了说话的勇气。

我低头看了看韩志手里的苹果,说道:

"谢谢你没有躲避我,一会儿就够了。这里太冷,不能停留太久。你听我说,不要就这么离开,仿佛我不存在。"说完,我看了看韩志。

韩志在哭。

"我不会问你为什么这样。知道了心里会舒畅,可是又有什么用呢?如果我对你做了什么错事,原谅或不原谅都是你的自由。如果不是因为我的错误,而是因为你自己,不管什么原因,我都可以理解。如果你是因为别人说了什么而误会我,看不到我

---

[1] Couscous,用手揉搓面粉制成的小米粒。——原注

的真心，那真的太遗憾了。"

我又冷又怕，颤抖着说：

"不管你对我怎么不好，我都不会介意。不管在世界什么地方，我都不会讨厌你。哪怕是以这样的方式也好，我只想和你处在相同的空间。想到一周之后，我在这里再也见不到你，我走着走着都会流泪。以后我再也不能这样和你说话了，韩志，求求你，不要这样从我的生命中消失。"

我忍住哭泣，尽可能心平气和地说道：

"韩志，我以后不会打扰你了。回到内罗毕，你也多保重。你说你很容易忘记过去的事，希望你只留下美好的记忆，别的事情全部忘掉。不，美好的记忆也忘掉吧。韩志，希望你健康，还有你的家人，还有莱雅。"

"韩志！韩志在里面吗？"

外面有人敲门找韩志。

韩志用手背擦了擦眼泪，出去了。

我也很快离开了那里，然而深入骨髓的寒气却经久不散，只有额头滚烫。

我申请了沉默周。

带上宿舍里的全部物品，我去了修道院外的沉默之家。沉默之家是一栋陈旧的二层小楼，带个大院子。说是院子，未经修剪的草却如雨后春笋般冒出，看样子夜里还会有蛇出没。在沉默之家，我可以独住单房，每顿饭都由修道院派人来送。每到共同祈祷时间，我们就步行三十分钟去修道院。沉默周里，可以不参加劳动。

没有劳动的一天漫长而又痛苦。不管怎么努力专心读书，都看不下去。从前被疲劳按捺下去的不安和妄想在我体内蠢蠢欲动。最让我绝望的是，我竟然痴心妄想过去的自己应该怎样做，才能保证现在仍然和韩志好好相处。

韩志提议深夜散步的时候，如果我不拒绝，跟他出去了，那会怎么样？韩志问我的笔记本上有没有写他的时候，如果如实相告我的记录大部分都与他有关，那会怎么样？他说起自己没能救活的动物的时候，如果我没有因为不知所措而沉默，而是安慰他说这不是他的错，那会怎么样呢？我大谈特谈鼻涕虫的时候，如果给他机会说他想对我说的话，又会怎么样呢？会不会是我的单纯令他窒息？也许是我太想见他了吧？会不会他想独处的时间被我霸占，所以厌倦了我？

沉默使我直面自己赤裸的心灵。

渴望得到爱的心情，渴望和某人深度结合不想分离的心情，想要遗忘的心情，不想遗忘的心情，渴望被遗忘的心情，不想被遗忘的心情，被人理解却不想被剖析的心情，不想受伤的心情，受伤了也想得到爱的心情，最重要的是想念韩志的心情。

自从在冷库里见过韩志之后，我就不再想见他了。

坐在礼拜堂的志愿者席上，或者去大厨房，都能看见他，我却选择了刻意回避。不到一周，他就要回内罗毕了。就当他已经走了，这样想我的痛苦会减轻许多。不是见不到他，而是我不想见他，这样会更好。

每当想起韩志，我就到院子的草丛里散步，默背地质年代划分表。但是，默背也不能让我停止对韩志的想念。他活在地质年代的每个时期。地球刚刚形成的时候，地球还没有坚固表面的时候，陆地动物尚未出现的时候，他都在那里。只要我还记得，他就会永远在我心里活下去。我接受了这个事实。

我坐在院子角落的椅子上，在笔记本上写下想对韩志说的话。先是用韩语，后来用英语。拼写乱七八糟，动不动就忘了写冠词。

韩志：

此刻我在沉默之家。时间是下午五点，天气有点儿凉。

今天傍晚，你将和朋友们举办送别会。那里有人弹吉他唱歌，有人回忆和你共同度过的时光。你和卡罗讲述在这里的日子，跟所有的人说谢谢。我不会去了，你会因为我不出现而安心吧。

明天你就出发回内罗毕了，傍晚回家你会见到你的家人。菜雅见到你该有多开心。你见到菜雅，又是多么幸福。你会洗澡，放下行李，跟家人吃饭，给家人看手机里的照片，提起在这里的时光，仿佛只有开心事。同时，你会在心里对哪儿也去不了的家人感到抱歉，所以你会对家人更好，不久后又要开始动物医院的工作。

一段时间之后，你会觉得恍惚。你曾在法国某个小村庄的修道院里生活，对一个矮小的韩国女人吐露你的故事，每天跟她见面、散步，这些都会让你感觉陌生。到那时候，你回避我、不理我的理由也会变淡吧。那时再想起我，也许我已经变成没有面孔也没有声音的人。我将成为与你毫不相关的人，仅仅在你的生命中留下了小小的痕迹，或者什么痕迹都没留下。

有一天，我也会像你一样离开这里，回到我原来生活的地方。我会回到研究室上班，钻研岩石，前往日本和中国的洞窟出差。穿上不合年龄的衣服，做出不合年龄的表情，努力不与任何人发生冲突，很偶尔地，我会想起现在的时光，这段让我最像自我的时光。我会记得这段时光里的你和我。

谢谢你陪我留在我寂寞的心底。

韩志。

愿你今后的生命里充满祝福。

愿你拥有忘却的祝福，愿你每个瞬间都充满力量。

英珠

写完之后，我撕下翻译成英语的那页扔掉。我把笔记本放进包里，朝着修道院走去。笔记本上用韩语记录着我在这里度过的时光，七个月，一天不漏。

晚祷时间。唱歌和沉默，接着又是唱歌，修士们离开礼拜堂。韩志静静地坐在志愿者席，注视着挂在礼拜堂柱子上的圣像。不知道过了多久，他站起身，走向礼拜堂前，靠着墙，闭上眼睛。这是我最后见到的韩志。我没能走向他。

人们相继离开。

我站起来，朝礼拜堂门外走去。卡罗站在那里。

"再见，卡罗。"我贴在卡罗耳边小声说道。

"你可以不用说话，沉默周嘛。"卡罗说。

我把写给卡罗的明信片交给她。这三个月里，感谢你，虽然我没有说，但你真的是很美好的人。卡罗也给了我一张明信片。我把明信片放进包里，向卡罗做最后的道别。

回沉默之家的路上，我遇到了送餐回来的提奥。我迟疑片刻，从包里拿出笔记本，递给提奥。

"帮我把这个交给韩志，这是他的笔记本。"

提奥犹豫片刻，接过笔记本。

"你知道韩志为什么躲着我吗？"我问。

提奥摇了摇头。他像看神经病似的看着我。

"见到韩志，我会转交给他。他明天回内罗毕。"

"我知道。"

"等会儿就是送别会，你不参加吗？"

"我不去。"

提奥支支吾吾地说：

"我不知道这话该不该说，你们到最后也没能和好……我觉得这是残忍的事情。"

表达负面情绪的时候，提奥常常使用"残忍"这个单词。他英语不好，形容词知道得更少。难吃的食物、下雨的天气、自己的粉刺或鬈发，对他来说都是"残忍"。尽管这样，当他用"残忍"来形容我和韩志的关系的时候，这句话还是变成箭，射穿了我的情绪。

关系就这样结束了，的确算不上佳话。

我慢慢地朝着沉默之家走去。

这是韩志在修道院度过的最后的夜晚。我彻夜未眠,在黑暗中走向修道院。早晨七点半的飞机,大概五点钟就要出发。我记得卡罗这样说过,但是他们乘坐的车已经离开了。当时我不知道,最终也没能鼓起勇气。没办法,我错过了他们的车。然而在内心深处,我知道这句话不是真的。

韩志离开修道院两天之后,我回到了宿舍。搬到沉默之家的时候,我穿的是夏装,不过一周时间,气温骤降,大家都穿上了帽衫或开衫。第三世界的志愿者们陆陆续续回到自己的国家,除了哥伦比亚和巴拉圭的孩子,现在只剩欧洲的了。三周时间,一度多达五十五名的志愿者缩减到十五名。总是闹哄哄的客厅变得冷清,孩子们平时做针线活的地板上只留下针和线。有人接受不了这种变化,一边喝茶一边啜泣。

他们的泪水里包含着对离去者的甜蜜爱意。长大成人之后,没有任何条件地喜欢某个人,共同生活,这是幸福。在无法继续也无法重复的时光里共存的幸福,他们的泪水是对那段没有孤独的时光的哀悼。

笔记本又回到我手里。

"韩志不肯接受这个笔记本。他说这个笔记本对你来说很重要。"提奥说,"我不是故意要看的。不过偶然打开一看,都是我不认识的字。这是韩国字吗?"

"嗯。"

"韩志认识吗?"

"不认识。"

提奥面无表情地把笔记本递给我。

两天后，提奥也离开了修道院。我还记得他法语腔很浓的声音。提奥说我和韩志没能和好是残忍的事。仿佛我们对彼此做了很糟糕的举动。我还记得他说这话时的表情有多么扭曲。

我把笔记本卷成圆筒，放进挖好的冰洞里，往深处推了推。笔记本不做抵抗，滑进冰洞里。一万年也不会腐烂。我不想在这段时间里反复重生。希望这些记忆离开我，附着于冰。

莱雅的面孔。

没关系。

消失在黑暗中的身体和偶尔闪烁的眼睛。

沉默的眼睛和嘴巴。

蓝黑色的皮肤。

朝我转头时不自然的身体动作。

最终也无法理解他说的我的单纯。

流淌在上面的时间。

断绝。

这一切，落进冰里。

就像在这里停留又离开的诸多生命。

像罗伯特·斯科特，像牙形石，像剑齿猫，像地猿。

寂寞，还是寂寞。

米迦勒[1]

---

[1] 常见于基督教文化,《圣经》中提到的一个天使的名字。——编注

1

她俯视着窗外的人们。平时这里是公交车和私家车来来往往的车道,现在天主教信徒们坐在路上做弥撒。教皇正在远处的光化门广场主持弥撒。参与弥撒的人群挤满了光化门和钟路。

"我们早晨五点钟集合出发。赶到首尔后,还需要很长时间才能找到落脚点。"

妈妈兴奋得像去郊游的孩子。或许就在她工作的地方举行弥撒,妈妈让她在窗外好好找自己。她额头贴着窗户观察那些人,站在十五层看到的只有白色弥撒巾[1]的波浪。

"连教皇的脸都看不清,还不如在电视上看呢。大早上的受这份苦。"

"看来你还不知道,教皇和这么多人做弥撒,说不定这是妈

---

[1] 做弥撒时女信徒戴的头巾,有白色和黑色两种。一般而言,普通弥撒或庆典时用白色,慰灵弥撒或葬礼时用黑色。——译注

妈生命中的最后一次了。多么值得感激啊,米迦勒。"

二十五年前,她跟着妈妈来到首尔,参加来自波兰的教皇主持的弥撒。那次是在如今已经消失的汝矣岛广场举行,有六十五万名信徒参加。关于那天,她只记得妈妈往她嘴里塞的李子糖果的味道。妈妈担心糖果会卡住她的喉咙,先用牙咬碎,然后一块一块地放进她的嘴里。那是温暖又清爽的秋日,她流着甜甜的口水,在妈妈怀里睡着了。妈妈的贡缎韩服碰到她的脸颊,粗粗拉拉的感觉。

妈妈把那天拍的照片挂在客厅墙上。照片里的妈妈穿着粉红色的韩服,头戴弥撒巾,面带笑容,而她眉头紧皱站在妈妈身旁。穿着妈妈从朋友们那里好不容易借来的白色礼服和连裤袜,睡眼蒙眬地抓着妈妈的裙角。

妈妈看着照片说那天的天气有多好,身穿白礼服的神父队伍是多么美丽,她的家人得到多少恩宠。妈妈说很多人想去都去不了,主有多么爱她。你要知道你从那里得到的何其多,即使遇到悲伤的事,也要常怀感恩之心。

妈妈做什么都是这样。泡菜发酵得好要感恩,猪肉价格下降可以尽情享用要感恩,脚趾上的瘊子治好了要感恩,让自己拥有健康的身体可以工作要感恩,可以外出就餐要感恩,遇到解决不了的问题等着解决的时候要感恩,懂得感恩这件事也要感恩。

在妈妈的感恩口头禅中,她反而看见了妈妈狼狈的现实。因为随时可以外出就餐的人,没有必要为这种小事感恩。随时都能尽情吃猪肉的人,也不必因为猪肉价格下降而感恩。如果有钱,如果父母或丈夫富有,也就不必因为忍着疼痛每天站立工作十个小时而感恩。她反倒希望妈妈直面自己的处境，哪怕发牢骚也好。妈妈对狼狈现实的感恩让人感觉像是欺骗。

工作结束往窗外看去，人们都走了，只有车辆来来往往。她静静地看着人行道上的人们，突然很想知道妈妈在哪里。

"我要去一个认识的姐姐家。那个姐姐以前住在我们小区，后来搬到了首尔。说了你也不知道，这是多么值得感激的事啊。"

妈妈关了美容室的门，打算去首尔玩三天两夜。周六参加教皇主持的弥撒，周日和周一去明洞和南山塔、63大厦[1]，可能的话还想乘坐汉江游船。她对不考虑自己的忙碌处境，鲁莽地来首尔的妈妈心生不满。

她对妈妈提到的"认识的姐姐"抱以希望，说不定妈妈和认识的姐姐去玩了。因为妈妈没有叫她一起去，弥撒结束也没打电话，很可能和认识的姐姐见面，然后去了姐姐的家。

妈妈只来过她首尔的家一次。二十七岁之前因为有同屋室友，妈妈不能来。她独居之后，妈妈才来看她的家。妈妈带来的冰盒里装着腌肉、炖明太鱼、苏子叶酱菜、辣椒粉、萝卜缨泡菜和香油。想到妈妈带着重如石块的东西换乘公交车、火车、地铁来看自己，她非但没有感激，反而觉得郁闷。

"冰箱怎么这么小？"

面对着装满易拉罐啤酒的迷你冰箱，妈妈叹了口气。

"这可怎么办呢，辣椒粉也要放在冰箱才行，要不然会生虫子。"

妈妈打开装肉的密封容器盖子，闻了闻，说道：

---

[1] 63大厦：一座位于韩国首尔汝矣岛的摩天大厦。于一九八五年落成，为当时全亚洲最高的建筑。——编注

"今天必须吃完，米迦勒。"

那天的午饭和晚饭，她和妈妈都吃的烤肉。已经吃饱了，妈妈还强迫她吃，说必须赶在坏掉之前尽快吃完。妈妈拿出迷你冰箱里的全部啤酒，放入炖明太鱼、苏子叶酱菜、辣椒粉、萝卜缨泡菜的袋子。东西太多，冰箱门关不上，妈妈夹出几块明太鱼让她吃。她也吃掉了。

妈妈没在这里过夜，准备出发坐火车了。妈妈不知道休息。店铺租金上涨，而剪发、烫发的价格却和十年前一样。这是不赚钱的生意。她说送到首尔站，妈妈让她用这个时间补觉，坚持要自己走。妈妈走了，她突然积食，把吃的东西全都吐出来了，但还是感觉冷，浑身冒汗，最后去了急诊室。

妈妈真的不会关心人。

2

米迦勒没有打电话。很忙吗？女人用韩服袖子按了按额头上的汗，然后才想起韩服是借来的。等待做弥撒的时候她就在想，恐怕要赔偿上衣的钱了。应该穿得干干净净才行，可是腋窝底下汗水直流，正午过后就变成了难看的图案。

从同教姐妹那里借来的不是普通韩服。那是她儿子结婚时亲家送的，一套蓝裙子搭配鹅黄色上衣的高档服装。那个姐妹拿出只有重大节日做弥撒才肯穿的韩服，爽快地借给她，让她在教皇主持弥撒的时候穿。如果干洗店也洗不干净的话，她觉得应该赔偿。女人的肩上背着篮球包，现在要找睡觉的地方了。

她告诉教堂的人说自己在首尔的米迦勒家里过夜。她说要好好逛逛首尔,看看南山塔,还要乘坐游船。人们说米迦勒表面看着很冷漠,实则是重情义的孩子。他们说这个女儿是对她这辈子受苦的补偿。

人们说得对。米迦勒从来都是个靠得住的女儿。对辛苦努力、凭自己的力量在首尔扎根的女儿,她心存感激,同时很心疼。女儿从来没参加过补习班,没穿过厂家提供的价格更贵的校服,而是穿从市场买的校服。只有第一学期的学费是女人转到米迦勒存折里的。第一年暑假回家,孩子就说自己能赚学费,让妈妈不要太辛苦。

面对这样的女儿,女人总是感觉很丢人。想到自己作为妈妈没能为女儿做什么,她就下定决心不要成为女儿的包袱。女人每个月储蓄三十万元[1],作为女儿的嫁妆。米迦勒结婚之后,她还要继续攒钱,以备养老之需。

"我不会结婚的,妈妈。"

米迦勒从小就这样说。

"越是这样说的孩子,结婚越早。"

小时候的女儿娇嗔地这样说的时候,表情很是可爱。可女儿三十岁了,还说同样的话,女人隐隐地感到害怕,难道女儿说的是真心话?

女人觉得没有谁比米迦勒更适合做新娘了。她在首尔读大学、找工作,生活能力很强,而且攒够了房子的押金。虽说算不

---

[1] 本文中出现的"元"的单位均为韩元。——编注

上温柔体贴，却也有礼有节、谈吐得体。平时听她说话就能看出是在首尔学习过的人。如果想嫁富二代，也早就嫁了；想生孩子，都已经生两个了。

女人不理解米迦勒，为什么放着轻松的路不走，偏要走得那么艰难、那么辛苦。这种想法的尽头是内疚，"因为我吗？"也难怪，对米迦勒而言，她的确是个很差劲的妈妈。

女人紧走几步，上了地铁。她打算去女儿住的望远洞找住处。说不定明天早晨米迦勒就会打来电话，那样就可以和女儿共进午餐。女人没有勇气主动给米迦勒打电话。女儿光复节[1]要上班，周六也要上班，她不想给忙碌的女儿增加负担。她也只是想见见女儿，不过这好像也是奢望。她努力让自己沉下心来。

以前只要想女儿，随时都能见到。下班回家，女儿会开心地喊着"妈妈"，飞跑过来。只要把女儿抱在怀里，所有的疼痛都消失了，又有力量继续第二天的工作。世界上还有谁能这样爱自己，还有谁会仰着那么明朗、那么漂亮的小脸儿，一口气跑过来，扑进自己的怀抱？

那段时光已经过去了，然而女人忘不了自己从米迦勒身上获得的爱。世人都说父母的恩惠比天高，女人却认为子女给父母的爱才比天高。年幼的米迦勒给自己的是全世界都找不到的纯真而温暖的爱。

看着像中餐厅的旅馆，住宿费要八万元。前台的男人用疑惑

---

[1] 一九四五年八月十五日，日本投降、韩国光复的纪念日。——编注

的目光看了看女人，重复说道：

"我说过了，八万元，周末的价格。"

女人瞥了一眼贴在前台旁边玻璃窗上的收费表。正如男人所说，平日价六万元，周末是八万元。都说首尔的物价能杀人，果然不假。女人又去看了两家附近的旅馆，要么和第一家同价，要么更贵。绣花鞋里的脚已经肿了。女人重新系紧松散的上衣带子，去了附近的公交车站。腋窝的汗已经漫延到袖子。应该赔偿了。上衣的价格会是多少呢？她不敢猜测。

女人坐在公交车站的长椅上，跟坐在旁边的中年女子搭话：

"附近有没有洗浴中心？"

"跟我上车吧，我比你后下，到时候我告诉你。参加婚礼的吗？从哪儿来的？"

女人以为首尔人都是势利眼，心怀警惕，现在见到可以说话还愿意帮忙的人，女人感觉放心了。女人跟中年女子炫耀，说今天参加了教皇主持的弥撒，还说这是第二次拜见教皇。女人得意地耸了耸肩膀。

"一九八九年在汝矣岛广场参加过弥撒，当时是约翰·保罗二世教皇[1]……"

"那你为什么不和教会里的人一起回去？"中年女子打断女人的话，问道。听她的语气，好像对什么教皇不感兴趣。

"我还要见个人。"

"看来您没有子女住在首尔啊！也是，您要穿着这一身去洗

---

[1] 一九八九年，罗马教皇约翰·保罗二世（John Paul II）曾访问韩国。——编注

浴中心？"

"不，不是的……"

"就是这里，在这里下车吧。"中年女子几乎把女人推下了车。女人冲着离去的公交车挥手。看来首尔人并不都是势利眼。

3

妈妈没有打电话。

昨天妈妈应该很开心吧？和看不见的教皇做弥撒，为此不知道说了多少句感恩感恩。想到这里，她笑了。妈妈很单纯，不会把事情想歪，也不会往坏了看别人。这种近乎愚昧的单纯让妈妈的人生变得非常艰难。妈妈要养无能的丈夫，充当家长的角色，还把这一切视为理所当然。她十几岁的时候，看到游手好闲的爸爸和忙得不可开交的妈妈，感觉他们就像寄生虫和宿主的关系。

爸爸的人生充满了不间断的求职和离职。身体弱不禁风，年轻时声称要投身工人运动，假装去工厂工作，晚上去夜校当老师。爸爸经常在上课时流鼻血，妈妈是他的学生，觉得他很可怜，忍不住为他流泪。也不知道是谁要帮助谁，妈妈背起随时随地晕倒的老师四处求助，约会时拿出自己的全部积蓄帮他买补药。没有婚礼也没有蜜月。因为在新婚期间，爸爸进了监狱服刑。新婚的快乐，也就只有一周一次去监狱探视时说几句话。

"真是值得感激的时光。"

妈妈这样讲述那段时光。从探视日前一天早晨就开心不已，睡不着觉。妈妈经常这样说。每天下班后，妈妈就给爸爸写明信片，写了五百多张。

爸爸出狱后，通过熟人介绍去过几家公司，工作没多久就辞职了。他还在出版社做过校对和翻译工作，也没赚很多钱，一本书快结束的时候，爸爸大病一场，住进了医院。对她来说，父亲要么躺在医院里输液，要么用瘦得只剩皮包骨头的手拿着筷子搅拌稀粥。只要首尔有大型示威，爸爸就会拖着瘦弱的身体参加，一次不落，还劝中学生的她读金大中[1]的狱中书信和咸锡宪[2]的书。

到底想干什么？她想。金大中当总统也好，李会昌[3]当总统也好，跟她们的生活有什么关系？妈妈为了筹集她的修学旅行费用，不停地给大妈大婶卷发，手忙脚乱。爸爸在饭桌上说，资本正在疏远穷人，今后中产阶层将会加速瓦解，会有更多人落入贫困的旋涡。

你想怎么样呢，爸爸？现在把我们这个家推入贫困旋涡的主犯不是社会，也不是资本，而是爸爸本人。养家糊口都做不到，却让妻子从早到晚站在不到七坪的美容室里工作，还有资格说这种话吗？不过比起爸爸，更让她无法理解的人是妈妈。妈妈下班回来，换完衣服就开始关心爸爸一天的生活：今天累不累、读的书怎么样……她认为爸爸之所以不能脚踏实地，总是空想，就是因为妈妈对爸爸无条件的接纳。妈妈不会充分爱自己，只能被爸爸这样的人利用。这不是爱，什么都不是，只是单方面的榨取。

---

[1] 金大中（1925—2009），政治家、社会活动家，第十五届韩国总统，2000年获得诺贝尔和平奖。——译注
[2] 咸锡宪（1901—1989），文学家、民众活动家，出生于朝鲜平安北道，后在韩国从事宗教、艺术、思想方面的活动，2002年被追授建国勋章。——译注
[3] 李会昌（1935—   ），政治家，出生于前黄海道，历任金泳三政权下的监察院长、国务总理。曾三次参加韩国总统竞选，均以失败告终。——编注

她给妈妈打电话,话筒里传来对方已关机的提示音。肯定没带充电器。如果是平时,妈妈会因为关机而主动打电话给她。哪怕借别人的电话,也会说说参加弥撒的感想,说说一天的计划,现在竟然没有消息,好奇怪。她给斯科拉丝蒂卡阿姨打电话。

"我昨天没去首尔,抽签没抽中。不要为你妈妈担心,她经常忘了给手机充电。等一下,你知道伊丽莎白阿姨的电话吧?对,就是圣诗班的那位。"

她给伊丽莎白阿姨打电话。

"嗯?你说什么?你妈妈说她住在你家啊。她没去吗?也没打电话?哎哟,怎么会这样?认识的姐姐家?她在首尔有认识的人吗?对,她告诉我们要在你家里过夜,说得清清楚楚。"

和伊丽莎白阿姨通话的时候,电视新闻正在播放光化门广场的全景。摄像机对准了为制定《世越号特别法》而进行签名运动的展台。展台后面有个帐篷,一名老妇人和一个中年妇女挨着坐在下面。时间很短,她一眼就认出那个中年妇女是妈妈。放在女人旁边的分明是妈妈的篮球包。妈妈为什么会坐在那里?她没有洗漱就跑了出去。

4

公交车站见到的女人指给妈妈的洗浴中心比想象的小。女人脱下沉重的韩服,花时间搓掉身上的灰。赶上休息日,很多母女一起来洗浴中心。看到像小狗似的跑来跑去的孩子,妈妈情不自禁地笑了。年轻妈妈们让孩子坐在浴池的椅子上,帮孩子往全身各个角落涂抹浴液。孩子们也努力帮妈妈在后背上打着浴液。

我也会做外婆吗？女人想象着有一天会有孙辈扑进自己的怀抱，忍不住心潮澎湃。生命中还有新的梦想在等待着女人。哪怕只有微弱的可能，但是心里有梦，生活才有活力，吃饭才有胃口。

有时候，女人感觉活在此时此刻就像巨大的幸运。这时她会想起十三年前过世的丈夫。想起丈夫，仿佛有个重重的秤砣从心底划过。丈夫没能看到米迦勒上大学，没能看到米迦勒长成堂堂正正的淑女，也没能看到教皇在光化门主持弥撒。是的……别人都去的济州岛，他也没去过。怎么会有这么悲惨的人呢？想到他的灵魂生活在没有痛苦的地方，女人又流下了没有意义的眼泪。

邻居们都很同情女人，觉得她的丈夫没能起到一家之主的作用。米迦勒说是爸爸的无能导致了妈妈痛苦。说得不错。自从和他相遇，生活就开始要求女人双倍、三倍地服从。女人没有喘息的机会，都没时间去赏枫叶。经常出入之前从未涉足的监狱和医院，为了填补存折的漏洞而不停劳动，没有休息日。

但是，女人不认同别人口中丈夫不努力的说法。读书写字，能帮忙的时候也会到场，这就是丈夫的工作。从这点来看，他比任何人都勤劳。不能因为他做的事赚不到钱就断定他无能，没有价值。

女人认为，世界需要各种各样的人。需要会卷发的人，也需要像丈夫这样的人。有的丈夫赚钱养家，也有的丈夫做家务、照顾孩子。女人从未见过像丈夫这样温和、细心的人。清泉般的丈夫，不能让他变成脏兮兮的澡堂。也许他看上去像个没用的人，然而女人认为，世界上那么多有用之人所做的事，并不都是真的有用。

在洗浴中心的休息室里吃着煮鸡蛋,女人看到小腿上弯弯曲曲、凹凸不平的静脉。肿胀的静脉看起来像青色的瘤子。这让女人有些担心。她盘着腿,展开毛巾放在上面。美容工作做了一年多,就出现了这种症状,可是没时间治疗,一直放任不管,现在更严重了。有一次,一个五岁的小顾客说"妈妈,那个阿姨的腿好可怕",吓得哇哇大哭。从那之后,不管多热的天气,女人都只穿长裤。

电视新闻报道了今天做弥撒的消息。好像聚集了上百万人。女人在钟路三街,没能亲眼看到教皇。教皇乘车巡游的时候,女人也因为人群遮挡没能看到。几名高个子的兄弟说,他们从远处看见了教皇。小个子的女人只能尽情欣赏人们的脑袋和后背。

屏幕上的教皇不时停下脚步,手抚孩子的脑袋以示祝福。在某个拐角,教皇看到虔诚呼唤自己的男人,于是朝男人走了过去。教皇抓住男人的手,低头静静地听他说话。教皇旁边的神父翻译并传达了男人的话。人们通过屏幕看到这个场景,纷纷欢呼。"这不是友民爸爸吗?"坐在旁边的苏珊娜姐妹说道。

男人虔诚地跟教皇说话,瘦削的脸却在女人的心里荡起涟漪。教皇离开后继续前行。男人的面孔却像印在了女人的心里,挥之不去。

他跟教皇说了什么?为了在那么短的时间内传达自己的委屈,他应该说什么呢?大声喊着求教皇关注,到底是怎样的心情?恳求来自地球另一端的人听听自己的话,会是怎样的心情?

承受了参与教皇主持的弥撒的恩宠,享受到如此巨大的喜悦，然而女人还是不开心。她很想穿过人群走过去拥抱他，然而她没有能力安抚男人痛苦的心，女人为自己的处境感到悲哀。电视新闻没有播放男人和教皇之间的对话。

女人看电视的时候，躺在休息室里的人们陆续出去了。商店阿姨关掉了商店和餐厅的灯。洗浴中心很小，气氛不适合很多人聚在休息室里过夜。女人往四周看了看，三个躺着的人都是男人：三十多岁的小伙子、中年人和白发老人。十一点到了，有人关掉了电视。总不能睡在男人们中间啊。女人去找睡眠室，不过这个小小的洗浴中心没有睡眠室。女人用毛巾遮住小腿后侧，去了更衣室。

排列成马蹄形的储物柜、一字形储物柜、一张平板床，这就是更衣室的全部。看似年过花甲的女人占领了宽敞的平板床，睡得直流口水。地板很暖和，空气却很凉，也许是开了空调的缘故。女人按了调节温度的按钮，但没有用，大概是因为温度已经设定好了。女人走向马蹄形的储物柜，心想只能睡在储物柜中间了。可是，一位刚刚洗完澡的老人已经躺在了那里。女人放弃那个位置，想睡过道那边，不料老人走过来，说自己要在过道那边睡觉。

"你去里面睡吧，我随便在哪儿都能睡得好。"

女人摆手拒绝，可是老人执意躺在过道上，还假装睡着了。女人蹲在老人身旁，注视老人的脸。老奶奶满头苍白的短发，因为没有牙齿而闭着嘴巴，个子很小，一米五左右。瘦得只剩下骨头，看上去只要躺上五分钟，全身都会被硌疼，谁知老奶奶却泰然自若地躺在地板上准备入睡，让人忍不住猜测她受过多少苦难。同是天涯沦落人。女人看得出来，她受的苦绝对非同寻常。

"老人家,您先起来一下。"

老人继续装睡。

"这位老人家不是普通人啊,这样睡会被硌疼的。您不冷吗,老人家?空调为什么这个样子,还有老人睡觉呢。"

女人打开储物柜,从篮球包中拿出两条毛巾。"方济各教皇[1]祈福弥撒纪念。日月洞教堂。二〇一四年八月十六日",白毛巾上印着蓝色的字句。那是美国电影里才有的又宽又长的毛巾。教堂秘书长定错了尺寸,大家收到这么大的毛巾都很尴尬。杰玛姐妹从来不用,还说太累赘,就给了女人,女人就带了两条这样的大毛巾。

"老人家,铺上这个睡吧。"

老人仍然蜷缩在地板上一动不动。女人用大毛巾盖住老人瘦小的身体,然后自己去储物柜中间,盖上毛巾睡觉。她也是随便在哪里都能睡好的类型。女人陷入沉睡,脑中浮现出早晨做弥撒时见到的男人面孔。如果我像失去他一样失去米迦勒,我该怎么活呢……光是这样想想,女人的眼睛里就盈满泪水。他说了什么呢?女人好想听听那个没有听到的声音。

电吹风的声音吵得女人睁开眼睛,她看到地上有盒牛奶。

"那个牛奶,给你喝的。我给自己买,顺便带了一盒。"

嘴角皱巴巴的老人坐在平板床上笑。

"昨天你给我盖的毛巾真暖和。你是从日月洞教堂来的吗?那么远?昨天参加弥撒了吗?那为什么不回家,睡在这里?"

---

[1] 方济各(Pope Francis, 1936—),本名豪尔赫·马里奥·贝尔格里奥(Jorge Mario Bergoglio),出生于阿根廷布宜诺斯艾利斯,是天主教第 266 任教皇。——编注

女人抹去眼屎，朝着平板床走去。也许是戴了假牙的缘故，老人看上去要比闭着眼睛的时候年轻五岁。

"孩子妈妈，我也见过教皇，那是一九八九年，在汝矣岛，真的好荣幸。"

"当时我也在那里！"

女人欣喜万分，像遇到了熟人。女人和老人坐在平板床上，分享一九八九年光辉灿烂的秋日记忆。作为姐妹见面的纪念，老人提议一起吃早餐。女人和老人出了门，去了洗浴中心附近的豆芽汤饭店。

热乎乎的汤里加了虾酱、青阳辣椒和萝卜泡菜汁，吃完胃里很舒服，也有了精神。两个人吃得狼吞虎咽。半碗汤泡饭吃下去了，她们连自己为什么在洗浴中心睡觉、叫什么名字都没有说。差不多饱了的时候，女人问道：

"老人家，您为什么在洗浴中心睡觉？要去哪里吗？"

"我嘛……几乎没什么朋友。本来性格就不够圆滑，朋友不多，后来一个个都死了，没剩下几个。"

老人呼呼地吹着汤，舀着喝了一口，接着说道：

"我在意的朋友现在只剩一个了。六十多岁才认识，她和我很不一样。我很孤僻，性子也急，而她总是顺其自然，什么事都是一笑而过，真好。她也不会说别人坏话。我搬家不久，在孙女的游乐场里遇到过她。我俩的孙女同岁，一打听才知道我们是同教会的姐妹，就走得更近了。我跟她都是老伴先走，住在子女家里。每天我们都见面，讲自己的人生经历和受的委屈。她听了我的倾诉，还陪着我哭呢。我从来没见过这样的人。我儿子家搬去首尔了，我留下来，独自生活。她成了我的姐妹。她的女儿和女婿都上班，外孙女每天跟着她。她对唯一的外孙女宠爱有加，外孙女也和外婆一样美丽又善良。每次在教堂外见面，她的外孙女都会热情地打招呼，还往我手里塞零食，问奶奶有没有吃饭。这么好的孩子……"

说完这句话，老人突然像个孩子似的哭出声来，嘴里掉出几颗饭粒。人们默默地看着大早上在饭店里放声大哭的老人。老人哭了一会儿，擦干眼泪，擤了擤鼻涕，又喝了点儿水。

"我以为我活了八十年，该流的眼泪都流完了。看来还不是，还没有。她呀，那么美好的朋友痛苦得失魂落魄，我却什么都做不了。那个活蹦乱跳的外孙女就那么走了，她怎么受得了啊！看完孩子最后一眼，她的女儿也放下手头的事情，到处奔走。要弄清楚自己的女儿是怎么死的才行不是吗？她也跟着女儿去了光化门、去市政府、去汝矣岛。我联系不上她。昨天我也是去光化门找她，但没有车了，所以去那里过夜。"

老人说完，女人也和老人一起哭。

"今天我还要去找她。"

5

妈妈的手机仍然关机。她上了开往光化门的公交车，想着刚才在电视上看到的女人。女人穿着褪色的藏青色麻布裤子和去年生日时自己送的粉红色带领 T 恤，还有染成褐色的稀疏烫发，电视上的女人分明就是她的妈妈。妈妈究竟在那里干什么？在无比爱管闲事的妈妈面前,她总是无话可说。

在光化门站下车,正要过马路的时候,她看见几个人站在烈日下,脖子上挂着写有"共同参与一日绝食"的牌子。一位四十多岁的大叔,两位二十岁出头的女子。男人背上贴着要求查明"世越号"事件[1]真相的控诉文,望着路过的人们。两个女子向路过的人们分发传单,她避开那些人过了马路。

广场里有很多人在举行签名运动。几个月前,她也在去教保文库[2]的路上签了名。事故发生已经四个月了,前因后果还没弄清楚。家属们要求制定特别法,保障调查权和起诉权。可在野党议员却联合执政党轻易地公布了将家属和家属要求事项排除在外的协议案,那一刻她关掉了电视。

总是这样。签名运动,街头示威,然而那个声音还是渐渐变成少数人的声音。世界很快就会忘记这件事,仿佛从来没有发生过一样。午饭时间有人提起特别法的必要性,听到别人说"你烦不烦啊?"不得不闭上嘴巴的时候,她咬了咬嘴唇。她三十一岁了,这个年龄的人无法齐心协力改变什么。世界看起来是那么坚固,哪怕她粉身碎骨,也不会撞出裂缝。即便知道问题出在哪里,也无法改变。这是她在二十多岁的时候领悟到的真相。

爸爸说,大多数善良之人对世界的冷漠摧毁了世界。爸爸说得很对,可是她不想与世界对抗。她不想站上胜负已决的擂台。对她来说,世界就是你对它不满意,也要低头进去的地方。哪怕

---

[1] 指二〇一四年,载有476人的"SEWOL号"客轮在韩国全罗南道珍岛郡海域发生的沉船事故。——编注
[2] 教保文库为韩国的一家大型连锁书店。——编注

让自己受冷落，让自己变形，也只能去适应。与其正面对抗，她更想加入其间。她希望受到世界的欢迎。

每次走过光化门，她都尽可能加快脚步，然而今天却做不到。她慢慢地走在广场上，四下里张望，寻找着在新闻里看到的帐篷。参加签名运动、分发传单的人群中，出乎意料地有很多年轻人。她不得不接过传单，说已经签过名了。

突然间，她很想知道这场斗争会持续到什么时候。舆论渐渐冷却。如果战线继续拉长，受害者反而会变成坏人。他们会被扣上对国家不敬的罪名，还会因为游说宣传而被扣上逆反的罪名。总统不是说了吗，忘掉过去，向未来前进。阳光太热，她睁不开眼睛。

身穿藏青色裤子和粉红色Ｔ恤的女人站在帐篷前。她把手放在女人肩上。

"妈妈。"

女人回过头来，并不是她的妈妈。

"你是谁？"她问。

"女士，我女儿也在那天的船上。"女人说道。女人只是脸和妈妈不同，其他方方面面都像极了她的妈妈。藏青色裤子褪色的程度一模一样，粉红色Ｔ恤的商标和款式也毫无二致。还有女人穿的米色凉鞋，放在女人身旁的篮球包，也和妈妈的一样。右手食指上的祷告戒指和左手腕的祷告手链也和妈妈的一模一样。脖子上北斗七星状的痣，额头上的伤疤也一样。温柔的重低音和妈妈的嗓音更是如出一辙。

"不要忘记我的女儿，不能忘啊。"

说完这句话，女人朝着经过广场的人们走去。她好像被什么击中了似的，站在原地一动不动。一群游客跟随导游走向李舜臣[1]将军像。听着喧哗的笑声，她寻找着混入人群的女人的身影。

"我女儿也在那天的船上。"分明就是妈妈的声音。

这个声音深深地刺痛了她的心。

6

女人和老人乘上了开往光化门的公交车。车窗外的首尔风景非常美丽。星期天，出来游玩的年轻夫妻和孩子、露着白皙光滑大腿的年轻女人，看上去是那么清新、那么漂亮。仿佛从电视里出来的漂亮英俊的人们在首尔街头比比皆是。女人想起了比谁都漂亮的女儿米迦勒。她想在临走之前见见米迦勒，却又预感到不可能。

自那件事之后，女人经常流泪。跟美容室的客人聊天的时候，逛市场的时候，想起住在首尔的女儿的时候，她都会默默流泪，心里滚烫而刺痛，仿佛被火烧了似的。女人想起他们原本可以活着的无数时光。他们是可以被挽救的生命，也有足够的时间去挽救。他们本来可以全部安然无恙，却眼睁睁地失去了他们。

女人感到深深的自责。每次觉得他们可怜的时候，女人都很痛苦。同情他们的时候，她不想摆脱内心深处的自责。事故发生不久便是复活节。复活节是女人在一年当中最喜欢的时间，这次

---

[1] 李舜臣（1545—1598），字汝谐，本贯德水（今朝鲜黄海北道开丰郡），朝鲜王朝中期武臣，朝鲜半岛历史上著名的军事家、民族英雄。——编注

却没像从前那样度过。耶稣重生的喜悦消息也到达不了内心，只是飘浮在远方。"开心点儿，姐妹，复活节到了。"即便是这样的话，听起来也像是阻止她哀悼的暴力。女人第一次没有参加复活节弥撒。

时间一如既往地流逝，心灵的疼痛也变得迟钝。曾经对那件事愤怒流泪的客人们也不再提起，有的客人反而对无法迅速忘记事件的人们感到厌倦。听着他们的话，女人的心再次受到伤害。她缄口不语，卷发，剪发，给他们倒咖啡。女人发自内心地，不想再憎恨任何人。

女人望着身旁打盹儿的老人。这位老人已经多少次失去心爱的人了？每当看着老人的时候，她都会心生敬意。长寿，就是先送走爱的人，自己继续留下来。经过这种事也还要重新站起来，吃饭，独自行走。

女人经历过父母和丈夫的死亡，也经历过自身某个部分的死亡。那在心里死去的部分也随着死去的人们消失了。曾几何时，女人无法呼吸，无法睡觉，吃不下饭。她彻夜难眠，哭了很久，只剩下没有他们的人生和他们留给女人的世界。这一切对女人来说都很宝贵。女人想让依然活在心中的他们看到更美好的世界，让他们看到比从前更好的自己。女人希望自己因为悲伤而变得洁净的心里只映出美好的事物。

女人叫醒靠在自己肩上打盹儿的老人，陪她下了车。中国游客成群结队地走过光化门广场。树和树之间的晾衣绳上挂着沾满污垢的黄彩带，随风飘舞。几名年轻人正在进行签名活动。天很热。女人从篮球包里拿出水瓶，递给老人，自己也喝了一口。驼背的老人走五步，停下来休息，再走五步，再停下休息。女人担心老人的状态。

"对不起，我本来很能走的，今天竟然这个样子。"

"慢慢走吧，又不是比赛。"

"你来首尔玩，因为我受了这么多苦。"

站在斑马线前，两名脖子上挂着"要求制定世越号特别法签名"牌子的年轻女人走了过来。一个人手里拿着传单，另一个人拿着笔和签名纸，两个人的脸都被阳光晒得通红。她们扶着过马路的老人。

"谢谢。"女人说。

"请读一下传单吧。请问您签过名吗？"

老人点头。女人在她递过来的纸上签名。

"我们在找人。金立芬奶奶。这位是奶奶的朋友，她女儿叫什么来着？"女人问。

"李明顺，李明顺玛利亚。"老人回答。

"李明顺小姐，受害者家属。"女人说。

"只听名字，我也不知道。牺牲者是学生吗？"

"是的。"

"那我可以知道学生的姓名吗？我们通常用学生的名字称呼某某母亲、某某父亲。"

老人静静地闭上眼睛，开口说道：

"我不记得那孩子叫什么名字了。从小就叫她米迦勒，从很小的时候到现在，从来没叫过她的名字。她的外婆也只是叫她米迦勒。自己安安静静地坐着也会自言自语，米迦勒。"

女人静静地注视着老人说"米迦勒"时的嘴唇。

米迦勒是女孩常用的洗礼名。

女人经历过三次流产，怀上了现在的女儿。

"我要为米迦勒天使祈祷。"

现在已经记不清长相的美容室客人这样对女人说。那位客人打包票说，击败世间所有困难的米迦勒天使将会守护扎根在女人心中的小小生命。女儿在八个月后顺利出生，女人给孩子取名米迦勒。女儿的名字叫秀珍，然而不知为什么，女人更喜欢叫她米迦勒。女人相信这个名字会守护孩子。

女儿出生以后，女人暗淡的心里有了阳光。只要有女儿的脚步，心底最冷的角落也会温暖地融化。她极力构筑的高台和篱笆，只要被女儿的小手碰到就会倒塌。女儿的笑声化成雨露，流入干涸的小溪。付出自己全部心意的女人，从不担心这份心意得不到回报，也没有恐惧。只是在心里，觉得温暖。

孩子用她特有的气息和光芒守护着女人，让世间的黑暗无法对她私语。女人认为每个孩子都是守护父母人生的天使。谁都不能把天使从父母怀里夺走，谁都不可以。

女人扶着老人，穿过广场寻找米迦勒的妈妈和外婆。希望她们要走的路不要太远太艰辛。受伤的人屡遭践踏，却依然若无其事。在这样的世界里，希望她们再也不会受到伤害。

"妈妈！"

米迦勒呼唤女人。女人擦干眼泪，在心里呼唤女儿。

米迦勒。

601, 602

我五岁那年，我们家搬到了光明市的住公[1]公寓。从光明到富川驿谷，经过安山半月，再回到光明。在爸爸妈妈看来，一九八八年样式的新建住公公寓非常优秀，几乎让人忘了因生活费不足而不能进入首尔的遗憾。整洁的新公寓和需要烧蜂窝煤的老式公寓不可同日而语，六层朝南的客厅里总是充满了蜜橘色的阳光。

那是每层有八户人家的过道式公寓，孝真就住在我们隔壁。我们同年同月生，生日只差两天，身高体重也差不多。我记得这孩子方言很重，开始我几乎听不清她在说什么。听说他们家原来住在漆谷，后来孝真爸爸到首尔工作，于是就在光明安了家。

那是小时候的事了，不过孝真告诉我的几个故事，直到现在我还是记忆犹新。像什么每天晚上都听见天花板上传来沙沙声，竟然有蛇在天花板上孵卵，母蛇和幼蛇在那里挨挨挤挤；像什么

---

[1] 韩国土地住宅公社（韩国国营企业）的简称，负责管理土地开发、住宅兴建与供应。——译注

乡下有婴儿的坟墓,漆黑的夜晚能看见幽蓝的鬼火到处飘来飘去。听孝真讲故事的瞬间,我也跟着她去了从未去过的漆谷。

孝真家每月至少举行一次祭祀。祭祀的日子里,男人们在敞开的玄关门外喝酒,喧哗声不绝于耳,鞋柜上摆满了后跟踩瘪的皮鞋。那天晚上,孝真急匆匆地回家,帮着大人跑腿。

我想起有一次,妈妈吩咐我去一趟孝真家。那天很热,我看见那个狭窄的房子里拥挤着好几个大人。据说这是为了纪念高祖爷爷上一辈的祭祀。女人们汗流浃背,在厨房里忙活着给男人们准备饭菜,男人们则穿着黑色正装,吹着电风扇。

祭祀开始了,所有的人都缄口不言,神情肃穆。只有这个时候,厨房里的女人们才停下手里的活儿,注视着男人们。男人们都穿着正装裤,臀部磨得油光锃亮。正装是齐刷刷的黑色,袜子却各不相同,有的男人穿着脚后跟磨破露出皮肤的黑袜子,有的男人穿的是灰色分趾袜。基俊也并排站在男人的队列里故作成熟。

我对基俊感到憎恶,有多憎恶就有多害怕,我也不知道那是什么样的感情,反正就是缩手缩脚。那时我和孝真都是八岁,基俊已经十三岁了。对于小学一年级的孩子来说,六年级孩子无比高大,反正基俊比我爸爸和孝真的爸爸更像大人。

长大成人后,我曾在照片上看过他那时候的样子。原来感觉那么大的基俊不过是个肉嘟嘟的小孩子。照片上的他握着麦克风,正在公寓居民团结大会上唱歌。他装模作样地模仿着歌星,逗得大家哈哈笑。那是一九九一年的夏夜。我记得那天。

那天,基俊把孝真的肩膀顶在墙上,还用膝盖攻击她的肚子。他说着我无法理解的脏话，利用身体的惯性不停地殴打孝真。那时我才知道，人在挨打的时候身体内会发出类似于爆炸的声音。砰，砰，像鞭炮的声音。孝真向前低垂着脑袋挨打。她挣扎着试图逃脱，然而越是这样，脑袋垂得越低。他会杀死孝真。再这样打下去，孝真必死无疑。我很害怕，于是抓住他的胳膊和腰，努力把他们分离开来。见我紧贴在他身上，他冲我笑了笑，出去了。孝真用双手捂着肚子坐下。她用胳膊挡着脸，我看不到，不过圆圆的耳朵已经涨得通红。

"啊，会死人的，差不多行了。"

孝真爸爸不冷不热地说道。孝真的父母在客厅里看喜剧节目，大笑不已。孝真蜷缩在衣柜前，哭着打了个嗝。

"孝真。"

"珠英，你，你不要告诉任何人。"

孝真眼泪汪汪地看着我说。

"我，挨打是常事，你不要说出去啊！"

我静静地坐在孝真的房间里，听见电视里传来笑星们讲的笑话和大人们的笑声。尽管不能正常呼吸，还在不停地打嗝，然而孝真却不再流泪。

"你答应我。"

"好吧。"

"你回家吧。"

我像只无精打采的小狗，无法离开孝真身边。一方面是担心孝真，另一方面也是因为他们家的空气真的很压抑。想到必须经过孝真父母和基俊都在的客厅，我就心跳加速，有种想吐的感觉。

"你怎么还不走？"

直到孝真毫不掩饰地流露出不悦之色，我才走出她的房间。

"你走了？再来玩儿啊！"

阿姨说道。孝真爸爸和基俊看都没看我。

那天晚上的公寓居民团结大会上，基俊一脸搞笑的表情唱了演歌[1]，人们哈哈大笑。我看见孝真呆呆地坐在那儿，眼睛盯着地面。按照约定，我没有跟任何人说起那天发生的事，当然不只是为孝真着想。我和孝真的约定似乎有着咒语似的力量。如果我打破约定，说不定孝真还会遭遇那样的事情。而且我也会。

我和孝真不同班，不过放学后我们会在游乐场、公寓走廊或我的房间里玩儿，一起写作业。偶尔，孝真会在我们家睡觉。我们聊天到深夜，大人都打呼噜了，我们还睡不着。有时孝真哭肿了脸来我家。明明可以说为什么弄成这个样子，可是她什么也不说，过段时间她说话反而更加开朗。无论孝真怎么隐瞒，我都能猜到她的脸是怎么回事。

在学校里，孝真是最聪明的孩子。每次月考，她要么全是满分，要么只错一两个。不像我，所有科目都是七十多分。虽说我的分数不算很低，不过父母还是很担心。妈妈从书店里买来厚厚的习题集《问题银行》让我解答，稍微难点的题目我就会做错，听了解答方法也还是不理解，妈妈对此感到郁闷。

---

[1] 韩国演歌（trot）是朝鲜半岛早期的流行音乐，据说起源于狐步舞。——译注

妈妈习惯在别人面前贬低自己的女儿，以示谦虚。每次她当着阿姨的面称赞孝真，我的差距都会成为称赞的祭品。

"我们家珠英可能是头脑不好使，做练习题都拿不到八十分。别看整天和孝真一起玩儿，可是头脑天生就不一样。现在就拉开距离了，以后恐怕连孝真的脚指头都够不到呢。"

"丫头片子学习再好又有什么用？女孩子的本分是过日子，老老实实的，长大赚点儿钱，嫁个好人家就算谢天谢地了。弄这没用的干什么？啊，别做白日梦了，以后千万别说这些。"

妈妈说，孝真在这样的妈妈手里长大，真的很可怜。现在哪有这样的人家，说女儿没用。

我爸爸是家中长子。结婚十年还没生出儿子，这让妈妈在亲戚聚会的场合总是成为别人暗中指责的对象。"那个大儿媳真是了不起，整天在外工作，不顾家，连个儿子都生不出来。"那是贴在妈妈的名字金美子前面的沉重又顽固的修饰。妈妈的一部分知道那修饰不恰当，然而更大的部分又像穿寿衣一样把那个修饰穿在身上。那是不生儿子就脱不下来的沉重衣服。阿姨嘴上说着什么闺女儿子，不停地贬低孝真，事实上是在说没有儿子的妈妈，以及养得再好也只是"丫头片子"的我。

孝真家和我们家邻里和谐，从未发生过常见的争吵。互相分享食物，在走廊上碰面也会笑着聊些家长里短的琐事。不过当时的氛围就是这样，邻里之间理应如此，尽管两家人在内心深处并不喜欢对方。隔壁异常嘈杂的家庭聚会让爸爸目瞪口呆，阿姨的没教养让妈妈直冒鸡皮疙瘩。尽管如此，妈妈和爸爸还是给予基俊很好的评价，说他尊敬长辈，学习也好。妈妈和爸爸说得很对，基俊见到长辈都会低头打招呼，脸皮也厚，会讨好大人。

我和孝真升到三年级的时候，基俊已经是初中二年级了。那个时候的事情我记得更清楚了。基俊常坐的书桌前贴着高考状元的采访报道，书桌周围总是萦绕着沉重而紧张的空气。无论父母在不在家，他都骂孝真。倒不是因为孝真做了什么，他这样做似乎只是出于习惯，就像自己控制不住的发作或痉挛。

有一天，我正坐在孝真家的餐桌旁，他伸手去打孝真的头。"臭丫头像个饭桶。"他经过我们身旁，走向冰箱，"是不是你喝了？我的牛奶，被你喝了吧？"他又转向孝真，像刚才那样啪啪拍打孝真的头。满脸通红的孝真眼睛低垂，躲避着我的视线。他固执地拍打着孝真的头。

"对，是我喝了！"孝真站起来喊道。见此情景，基俊轮流看了看我和孝真，忍不住笑了。正在看电视的阿姨朝厨房这边走过来。

"吵死了。这么大声音干吗，这么大声音！"阿姨说，"这孩子真倔，谁愿意娶你？"

阿姨对待上初中的基俊就像大人。倒不是出于平等意义上的尊重，感觉就像是侍奉高于自己的人。基俊像对待下级似的跟自己妈妈提意见，大呼小叫。在我看来，他简直就是孝真爸爸的缩小版。孝真的爸爸也常常这样对阿姨吵吵嚷嚷。每当这时，阿姨就会观察儿子的情绪，脸上带着讪讪的笑容。后来我才明白，这种奇怪的笑容是对儿子露骨的屈从姿态。

时间流逝，后来我就很少去孝真家了。基俊倒是没有伤害过我，不过他当着我的面威胁孝真，随意对待自己妈妈，这样的态度让我感受到他对我的负面情绪。他的攻击性令人厌恶。

四年级的时候，我们第一次成了同班同学。无论自己家的气氛如何，孝真好像变得越来越耀眼了。她在班上比谁都引人注目。学习好、体育好、画画也好，最重要的是这个孩子天生就有吸引人的魅力。成为同班同学后，孝真在学校里只是把我当成她众多朋友中的一个。无论是看我的眼神，还是回答我的方式，都陌生而冰冷，像她那完美的首尔口音。不过放学以后，她还会按下我们家的门铃，很亲昵地跟我说话。

有一次上课，我们需要介绍自己的家庭和家训。我用签字笔在贴有全家福的图画纸上写下家庭介绍，以及妈妈紧急编造的家训，塑封之后带到了学校。我记得自己说父母是双职工，没有兄弟姐妹，心里还有点儿羞愧。介绍家庭的纸贴在班级公告栏里。

孝真的发言很成功。完全不同于因为害怕而紧张，说得磕磕绊绊的我，游刃有余的孝真带着几分幽默，惹得孩子们拍着课桌大笑。孝真指着贴有全家福的介绍文章说道：

"我们家来自庆尚北道的漆谷。除了我，他们都说庆尚道方言。"

嘴上这样说，孝真还是给大家示范了庆尚道方言。孩子们听着孝真的发言，笑出了眼泪。孝真嘴里说出的她家里都是令人羡慕的人。诚实风趣的爸爸、无条件疼爱自己的妈妈、总是像朋友一样愉快相处的哥哥。

看着孝真泰然自若的表情，我知道至少在那个瞬间孝真相信了自己的话。面不改色地说谎的孝真有点儿讨厌，可我也只能理解她的谎言，所以只是静静地看着她。"我以前经常厌烦家人给我的关心和爱，不懂得好好珍惜，今后我要做个乖女儿、好妹妹。"孝真这样结束了发言。

公告栏里,孝真的全家福似乎抓住了他们家最完美的时刻。这张拍摄于游乐园的照片上,四个人都冲着镜头开怀大笑。孝真看上去比谁都开心。

那年寒假开始,我们在租书店里借阅 WINK、MINK 等漫画杂志和李美拉、元秀妍的单行本。漫画人物都有星光闪烁的大眼睛,属于那种与粗俗和破烂相去甚远的美丽世界。读着这些漫画,我们飘飘然地步入了自命不凡又头晕目眩的高年级。

我们在孝真家的见面越来越少,这时几乎完全没有了。基俊进入高中后,他们家就有了不能在家说笑打闹的规矩。我也想躲开他们家的沉重空气。男人们穿着臀部磨得光亮的裤子,依然每月都来孝真家祭祀、磕头,只是不能喝酒喝到太晚了,因为不能妨碍基俊的学习。

有一次,我在回家路上看见了基俊。面对朋友们的玩笑,他面带羞涩的笑容蜷缩身体,看起来是那么善良,整齐匀称的五官也让人很有好感。我想,如果是在外面认识他,也许我会比任何人都更先一步迷上他吧。那么善良的面孔,回家却对妈妈和妹妹恶语相向,还会随心所欲地殴打妹妹。这让我无论如何都不能理解。

还有妈妈哭泣的夜晚。尽管我只听见拧开水龙头的声音、擤鼻涕的声音,然而我知道她每天夜里都在哭。妈妈和爸爸什么都没说,不过我隐约能猜到是因为什么。

小婶生了两个女儿,结婚七年后终于生下了儿子。小婶生产之后,大人们之间明目张胆地议论着什么因为长时间没生孩子,所以不再往来的话题,说得理所当然。妈妈向小婶表示祝贺,也很疼爱孩子,然而她的笑容里总是夹杂着几分对自身处境的尴尬。

"你要乖,妈妈才能生儿子。"

当着妈妈的面,奶奶这样说我。我感觉到这样的话是对妈妈的折磨,却不知道如何回答,只是在心里更恨奶奶了。妈妈在这样崭新的气氛里诚惶诚恐,不知所措。尽管妈妈曾嘲笑阿姨顽固,然而她在心里还是同意长辈们的话的,想着一定要有个儿子。

"怀上的总是女孩,所以不停地打掉。嗯,打了两次吧。就算以这种方式也好,总要传宗接代才行。父亲对这第一个孙子是多么疼爱……嗯,珠英睡着了……"

不,我没睡。温暖而可爱的堂弟诞生了,这是我听到的最无情又痛苦的消息。"儿子算什么。"话虽这样说,可是妈妈身处的世界就是这样。"哪有不爱孩子的父母",大人们这样对我说,然而这句话并不是全部的真相。大人们说不能伤害别人,不能偷东西,然而为了得到儿子,他们什么都干得出来。他们都是一丘之貉。"你是女孩,爷爷看都没看一眼。"我反复回味着亲戚们这样说话时的笑容。

孝真好像在关着门的房间里挨了无数的打。

再次看到基俊殴打孝真是五年级的夏天。那天,我去还跟孝真借阅的漫画书。阿姨说孝真在基俊的房间里,我便推开了门,身穿校服的基俊正把孝真按倒在地,不停地扇耳光,一只手揪住孝真的衣领,另一只手打人,边打边骂。孝真是小个子,他是大块头。他可能还不知道我进了房间,还在继续殴打孝真。

"住手,别打了。"

我试着把他从孝真身上拉下来,然而凭我的力气根本不是他的对手。我冲进客厅。

"阿姨,孝真在挨打,你快去阻止吧。"

阿姨疲惫地躺在沙发上,没有答话。

"阿姨,孝真在挨打啊!"

"挨打是因为做了该打的事吧。"

"什么?"

"珠英啊,你的话可真多。哥哥教训自己的妹妹,跟你有什么关系?挨几下打又死不了。"

"阿姨!"

"这孩子真是多管闲事,头疼死了。"

阿姨干脆闭上眼睛,好像要睡觉。我又回到基俊的房间。他已经从孝真的身上下来了,这次是用脚踢蜷缩的孝真,继续大骂:

"我,每次看见你,心里,都很烦。一点儿用没有,饭桶,臭丫头!"

基俊的房间里弥漫着辛辣的空气。咣!好像有什么东西打中了我的头。我感觉眼前白花花的。

我扔掉了摆放在他书架上的玩具机器人。机器人破碎了,在地上翻滚。直到这时,他还在殴打孝真,根本不知道发生了什么。我两只手里拿着两个机器人,扔向墙壁。机器人支离破碎。他这才离开孝真。

"你干什么?"

他抓着破碎的机器人，朝我怒目而视。我像故意做给他看似的，把另一个机器人也摔在地上。阿姨不知什么时候也过来了，目瞪口呆地看着我。

"你疯了吗？"

生气的反倒是阿姨。基俊有点儿发蒙，似乎不理解眼前是什么状况。我转身回了家。直到走进自己的房间，我才放松下来，感觉双腿绵软无力，这才哭了出来。

妈妈来到我的房间，我向她讲述了全部经过。基俊怎么殴打、辱骂和欺负孝真，孝真的父母如何放任不管。妈妈面无表情地听了我的讲述，说道：

"别人家的事，你不要多管。"

"妈妈。"

"你管了就能改变吗？"

"可是妈妈……"

"今天你只是运气好罢了。"

妈妈的嘴唇扭曲了。

"你是女孩子啊！"

妈妈皱着眉头看了看我，然后出去了。妈妈说谎了。妈妈经常说要帮助朋友。妈妈还说要做正确的事。即使深陷悲伤，我还是对妈妈的反应感到愤怒。这是萦绕着孤独的愤怒。后来我听阿姨说，妈妈赔偿了被我摔碎的机器人。对于年幼的我来说，赔偿金是我无法想象的天文数字。对此我只有深深的内疚。

没过多久，妈妈辞去干了很长时间的工作。后来我才从亲戚那里听说，妈妈辞职是为了怀孕。"当妈了还只顾赚钱，完全不管孩子"，这样的话妈妈听得太多太多，于是她放弃了职场。从那之后，人们又开始说妈妈遇上个好老公，在家里游手好闲。

那次事件以后，孝真的父母禁止她来我们家玩。我们之间有点生疏了，只是偶尔在公寓广场和学校运动场上见个面，相互安抚彼此的心。那年秋天，孝真去了漆谷。

我从妈妈那里听说，孝真爸爸在首尔成功攒下了钱，回到漆谷开起了加油站。我等着孝真亲口告诉我这件事，然而孝真像什么事情都没发生似的。直到转学前两天，孝真才按我们家的门铃，把我叫了出去。

我们去租书店归还了读完的漫画书，然后拐进常去的礼品店看信纸和小物件。回来的路上我们又去游乐场玩了转盘。我坐的时候，孝真帮我推；孝真坐的时候，我帮她推。我们谁都没说搬家的事。直到手心里一股铁味，晕得胃里翻江倒海，我们才离开游乐场。

"放假了我再来玩。听说不能打电话，太贵了。"

"那怎么办？"

"我给你写信。我一到那边就给你写。"

孝真伸出小指，我却推开她的手，哭着回了家。

后来直到上了中学，我们一直互相通信。那是我第一次写作。虽然也写过日记、读后感之类的作业，不过那都是被强迫的。直到给孝真写信的时候，我才意识到这点。赶上过生日，我会把广播里放的好歌录成磁带，连同孝真喜欢的软糖用包裹寄过去。当然，这样的交流根本不可能持久。我们都在一天天变成不同的人。面孔和身体在变，个子在长，理解世界的方式也在改变。明明才过了一年，却感觉一年前的事那么遥远。初中一年级结束，我们的通信也结束了。

　　孝真是和我完全不同的人，我想了很久很久。看她所处的境遇，我会庆幸自己没有出生在那样的家庭。想到她拼命维护自尊的样子，我又有些反感。尽管如此，我还是希望确信我的处境比她好。

　　"妈妈生了个儿子，我也有弟弟了。"我在给孝真最后的信里这样写道，"现在，我们比任何人都幸福。我们……"

援手

惠仁遇见正熙是在第六次集会结束之后,天气出奇地冷。

那天惠仁去市府站,看见对面的圣公会教堂。深夜的教堂在灯光下隐隐发光。惠仁停下脚步,想看清教堂的样子。

不知站了多久,集会结束后,在朝市府站行走的人群中,有个身穿薄外套的女人注视着惠仁。惠仁戴好眼镜,抬头看着女人,不知道该做出什么样的表情。

女人很高兴的样子,却没有走向惠仁这边。惠仁低头打了个招呼。女人这才走过来,叫了一声"惠仁"。女人伸出戴着连指手套的手,惠仁却没有去握。女人缩回手,放入衣服口袋,开口说道:

"好久没见了啊!"

"是啊。"

惠仁从她身上挪开视线,低头看着人行道的地砖。

"没想到在这里见面……"

"你还好吧?"

"我……太冷了,要不要找地方喝杯茶?"

惠仁摇了摇头。

"不了,我还要进去。"

"是啊,太突然了……"

"那我走了,再见。"

走着走着惠仁又回过头来。她看见女人依然站在刚才的位置,面朝自己。看不清脸,两个人只是遥遥相望。

再次见到那个人的概率会有多少呢?就是这么偶然,正走着路,相遇在首尔闹市区的概率。概率接近为零。那么因为不能再见而后悔的概率又是多少呢?惠仁无法说出准确的答案。惠仁改变主意,转身朝女人走去。她把名片递给女人,重新走向市府站。

——惠仁,天气这么冷,你顺利到家了吗?原以为再也见不到你了,没想到还能短暂地见个面,真高兴。晚安。

惠仁没有回短信。保存女人的电话号码,登录KakaoTalk[1],映入眼帘的是"金正熙"的名字和简历照片。划过身穿牛仔裤和白衬衣的女人弹吉他的照片,惠仁看到了以前的照片。五个女人在现场演奏吉他的照片,握着汽车方向盘笑的照片,登上山顶拍摄的照片,还有玩滑翔伞的照片。

这不是什么复杂的故事。女人是惠仁的姊姊。女人和叔叔代替惠仁的父母抚养过惠仁。从七岁到十一岁,整整四年。惠仁十八岁那年,叔叔去世,女人连个招呼也没打,从此失踪。

---

1 KakaoTalk 是韩国的一款聊天软件,类似于中国的QQ、微信。——编注

"我永远站在你这边。即使全世界都离开了你,我也会在你身边。"

惠仁不断地重复着女人说过的话。明明做不到,为什么还要说呢?怎么可以这样呢?说句"再也不能见面了"就那么难吗?对我来说你是什么样的人,难道你不应该更清楚吗?

曾经那么讨厌那个女人,如今也都过去了。对于现在的惠仁来说,女人不只是毫无保留地爱过自己的重要人物,也不只是不辞而别的残忍而卑怯的人。女人到底是什么样的人呢?仔细想来,惠仁对她知之甚少。她既不是自己喜欢的人,也不是疯狂厌恶的人;不是家人,不是朋友,但也不是陌生人。她是长久以来的他人,早已在惠仁的心里彻底死去,却又在某个瞬间复活。

*

后来惠仁听说,自己跟着奶奶和妈妈过到了五岁,六岁那年是姑妈养自己,然而去女人家之前的记忆神奇地接近空白。在一棵大树底下吃巧克力的场面是惠仁最久远的记忆,那个场面里就有女人的身影。

妈妈说,爸爸毕业于工业高中,后来做了工程师,不知为什么突然做起了当发明家的梦。那个如饥似渴的梦贪婪地吞噬了一切,稳定的工作、存款、租金、妻子的梦想和孩子的童年。爸爸在日报角落买了两张花斗[1]纸牌大小的版面,刊登他那粗糙的创意

---

[1] 韩国的一种纸牌游戏。——编注

商品。这就是爸爸打碎原本的一切之后创造的全部生活。

那时妻子要打两份工,那时要在别人难听的辱骂声中努力还债,那时子女在几户人家之间辗转,那时二十岁出头的女人收留了惠仁。

长大成人之后,惠仁终于理解自己的存在给女人增添了多少负担。刚开始和惠仁一起生活的时候,女人只有二十二岁。年幼的惠仁觉得她是大人,然而现在想来,那时的她年轻得不可思议。想到女人是迫于婆家的压力才照顾她的,惠仁就会脸红。大学毕业的时候,惠仁跟妈妈提到了这件事。怎么会想到让人家新婚的女子照顾侄女?有没有如数支付当年的养育费呢?

妈妈迟疑着说:"妈妈和爸爸都希望姑姑继续抚养你,没有另外托付别人。是女人自己愿意这样做的。"爸爸本来就讨厌那个女人,所以极力反对,但是惠仁自己坚持要跟女人走。惠仁无法理解当时的自己为什么要跟女人走,更不理解女人为什么会主动要求抚养自己。

回头想想,女人和同龄人一样爱玩。她喜欢抽烟、会友、跳舞、爱哭爱笑。每次去见朋友,她都会在短发上涂摩丝,固定发型,但是不化妆,仅仅在嘴唇上涂抹红彤彤的口红。"新娘啊,你吃老鼠了吗?"如果村里有人试图这样教训她,她就笑着反驳说:"哎呀,我既不是猫,也不是猫头鹰,为什么吃老鼠,为什么?"两个人玩的时候,惠仁感觉不到是女人在陪自己玩,而是两个人一起玩。

女人住在五层公寓的最高层。如果多走几步爬上楼顶,就能看清整个公寓区和通往学校的路。女人拿来烟灰缸，靠着屋顶栏杆抽烟。这时惠仁就做往返跑。跑到屋顶尽头，拍下栏杆，再跑到相反的尽头，拍栏杆，就像跟别人赛跑。跑了一会儿，气喘吁吁的惠仁把手伸到面前，模仿狗的样子呼哧呼哧地喘气。这时女人就会看着惠仁笑，惠仁喜欢看女人的笑脸。直到现在，惠仁还能勾勒出女人的模样，蓬松的头发，从近处看就会发现她的薄T恤上被烟灰烫出了许多小洞，脚上穿着拖鞋，面带微笑地看着惠仁。

两个人都喜欢坐公交车，尤其是横穿汉江的公交车。打开车窗，头发随风飘起，烟雾随之涌入，不过可以通过味道和触觉感受季节。每次看到63大厦都感觉更高了，惠仁眼里的汉江是那么辽阔，哪怕说那是大海她都会相信。惠仁的手指摸索着座位上露出的黄海绵，欣赏着窗外的风景。

有时也跟着女人去见朋友，跟她参加过毕业典礼、订婚仪式、婚礼现场、前同事们的聚会、朋友家。这是谁啊？如果有人问起，女人总是回答说："我侄女。"接下来的问题总是如出一辙。打算什么时候要自己的孩子？该有的时候就有了，女人轻松回答。

惠仁还记得在某个人家的客厅里，女人和朋友们听着"徐太志和孩子们[1]"的歌曲磁带翩翩起舞。午饭吃的是中餐，大家喝完咖啡，一起站起来跳舞。女人拉着惠仁的双手，边跳边笑。她抓住惠仁的手让惠仁转圈，然后自己朝相反方向转。跳完之后躺在

---

[1] 徐太志和孩子们，又名SeoTaiJi&Boys，是韩国20世纪90年代人气歌手组合。——编注

地板上时，感觉房间在旋转。"我好像要吐！"惠仁一边大声叫喊，一边笑到肚子疼。惠仁很少像这样大叫大笑，兴奋得面红耳赤。她可以在女人面前嬉笑玩闹，在别的地方却不行。

无论是在学校，还是面对别的大人，惠仁总是很容易紧张。她胆怯又害怕，回答老师的提问时常常吞吞吐吐。她总觉得自己老老实实待着都会挨训受罚。

每次见到妈妈，惠仁也很紧张。女人告诉惠仁，妈妈该有多想你啊，还嘱咐她不要太冷淡。不过她还是很生分，倒不是因为讨厌妈妈。恰恰相反，惠仁很喜欢妈妈，也想念妈妈。即使妈妈笑着站在面前，她也还是很想念。见面结束，和妈妈分别的时候，她努力忍住眼泪，转过身去。至于当时是什么样的心情，惠仁已经记不清了。不过她还记得，自己努力向妈妈展示高兴和端庄的样子。

那个时候，妈妈总是对惠仁感到抱歉。面对这样的妈妈，惠仁常常不知道该说什么。因为无论什么年纪，子女总能无条件地原谅父母。惠仁也没特意想过原谅，很自然就那样了。惠仁想，这就像没有任何理由无条件地喜欢父母一样，孩子的心不同于大人们坚硬的心，对于自己的父母既不判断，也不指责。

也有这样的日子。

那天寒风刺骨，如果不把手插进兜里就会感到刺痛。放学回来，按了门铃，门却没有开。惠仁想着姊姊很快就回来了，干脆坐在走廊上蜷起了身体。时间已经过了很久，女人还是没回来。会不会是在睡觉呢？惠仁又按了门铃，还是没有应答。惠仁在一楼和五楼之间上上下下，等着女人。又过了很久，惠仁已经绝望了，重新蜷坐在玄关门前。她想起女人经常让自己带上家里的钥匙，有点儿埋怨不听话的自己。手脚都要冻僵了，皮肤更是撕裂般地疼痛，这时女人回来了。

刚刚走上楼梯，女人就大喊着惠仁的名字，跑过来抓住了她的手。"怎么办啊，这可怎么办啊？"女人跺着脚，打开了玄关门。站在玄关，女人连鞋都没脱就问惠仁，同时用自己的手包着惠仁冻僵的手，给她焐热。

"你在这里等了多久？"

惠仁摇了摇头。

"放学就回来了？"

"嗯……"

"那就一直在这儿等？"

惠仁点了点头。女人拉过她来，紧紧抱在怀里。

"对不起，婶婶。"

"什么？"

女人紧绷着脸对惠仁说。

"钥匙……我忘带了。"

女人坐在门口，抬头望着惠仁：

"谁让你这样的啊？明明是我做错了，为什么你要道歉？"

女人继续握紧惠仁的手坐在玄关，哭得像个孩子，冻得通红的脸上满是眼泪和鼻涕。惠仁还是第一次看见大人哭得这么猛烈。她稀里糊涂地站在那里发呆，不知道女人为什么会哭。她想也许是因为担心自己吧，不过又觉得很奇怪，竟然有人会因为自己而表现得如此痛心。

手都冻僵了……

女人解释了自己为什么回来这么晚,不过惠仁早就忘了那个理由。因为理由什么的并不重要。自己冻僵的手在她手心里焐热,惠仁觉得这就足够了。

*

记忆中的女人和叔叔比现在的惠仁还要年轻。

两人像朋友一样亲密相处,惠仁觉得这样很好,然而在大人们看来却很不敬。夫妻之间没有上下尊卑,女人竟然不尊敬比自己年长五岁的丈夫。这样的话题在愤怒中不胫而走。大人们都说气场强大的女人迷住了单纯的老幺。连偶尔才能见到的爸爸,也会在节日里的家庭聚会上,看到女人就直咂舌。

惠仁清清楚楚地听见了奶奶和姑妈在厨房里说的话。全罗道的女人,是啊,是啊,听说她父亲在部队里被打死了,好像是信了什么奇怪的宗教,不肯拿枪……然后怎么样,这孩子也不知道中了什么邪,从哪里领回这么个女人……都说了反对的婚姻不要结,也怀不上孩子,真伤心,这要是放在以前,肯定是要被休掉的……听着她们的闲聊,妈妈不置可否。妈妈会不会因为自己没被放到评价的刀俎上而庆幸?

女人和叔叔不参加家庭聚会的时候,大人们更是信口开河。孩子虽然不说话,但并不是没有耳朵的。

所以说是赤色分子的孩子啊。还不是因为母亲心软同意,才发展到这个地步。那么多人家，非要跟这样的家庭纠缠。我老婆说，她养育惠仁，自己还抽烟。这像话吗？又不是陪酒女，家庭主妇还抽烟？整天在家玩，拿着老幺赚来的钱干了些什么啊！也不知道还要养她养到什么时候。我也很郁闷。

每当遇到这样的事，惠仁都会出现胃痉挛，严重到后背都无法伸直，脸上直冒冷汗，还会出现耳鸣。

我们家没有那样的人，惠仁这孩子很特别，脆弱，敏感。

惠仁和妈妈坐在客厅的角落里，听着姑妈的话，她抱着蜷起的双腿躺了下去。大人们都说要友好相处，但是他们似乎需要一个共同讨厌的人。他们从来没有和婶婶好好聊天，也不知道婶婶多么幽默、多么有趣，明明知道叔叔和婶婶过得很快乐却又假装看不见，到头来却说婶婶毁了叔叔的人生。

他们不愿正视叔叔过着什么样的生活。不，绝对不可能。据惠仁所知，这样说的人们当中没有谁比叔叔过得更幸福。谁都没有能力去想象自己不曾经历的生活，他们只是依靠自己经历过的人生来推断叔叔的不幸。

叔叔和女人就像生来互相逗乐的人。他们只是面对面坐下，就有聊不完的话。有时他们不说话，而是互相冲对方放屁；有时他们像是在比赛谁更搞笑。每当这时，惠仁都会笑出眼泪。看不见他们如何老去，看不见他们老了以后用什么方式逗对方笑，这个事实让惠仁难以释怀。

叔叔是业余魔术师。他拜托惠仁当自己的美女助理，惠仁高兴地和叔叔登台表演。观众只有女人自己。叔叔系着领结，惠仁穿着白色连裤袜和连衣裙。惠仁在所剩无几的照片里看到了当时的情景。照片上,惠仁挺着蝌蚪般的肚子,故作严肃,叔叔笑着打手势。

叔叔展示如何复原撕碎的纸。他从空荡荡的箱子里掏出盛开的红玫瑰,表情夸张得好像是个只知道惊讶和喜悦的人,叔叔注视着惠仁。现在惠仁比那时候的叔叔年纪还大。

惠仁想,生活本身就像某种奇怪的魔术。从未期待的存在出现,转瞬之间又消失,就像白鸽飞出黑漆漆的空箱子,碰到魔术师的手便消失得无影无踪。普通的魔术之中,魔术师能让消失的鸽子复活,然而生活这场魔术里没有这种逆行的惊喜。那是单向进行的魔术,遵循着从无到有、从有到无,却不能重新从无到有的规则。既然知道了规则,那就要在花开的时候开怀地笑,看见鸽子落在魔术师的手背上时高声赞叹。

但是,如果什么都不消失的话,如果消失只是非常巧妙的戏法,那又会怎么样呢?如果有一天,像别的魔术那样,经过魔术师之手的碰触,原以为永远消失的鸟、花和兔子重新出现,如果舞台的后面还有另外的舞台,如果逆向魔术成为可能,那会怎么样呢?

*

高中二年级修学旅行回来,本应上班的妈妈却坐在客厅沙发上。

惠仁,听了这件事,你不要惊讶。

惠仁背着行囊，站着听妈妈说话。

那是个事故。

悲伤是从什么时候开始的呢？现在的惠仁想。她坐在地上又哭又吐，却不是因为悲伤。那里有着另外一个自己，在面无表情地注视着哭泣的自己。她在哭，脑子里却反而很宁静，空荡荡的。"你要控制好心情，会好起来的，别哭了。"听着妈妈的话，惠仁难以相信这是大人们的决定，他们在葬礼期间从未联系过自己。

都是为你好。

大人们似乎觉得，只要不给悲伤的机会，悲伤就会减轻，将来平静地告诉她会更好。人心要是那么简单该有多好啊。如果心也能想堵就堵，想关就关，那么人会多轻松啊。

女人的手机总是关机。发短信也不回，留语音短信也是这样。尽管如此，她还是期待有一天能联系上女人，可是对方最终没有联系她，后来电话号码也换了。

时间流逝，惠仁想对女人说这件事了。那时的自己之所以痛苦，并不仅仅是因为叔叔的去世。更是因为知道你有多么喜欢叔叔，知道叔叔对你来说意味着什么，所以才会那么痛苦。

女人悄无声息地离开了。惠仁觉得，这个单纯的事实成了当时自己无法解决的难题。对于惠仁来说，女人太重要，以至于她无法理解和接受这一切。

女人的行为向惠仁传达了这样的信息：你和我之间什么都不是，以至于我可以这样轻易地离开，事实上你对我也没那么重要。对于当时的惠仁来说，想要理解和接受女人的态度就意味着同意这样的信息。

那么长的时间里她都努力不去理解，似乎想以这样的方式挽留和女人共同度过的时光的意义。一直以来她什么都知道却又假装不知道。整个冬天惠仁都在凝视着这样的事实。

*

生日快乐。

二月十日午夜，女人发来了短信。

心里好受的时候联系我。

惠仁静静地看着手机。自己会为这样一条短信而喜悦，这让她感到吃惊，可是她无法否认自己的心情。

犹豫良久，惠仁没有回复短信。

分开生活之后，女人依然没有忘记惠仁的生日。生日那天午夜一过，嘟嘟声就会响起。惠仁拿着电话听女人的语音短信。女人尽量用明快的声音说这说那，努力让惠仁笑出来。

高中一年级，惠仁第一次有了自己的手机，正是女人送她的礼物。为了对父母保密，不让他们发现这件礼物，惠仁总是把手机调成静音塞进包里，晚上睡觉时放在枕头下面。女人有时给惠仁发短信问"你在干什么"，有时发送用各种符号做成的兔子、西瓜、星星、小狗等图案。如果不接电话，女人就留语音短信，讲述自己经历的趣事。这一切对惠仁来说都是安慰。惠仁常常想，自己通过女人学到的，就是从别人那里得到的幸福有多不安和危险。人不可能以这样的方式轻易变得幸福。

生日之后过了一个月,惠仁从电视上看到了弹劾总统的场面。

一起参加集会的朋友们发来了庆祝短信,惠仁这才想起那些跟在队伍后头跑来跑去的周六夜晚。如果有歌手在远处的舞台上唱歌,或者前面的人们喊口号,周围就会响起回声似的声音,只是慢了半拍。在那里,女人举着塑料蜡烛模型。她经常去那里吗?几十万的人群之中,女人和我应该忽远又忽近地各走各的路吧。想到这里,惠仁就什么也干不下去了。

那天夜里,女人又发来了短信:

惠仁啊,不回短信也没关系。只要你读我的短信,我就满足了。前不久我做了个梦。梦见我在市府站前偶然遇见了你,我们彻夜聊天。梦见我们一起喝酒,我在你面前弹吉他,我们一起笑。梦见我和你一起仰望夜空。在梦里,我们没有分开。你对从睡梦中醒来的我说,梦,只是梦而已。不过醒来之后我想告诉你,梦中的我是那么幸福。

惠仁躺在床上,读了好几遍那条短信。

惠仁想起了乘坐一号线列车走读的时候。每当列车从汉江经过的时候,她总是不由自主地想起女人,思念女人。她也曾努力和这样的心情做斗争,然而随着时间的流逝,每当思念之情来袭的时候,惠仁索性放任不管,任凭它汹涌而来。我想你。我想念那个女人,她在心里喃喃自语。读着女人的短信,惠仁确认了这样的事实:思念并不仅仅是自己的事。

如果见到女人,惠仁很想问她,为什么不讨厌自己?毫无血缘关系的外人,不漂亮又病恹恹的小孩子,怎么就能不讨厌呢?还想问她怎么能够把自己的生活交付出来。然而过了那么久,惠仁又不想像追寻过往时间的正确答案似的问清所有的问题,也没有这样做的理由。

因为人生在世,这样的离别也不是什么了不起的大事。这不是什么特别的事。很久以来惠仁都是这么想的。这是她处理各种伤痕的方式。不要对这种事耿耿于怀,比起别人的经历,这些都不算什么。人都是这样生活,不要像只有你经历过似的大惊小怪。她总是这样督促自己。

看着女人的短信,惠仁想象着女人梦中的场景,想起两人再度相逢,不管好事坏事都互诉衷肠的样子。

惠仁做好了回复的准备。

*

四年级结业式后没过多久,惠仁就回到了父母的家。还好吧?大人们问。惠仁点了点头。她不想开口解释从这里到那里,再从那里到这里的心情,于是装作无所谓的样子。

惠仁搬家前一天,女人还在整理惠仁的行李。她在纸上整理出惠仁的物品目录,挨个画线,确认有没有遗漏。惠仁站在门口,注视着坐在装满行李的大纸箱上确认目录的女人。看着她的样子,惠仁有点怀疑她是不是早就期待自己离开了。

有位知道惠仁跟着婶婶生活的朋友这样说过:"我爸爸说,你婶婶很了不起,很善良,她是有多么疼爱你,才把你接回家抚养。"

听完之后,惠仁预感到她将来绝对忘不了这位朋友的话。

"婶婶。"

女人抬头看着惠仁。

"婶婶觉得我可怜吗?"

她没想到这句话会脱口而出。听了这话,女人淡淡地笑了,不过惠仁知道这句话给女人造成了伤害。

"那么你觉得我可怜吗?"

女人带着调皮的微笑问道。

"没有。"

"那你觉得我是什么样的?"

短短的鬈发下面一双小小的眼睛,脸颊上的雀斑,嘴角深陷的疤痕,修长的脖子,大大的手和脚,干姜的味道,温暖的体温,厚厚的袜子,凝视惠仁时调皮的表情。

"婶婶就是婶婶。"

说完,惠仁走到女人身边。

"我的婶婶。"

惠仁紧贴在身旁,女人好几次伸手去摸惠仁的头。

"你是惠仁。惠仁,你就是你啊。"

两个人席地而坐,女人跟惠仁说了很多话。人们都问这孩子是谁啊,她回答说"是我侄女",却又总觉得不够充分。她想和惠仁一起去尽可能远的地方,然而没有余力,最远才到俗离山法住寺。仿佛是多么重要的事,女人说了好几次,"我们去过最远的地方是法住寺。"每当女人这样说的时候,惠仁便会想起冰冷的溪水,以及在溪谷附近的餐厅里吃火锅的情景,还有无休无止的蝉鸣。惠仁真切地感受到这样的事实:从今往后,女人和自己再也不能像从前那样在一起了。

"快睡吧,很快就到早晨了。"

"知道了。"

"你现在也五年级了。"

"嗯。"

女人欲言又止,犹豫良久终于开口说道:

"你真的很棒,真的很棒,惠仁。"

在惠仁的记忆里,女人是那种很少严肃起来的人。脸上总是带着笑容,却又捉摸不透她到底是什么情绪。那次集会结束在市府站前迎面相遇的时候,惠仁看见了女人不同于往日的脸。那是笑容消失的脸,掩饰不住恐惧和踌躇的脸,那是对十八岁的惠仁想念的脸,渴望了解的脸。女人就那样望着惠仁。

如今的惠仁到了女人当初的年龄,她猜测也许是女人不想提前告诉她生活的沉重,也许是不希望她过早地对社会和人产生恐惧,也许只是单纯地想向她展示美好的事物,所以才做出这样的举动吧。也许是别无选择吧。如果她一直通过玩笑、笑容和若无其事的行为来守护自己,与人建立关系,那么她也只能用这种方式对待惠仁。

说不定女人也想哭。也许她也想靠在惠仁身上,讲述自己的故事。也许她担心那样的行为会破坏惠仁和自己的关系,使惠仁离她而去,所以她只能克制。我是开朗的人,我不是严肃的人,我是轻松的人,只有这样的人才能不被抛弃,才能和别人建立关系,或许她从小就是这样学着长大的。如果到了无法用笑容保护自己的瞬间,女人能做的又是什么呢?

惠仁想起自己在蹦床上蹦蹦跳跳，女人看着自己大笑的面孔。

和女人一起生活的时候，村子里有辽阔的原野。现在，那里已经建起了密密麻麻的建筑。以前每到夏天，野草就疯长；冬天来了，野草枯萎，剩下干巴巴的果实掉落在地。

那里还有一种移动式蹦床，每隔十天来一次。蹦床很大，十五个孩子爬上去同时蹦跳都绰绰有余。偶尔还有卖棉花糖的手推车。尽管条件足以吸引来大量的孩子，然而在惠仁的记忆里，那里总是冷冷清清的。究竟是因为远离住宅区，还是因为孩子自己跑来又远又危险，那就不得而知了，反正总是那样。

婶婶！婶婶！

惠仁独自在那里蹦跳。两腿挺直蹦了许久，后来坐着跳，躺着跳。女人远远地站在蹦床老板设置的围栏之外，看着惠仁笑。蹦床当然好玩，不过惠仁更喜欢女人注视自己的目光。惠仁哈哈大笑着蹦跳，仿佛只为告诉女人——我玩得这么好，我玩得这么开心。

女人一步步靠近，惠仁就用更夸张的动作蹦起。有时调皮地皱着小脸，轻轻地跳，显得自己不费吹灰之力。有时又像暂时静止似的停在半空。

起风了，草香里掺杂着白糖温柔融化的味道。女人抓住网状的围栏，望着惠仁。

婶婶也上来啊，一起跳。

女人站在那里，笑着摇头。

＊

　　三月二十四日周五晚上，演奏会在某咖啡馆举行。从惠仁家到咖啡馆，乘公交车需要二十分钟。开在商业楼里的咖啡馆天花板很高，分为两层。惠仁在演奏会开始前十分钟到达，一楼已经挤满了人。惠仁来到二楼，坐在台阶中间的位置，望着演奏者们的座椅。五把黑色的椅子，前面放着乐谱架。

　　演奏会比正常时间晚了十分钟。咖啡馆的灯光熄灭，人们鼓掌。黑暗中传来吉他调律的声音。沉默片刻，演奏开始，舞台上亮起明亮的灯光。

　　五位演奏者年龄相仿，坐姿各不相同，服装也不整齐配套。有人穿薄荷色的蕾丝连衣裙，有人穿T恤、马甲和牛仔裤，有人穿白色的圆领卫衣和雪纺长裙，有人穿栗色格子裤和正装，每个人都用自己的姿势弹吉他。

　　最左边的是女人。她的头发比以前更短了，身着灰色宽松版的V领针织衫和黑色紧身裤，脚穿马丁靴。她戴着黑框眼镜，紧闭着嘴，视线锁定乐谱，修长的手指在吉他上移动。她坐得很挺拔。

　　这是没有麦克风也没有扬声器的演出，但是回荡在小空间里的声音并不轻浅。调音并不完美，也不是没有失误，然而在惠仁听来，那些小小的错位、偏离和碰撞的声音是那么美丽。三首曲子结束，身穿马甲的演奏者坐在那里说话了。没有麦克风，他也没有刻意提高嗓门，所以听众必须侧耳倾听。

　　我们在一起弹吉他已经超过五年了。每年举行演奏会，也已经是第三年了。感谢大家盛情光临。去年也是这样，我们每隔一周合奏一次。每个人在生活中都会遇到困难，我们还能坚持合奏，每次举行演奏会的时候都会觉得很惊人。

致谢之后，演奏继续进行。大部分都是五人全体参与的合奏，不过中间也有独奏，还有双人演奏的乐曲。女人的独奏开始的时候，惠仁向前探头，留心观察她的样子。

那是慢节奏的乐曲。女人怀抱吉他，全神贯注地弹奏，好像唯恐会漏掉哪个音符。她眉头紧皱，咬紧嘴唇，眼睛凝视着乐谱。一个音符，一个音符，她在吉他弦上移动手指的样子显得无比谨慎。

古典吉他就是发出这种声音的乐器吗？女人的演奏就像一个安静的人在心爱之人面前低声絮语，仿佛是在诉说自己的内心世界。

惠仁回忆起自己睡觉的时候，女人静静地躺在旁边，有一搭没一搭轻声细语的样子。那时的我们是用什么样的表情看着对方呢？

女人的演奏结束了。这次是身穿薄荷色蕾丝连衣裙的女子开口说话：

"放下帘幕，熄灭灯光，周围漆黑的时候，灯光投向我们，除了乐谱，我们什么也看不见。听见掌声，我们知道各位在那里，只是看不清。各位能看清我们吗？"

"是的，看得非常清楚！"

有人喊道。大家都笑了。

有一天，这位朋友曾经说过。

她指着身穿卫衣 T 恤的演奏者说道：

"姐姐，从黑暗的地方能看得见明亮，可是为什么从明亮的地方看不见黑暗呢？还不如漆黑一片，哪怕只有一丝微弱的光，也能看到彼此。"

话音刚落，舞台上的照明就熄灭了，整个咖啡馆里漆黑一片。黑暗之中，演奏重新开始。演奏在进行，咖啡馆的间接照明接二连三地亮起。既没那么亮，也没那么暗，落日余晖般的灯光充盈着空间。起先，演奏者们互相打量，随后便将视线投向观众席上的人们。

女人并不知道惠仁也来了。黑暗的观众席本来可以隐藏她的身影，但是既然已经这样，那也没有办法，于是她坐着没动。当女人的视线投向惠仁的时候，惠仁犹豫片刻，迎向她的目光。

以当下的照明度和距离，只能依稀看见彼此的五官。女人表情微妙，但是她的视线始终没有离开惠仁的脸。

婶婶，别来无恙。

惠仁望着女人，脸上闪过微弱的光芒。

筑沙为家

1

我们是网友。整整三年就读于同一所高中,然而当时却不知道各自的真实姓名和长相。沙子就是沙子,空无就是空无。

我们所属的同好会是千里眼[1]"B高中一九九九年新生大会"。系统管理员提出入会问题,接收符合自己口味的人,定员三十人。持续写作的人不到总体会员的四分之一,然而每天还是有四五篇文章上传。因为可以不实名,又是非公开聚会,所以有很多私人文章。

尽管已经形成了亲密感,不过整个高中三年,同好会却从来没有过定期聚会。二〇〇〇年流行DAMOIM[2],二〇〇一年流行

---

[1] 全称"千里眼电讯网",是韩国著名的电讯公司,一九九〇年开始面向全国提供网络服务,内容涵盖新闻、天气、经济、文化、社会等各个领域,"千里眼同好会"是该网站下设的网上兴趣论坛,曾经盛极一时。——译注

[2] DAMOIM是韩国著名的社交网络服务,成立于一九九九年,主要用户为在校学生,曾在网上掀起寻找同学的热潮。——译注

Freechal[1]。千里眼也放弃了以前的版本,重新升级,然而还是不足以战胜 DAMOIM 和 Freechal。这期间会员数减半,高三过后,同好会的气氛更是冷清惨淡。大一那年的暑假,管理员发布了关闭同好会的公告。

不管怎么说还是有点遗憾,我们也聚一聚吧。

空无发的帖子,没有人跟帖。

一个人也好,我等着。金成均面包店前,六月二十日晚六点见。我背着灰色杰斯伯背包。

那天的雨下得很大。马路对面的面包店前,真的站着一位身背杰斯伯背包、手撑黑色大雨伞的男孩。那是三年来我从未见过的面孔。男孩没有东张西望,而是静静地注视前方。他穿着画有一条线的绿色短袖衬衫和白色的短裤,脚上穿着人字拖。

我走近他身旁,男孩立刻往后退了一步。雨滴从他的雨伞上掉落,溅到我的脸上。好凉。

"对不起,我不知道有人过来,吓了一跳……"

"我才吓了一跳呢。"

"我以为不会有人来。"

"进里边等吧,雨太大了。"

我们面对面坐在面包店的桌子前。唯恐别人看不见背杰斯伯背包的人而回去,他把背包立在窗口。尴尬也只是片刻,聊起天来我们都感觉很舒服,像认识已久的老朋友。

"我想起你在一九九九年最后一天写的文章。"

---

1 韩国著名的视频分享网站,提供用户交流和游戏娱乐等功能,开通于一九九九年。——译注

"什么文章？"

"你说害怕千年虫[1]，还说应该睡觉又睡不着，世界末日可能来临，不过每个人都是一副天下太平的样子，你感觉很郁闷。"

"我？"

空无点了点头。

"还记得一年级暑假，我们通宵聊天的事吗？"

"哦。"

回答之后，我难为情地笑了。当时以为我们不会见面，就说了很多话。留言板的气氛也是这样，大约过了一年，也就没人再提线下聚会的事了。因为大家不想透露实名，也不想在明处见面。我们在那里坐了一个小时左右。

"吃晚饭去吧？看样子不会有人来了。"

"好吧。"

我们正要离开面包店，一个短发女孩走到我们这边，指着空无的背包。那是一张见过多次的面孔。

"千里眼？"

"嗯。"

空无说着看了看我，神情有点儿慌张。我努力回想在哪儿见过这个女孩。也许是因为我们没有高兴地迎接她，她打量着我们的表情，接着说道：

"刚看到帖子。我想着万一真有人来呢，就过来了……"

她穿着写有"自主法语02"的深灰色宽松院系 T 恤和藏青色短

---

[1] 即"Y2K BUG"，指一种计算机在程序处理日期上的系统漏洞。——编注

裤，脚上是三道杠拖鞋。不知是在哪儿摔倒了，小腿上凝结着血珠。

"谢天谢地。"

说完她就笑了，嘴角露出牙膏的痕迹。这时我才想起在哪里见过她。瘦小的身材，刘海儿总是用发夹梳到后面，校服裙子里面是运动裤。

"我是沙子。"

沙子三年如一日地发表有关音乐的文章，大都是介绍从未听说过的外国音乐家。偶尔会有一两个人做出反应，大部分人毫不关心，不过她还是坚持上传。那些都不是随便写写的文章。尽管自己的文章几乎没有回帖，然而她又是回帖最多的人。哪怕是搞笑的帖子，她也很认真地回复。

"三年级的时候你是十班吧？"

沙子问道。我回答是的，她说经常在走廊上见到我，还记得我站在走廊窗边的样子。

我们去牛肠城点了瓶烧酒，还吃了炒白米肠。空无和我只顾说话，吃得不多。沙子吃得很专注，很认真。她面无表情，甚至顾不上去擦沾在嘴角的酱汁。

吃完炒饭后，我们去了安丹特。安丹特是西式快餐厅，灯光略显昏暗，配有布艺沙发，白天供应炸猪排、意大利面和奶油汤套餐，晚上卖果汁、啤酒、咖啡、红茶、冷甜点。

为什么有病的人要组成家庭？

我看着开心说话的空无，想起了他上传的帖子。空无不怎么发帖，偶尔也会上传表达个人想法的长文。我很喜欢他用自己的语言解释个人经历的能力和警惕自我怜悯的态度。每次空无上传文章，我都会好奇是什么内容，常常点击阅读好几次。走在路上，偶尔我也会想起他写的几篇文章。曾经没有面孔，仅以文字存在的人，突然就在面前吃米肠、喝啤酒，这也太神奇了。

我们坐在沙发上聊着高中时代的故事。为什么每次郊游、修学旅行和研讨会都会下雨；学校伙食太糟糕，个子没长高；为了盖新楼而砍掉樱花太残忍；等等。与此同时，我们还知道彼此都有共同的朋友，沙子和我毕业于同一所初中。

"我不记得初中时见过面。"

"情有可原，我是初二下学期转过来的。"

"你从哪里转过来的？"

"我从小学三年级开始住在洛杉矶，后来又回到了韩国。"

"啊。"

好像想起来了，却又没想起来。眼前隐约闪过年幼的沙子的脸，似乎的确在高中以前就见过面，但我只能想起一种不太好的模糊印象。

沙子和空无看起来很合拍。如果说空无富有冷嘲热讽逗人发笑的才华，那么沙子就显得迷迷糊糊，因而有趣。两人的大学也很近，住所只隔一站地。尽管互相不知道名字，不过整个高中期间，他们乘坐相同的公交车，走着相似的路线，彼此都不陌生。

没想到你就是沙子。没想到你就是空无。这样聊天的时候，两人看起来很开心。我们相互交换了MSN账号和手机号码。

从安丹特步行就能到达我的住处，不过沙子和空无却要坐公交车。我静静地注视着他们并肩走路的样子。尽管不知道还能不能再见面，不过我们好像都挺愉快。

回家路上，沙子的面孔不停地在我眼前闪烁。初中同校，高中又同校的同学本来就没几个，为什么就想不起来呢？转学生。走过垃圾场附近，我终于想起最早是在哪里见到沙子了。

垃圾场。那天，我们挨了耳光。

那天是全体值周生清扫学校建筑周围和运动场的日子。我错过了公交车，比值周守则规定的迟到了十五分钟。赶到垃圾场的时候，气氛僵住了。值周老师让同学们站在前面，大发雷霆。那天很冷，我刚到就挨了一记耳光。有那么一瞬间，我甚至看不见眼前了。估计他还会打我。还会挨几巴掌，还要挨多少打呢？

面对这样的状况，我已经死心了。那只是令人失望的大人们令人失望的行为罢了。不，这不是令人失望，而是不幸之人的施虐趣味。我捡起被打掉的眼镜重新戴好，拿过扫帚和簸箕。脑袋嗡嗡作响，心里充满屈辱感，不过我还是努力不让自己的感情表露出来。

这时，另一个班的值周生走了过来，身穿宽大的校服，手里拿着保温饭盒。看起来她的身高还不到一米四，长长的校服裙子下，双腿细如鸟腿。负责老师几乎是飞身上前，狠狠地打了她的脑袋。女孩跌倒又爬起。老师又给了她一记耳光。

她满脸通红，站在那里哭了。另一个值周生走到颤抖着肩膀哭泣的她身旁。也许是说了几句安慰的话。她不停地哭，那样子让我心里很不舒服。不知道掩饰自己的痛苦，这样的态度很让人反感。难道以前就没挨过打？她那硕大的校服和干瘦的身体，扭曲的红通通的小脸令人不快。

为什么现在才回想起当时的情景呢？我们曾读过同一所高中，走过同一条走廊，为什么都不记得了呢？

沙子有着只属于沙子的重力。

如果不是沙子，我们三个人在那天之后就不会再见面了，抑或再见几面，然后慢慢冷淡下来。沙子在MSN建了三人群，每天晚上都说话或者发短信。她还叫我一起去空无以前打工的炸猪排店。想来她的这些举动有些反常，不过她的热情让我感觉很开心。

两个亲近的朋友去了与我不同的城市上大学，不能经常见面，大学里我也没能交到知心的朋友。孤独是不得已的。如果执着于人，心就会受伤、崩溃和扭曲。与其成为龌龊而扭曲的人，我宁愿选择超然和孤独。

沙子和空无经常来我打工的社区电影院玩。两个人约好了在家门口见面，乘坐公交车来电影院。等待我下班的那段时间，他们阅读电影宣传手册，或者分享碳酸饮料。工作结束后，我们一起看电影。

如果过了末班车时间，两人就步行回家。看着他们保持距离并排走路的背影，我茫然地猜测他们相互喜欢。尽管没有特别的眼神交流，也没有说过什么包含暗示的话语，可我就是觉得他们每次都能如此亲密，相互之间肯定少不了好感。秋季开学后，每天早晨沙子和空无都一起乘坐地铁。哪怕没有早课，他们也会安排好时间，一起在学校里写作业或做事。

每到晚上，沙子会在网上播放自己喜欢的音乐。听众只有我们两个人。打开 MSN，读书或者做别的事，听沙子播放的音乐。

每当这时，时间里都充满了沙子播放的音乐。躺在地上，闭着眼睛听沙子选择的音乐，感觉就像有人坐在很近的地方，拉着我的手。听着短则三十分钟、长则五六个小时的广播，我酣然入睡。哪个乐队的音乐、哪位歌手的嗓音、哪个人的演奏，这些都不重要。我也好，空无也罢，我们都不怎么打听这是谁的音乐。

有一天，空无独自来到电影院。空无靠窗而立，眼睛看着外面。

"沙子呢？"

"不知道。难道我们是套装吗？"

"不会藏起来了吧？"

"那就找找看。"

空无笑着说道。安静时让人觉得他很凶，不过笑的时候小眼睛眯成月牙形，看上去很温柔。我们朝着我家走去。尽管我们努力延续交谈，却总是接不上话。自从千里眼相聚之后，我和空无还是第一次单独见面。我们在药店前的台阶上坐了下来。

"你上传聚会帖子的时候。"

"嗯。"

"我希望你能来。"

空无用运动鞋的鞋尖啪啪地踢着地面。

"为什么？"

"就是想见个面。我想知道写那些文章的是什么样的人。"

"我也好奇你会是谁。直到最后我还在犹豫。"

我说,原以为不见更好,可是等机会快要消失的时候,我又改变了想法。空无反问:"你觉得来对了吗?"我点了点头。

"和你们在一起很舒服。跟别人相处怎么会这么舒服呢?有时我会疑惑。这种状态能持续多久呢?"

"这样说好像你活了多久似的。持续多久很重要吗?"

当时我觉得空无像是在嘲笑我,觉得我希望关系持续的想法很幼稚。

"嗯,对我来说是这样。"

我也尽量用冷冰冰的语气回答。很长时间我们都没有说话。我也知道未来只是幻象罢了。我知道我们都只是活在现在,推测任何事情的结局都是愚蠢的想法。可是……

"我要搬到学校前面。也许已经太晚了,但我想尽量离得远点儿。我不希望得到他们金钱上的支持。"

"空无啊。"

"我要成为另一个人。我不想生活在情感的垃圾桶里,像那些人一样。"

这样说的时候,空无的眼角在颤抖。那是我们之间第一次面对面交谈。

"你会做到的。"

我看着空无的眼睛说道。空无躲开我的视线,注视着楼梯。我们没再说什么,就那样坐了许久。十月的夜风很冷。空无穿着不适合这个季节的短裤,露出膝盖上竖立的肌肉。

关于空无，我总是感到几分依恋。从最初读他的文章开始，到实际见到本人，一起消磨时光，他让我期待，也让我失望和痛苦，不过那份依恋并没有消失，依然留在我的心底。也许是因为我知道他在坚持不懈地努力。努力努力又努力的时间如数写在他的脸上，我也不想对他不诚实。我不想毫无诚意地断定他是这样或那样的人。

不久之后，空无就搬家了，还叫我和沙子一起庆祝乔迁之喜。说是乔迁宴，我们连在房间里尽情聊天都做不到。走廊上贴着"肃静"、公共淋浴室里贴着"22时以后禁止淋浴"的警示语。走进房间，没等聊上几句，其他房间就传来有人干咳的声音。

"墙是纸糊的。"空无说。

"不管怎么说还有窗户，挺好。"沙子说道。

床前的位置只够我们三个人立足，不过房间朝南，阳光很充足。我们并排坐在床上安静地聊天。照进屋子的阳光很强烈，左侧的脸颊和肩膀很快就暖和起来。我的旁边坐着沙子，沙子的旁边是空无。我们就这样坐着，通过电脑屏幕欣赏空无拍摄的照片。空无用高中毕业后积攒的钱买了当时连牌子都很陌生的数码相机拍摄照片，然后上传到关闭之前的千里眼同好会。

我们拉上窗帘，继续看电脑屏幕。

成群飞走的鸟，铁轨和枕木，倒映在水坑里的云彩，电线，信号灯，塑料瓶，人行道，天桥，十字路口，窗户，流浪猫，垃圾袋，长椅，公交车站，牌匾，地铁站台，鸽子，有人脱下的鞋子，人体模特，蜘蛛网，椅子，树木，商店灯光，停着的自行车……

也有视频，不过都是没有声音的场景。空无的照片上没有人。也许是赶在没人的时候拍的吧，连人行道的照片也是这样，寂寞而荒凉。尽管这些照片都谈不上美丽，然而我还是像钉在那里似的注视着照片。照片很像空无的文章。

"为什么没有人？"

看完照片，沙子问道。

"也没什么。"

"为什么？"

"我怕人们以为我是利用他人说我想说的话。"

说完，空无拉开了窗帘。

"那就先拍我吧。什么也别想，随便拍。"

火辣辣的阳光照进窗户，空无和沙子都皱起了眉头。空无犹豫不决。

"拍吧。"

沙子这样说完，空无拍了她的手。

"我不在乎，你就拍吧。"

我们走出空无的房间，步行去中餐馆的时候，我们在中餐馆吃炸酱面的时候，我们在空无的校园里散步的时候，空无不时地给沙子拍照。

那天，沙子穿着牛仔裤、白色针织衫和黑色的灯芯绒夹克。她长发及肩，蓬松的刘海儿长得扎到眼睛。二十岁的沙子捡起比自己脸庞还大的法桐落叶，脸上是淡淡的笑容。沙子蹲着看地面时的背影。

我们久久地徜徉在空无的大学校园里。我们在学生会馆一楼的便利店里吃了豆沙包,喝了热乎乎的迪加瓦[1],坐在有暖气的休息室的沙发上翻看校刊和报纸。空无和沙子在沙发上并肩而坐。

回家的路上,沙子和我一起坐地铁。沙子低着头,睡着了。我注视着沉沉酣睡的沙子,望着袖口叠起的灯芯绒夹克和伸出袖子的小手。沙子的身上飘出蚊香烧完后的味道。

"我经常想空无。"

睡醒的沙子好像在说梦话。

"你,喜欢空无?"

沙子摇了摇头。

"我也像想空无一样想你。"

沙子直直地盯着我说。没有瑕疵的干净脸上露出同样干净的表情。那是没有任何犹豫,也没有任何不安的脸。那是我无法拥有的脸。在我看来,沙子就像温室里的花朵,生活在全社区最好最宽敞的公寓里,有着做医生的爸爸、温柔的妈妈和聪明的弟弟。她也不缺零花钱,无须打工,过着富足的生活。如果沙子稍微表现出炫耀的意思,也许我就会把她看成俗人,借以安慰自己的心。

但是,沙子从来没有炫耀过自己的家境。她穿着从地下商场买来的三千元的T恤,抹的是便利店出售的乳液。不过,她毕竟从小生长在富裕的家庭,那种富足不仅表现在物质方面,表情和态度上也能体现出来。沙子从不胡乱怀疑别人,也不会瞧

---

[1] Tejava,一个罐装奶茶饮料品牌。——编注

不起人。无论做什么都不会战战兢兢，也不会特别费力，总是很宽容。

当时我还想，这种宽容是只属于富有者的态度，甚至比豪车、豪宅更奢侈。

那天去空无的自炊房的时候，我说不出那个房间的好话，哪怕只是虚伪的客套。特别狭窄，单人床垫也是塌陷的。没有双层窗，恐怕漫长的冬天很难挨，而且到处是小小的蚂蚁。地板不平，令人头晕。我什么话也说不出来，只是觉得很茫然，空无在这样的地方怎么生活啊？！沙子和我不同，满脸天真地打量房间。她说南边有窗户，采光很好。这是绝对不会住在这种地方的人才能说出的话。也许她在想，因为是别人的事情，无论如何都应该给点儿安慰。那天我看沙子的视线似乎很冷。

回家路上，我反复琢磨沙子说过的话，她说她想空无和我。突然，我感到无比羞愧，不由得满脸通红，甚至连肩膀都有些刺痛。

空无搬家以后，我们在首尔见面的次数比在小区时更多了。我们走遍了市区，还去了坐地铁能到的山、植物园、月尾岛和首尔近郊的寺庙。我们在"蒲公英领土[1]"订了房间，吃着桶装泡面，一起准备考试。

那时，我们都建起了迷你主页。我在主页日志里简短地记录着每天的生活。沙子在主页上传自己喜欢的乐队和歌手的照片，

---

[1] 一家位于首尔市钟路区东崇洞的民营餐厅。——编注

记录有关他们的介绍和自己的感想。她还买了几首背景音乐挂在那里。空无在主页相册里制作了春、夏、秋、冬四个文件夹,以部分公开的方式展示每个季节拍摄的照片。

空无的照片中出现的人只有沙子。偶尔也会上传在没有我的、只有他们两个人去的地方拍摄沙子的照片。在空无的照片里,沙子常常处于光之下。无论是秋天,还是冬天,凡是有沙子的照片都萦绕着温暖的光芒。即使面无表情,即使愁眉苦脸,即使坐在背阴处,只要有沙子出现,照片都会散发着某种光芒和温度。照片上的沙子就像水面反射的光线,熠熠生辉。

空无的照片代替文章说话。

自从拍照之后,空无就没写过任何文章。我每天访问空无的主页,渴望像以前那样阅读空无的文章。

> 为什么应该理解的一方总是固定的呢?

高中生空无曾在千里眼同好会这样写道。那个句子在我心里翻滚了好几天,让我很伤心。因为我总是那个想要理解的人。

为什么妈妈要在众目睽睽的地铁检票口不停地把我推倒呢?站起来,推倒;再站起来,还推倒,如此反复。妈妈让我快点儿跟上她,可是我走得慢,跟不上妈妈。因为我磨蹭。我挨过很多次打,每次都是我的错。

为什么醉酒回家的爸爸要叫醒睡梦中的我,说我是不该出生的孩子呢?因为我是早产儿,从出生就花费了很多钱,所以管我叫"漏水瓢"。爸爸很生气,看起来又很悲伤。也许是因为活着太辛苦吧。本来就没有钱,本来也不想要孩子,现在有了孩子,所以更加痛苦吧。

年幼的我,为了理解父母而竭尽全力。我想,如果我成为更好的孩子,如果我成为更优秀的孩子,能够偿还我这个麻烦本身造成的债务,情况也许会有改变。对于年幼的我来说,这样努力理解父母要比承认父母没有好好爱我,还把我当出气筒容易得多。如果我能稍稍找出大人们不得不那样做的理由,也许我就会更自由。为了说服自己,我要制造虚假的理由让自己相信。

读着空无的文章我在想,我是被迫去理解那些根本就不想理解我的人。

即使在长大成人之后,每当我努力去理解别人的时候,我都怀疑这样的努力并非出于什么品德,只是为了让自己少受伤害而选择的胆怯。小时候,为了千方百计生存下去而采取的方法变成了习惯和惯性,现在又继续发挥着作用,是这样吗?稳重或成熟的说法并不恰当。所谓理解,只是为了千方百计活下去而选择的方法。

空无啊。

早在我还不知道空无叫什么名字、长着什么样的面孔的时候,我就经常在心里呼唤:空无啊。仿佛我们被细长的绳子连起来了。

2

从我们的第二个夏天开始,沙子和空无的关系出了问题。沙子想吃什么,或者想去哪儿,空无总是说没钱,这让她很没面子。空无故意找别扭,这时沙子会保持沉默,然后先行离开。下次见面,却又表现得若无其事,好像把发生过的事情都忘掉了。

矛盾蒙混过关,和解,反反复复,渐渐地我也生他们的气了。作为第三者,我看出了他们掺杂在感情纠葛里的对彼此的爱意,这份爱意好像把我推出他们的边界,似乎只有他们两个人在分享争吵的脉络。

那天我们在乐天利[1]吃刨冰。窗外驶过搬家的卡车。沙子看着卡车问空无:

"你小时候搬过几次家?"

"好像小学的时候就转了三次学。你呢?"

"我从出生就住在这个小区,后来去了美国。回国以后也没搬家,算两次吧。"

"你说是在美国学的语言对吧?"

"嗯,小时候容易学。"

"去的时候不害怕吗?"

"空无你不也是这样吗?必须不停地转学……"

"我在问你。"

"害怕啊,怎么可能不害怕……非要我说出来你才知道吗?"

"谁让你总想回避呢。你总是这样。"

沙子没有回应。空无放下塑料勺。

"吵架的话,等我不在的时候再吵。不要弄得我也不舒服。"

---

1 即 Lotteria,韩国乐天集团旗下的连锁快餐品牌。——编注

"没想让你不舒服。"空无说道。

"我先走了。"

说完,沙子站起身来。空无没有去看沙子的方向。我也撇下空无起身离开了。那天没有争吵,也没发生伤感情的事,但离开时彼此都带着一副糟糕的心情。

从那以后,沙子很长时间都没有开网络广播,也没有发过短信或 MSN 信息。沙子没有动作,我们三个也就无法见面了。因为每次都是沙子确定时间和场所。看样子我们的关系能否保持下去完全取决于沙子。

我点进空无迷你主页的相册,久久地注视着沙子站在汉江边的背影。沙子头戴芥末色的毛线帽子,穿着垂到脚踝的黑色羽绒服。

"原来是企鹅。"

两臂交叉的空无看着沙子,漫不经心地说道。江边刮起了大风,相互说句不起眼的话都能让我们夸张地大笑。风吹起了头发,我用双手捂住冻僵的耳朵。我怎么也回忆不起当时的情景了。那么冷的天为什么要去汉江?我们在江边干了什么?我已经记不得了。"原来是企鹅。"这句话和寒冷的江风,以及莫名其妙想笑的心情留在了空无的照片上。

沙子联系我是在清晨。那天距离在乐天利吵架没多久。我赶到医院一楼的时候,沙子已经到了等候室,坐在空无旁边。两人并排坐着,什么也没说。我远远地注视着他们的样子。我不知道该对空无说些什么,犹豫着走了过去。

空无在颤抖。

"睡觉了吗？吃没吃饭？"听了我的问题，空无只是点头。"回家睡会儿吧。"我能想出来的话也只有这些，本想多说两句，终于还是闭上了嘴。

"贤宇啊。"这时，沙子在呼唤空无，"贤宇。"

空无的额头紧贴着沙子的肩膀，闭上了眼睛。

"贤宇啊。"

沙子轻拍着空无的后背，两人就这样坐了很久很久。这还是我第一次听见沙子喊出空无的真实姓名。通过沙子的声音听见空无的姓名，感觉很奇怪。不知道是这个名字陌生，还是叫这个名字的空无本身陌生。

空无说什么也吃不下，只是勉强喝了几口沙子递过来的橙汁便离开了我们。我和沙子站在医院前的大排档里，吃了炒年糕，然后坐上了开往小区的地铁。沙子脸色苍白。

"听说是被半夜倒车的汽车撞倒了。司机喝了酒。幸亏胡同里有人。如果直接驾车逃逸，很可能会当场死亡。"

"现在怎么样？"

"医生们总是说最坏的状况，也许能活下来。"

"我总觉得他是个可怕的人。"

沙子点了点头。我们好长时间都没再说话。

"刚才，我看见空无的父亲了。隔着很远，听不清他在说什么，不过跟空无发火了。"

"确定是他父亲吗？"

"嗯，那位大叔，我以前在小区里见过几次。空无只是耷拉着脑袋。走近点儿，我就能听见大叔说什么了。"

说到这里，沙子停下了。她好像要说什么，嘴角颤抖，满脸通红。站在地铁门口，沙子握着立柱左摇右晃，忽然就哭了，脸上带着笑容。我从包里拿出薄薄的围巾，递给沙子。

"可以用它擦鼻子。"

听了我的话，沙子笑出了声。刹那间，我感觉沙子的脸比任何时候都陌生。那不是我认识的沙子的脸。

直到沙子的哭声平息下来，我们都盯着别的方向，没有去看对方的脸。

"他看见我了。"沙子紧抓住铁柱说，"空无看见我了。在那里。"
"……"

"那个大叔，看了我一眼就走了。他最疼爱的大儿子躺在重症室里，我无法想象他该有多痛苦……"

听了沙子的话，我简直怀疑自己的耳朵。沙子不是也知道吗，空无的哥哥对空无都做过什么，容忍哥哥虐待空无的父亲又是怎样的人。既然知道这些，沙子好像还是更理解空无父亲的感情，而不是空无的感情，这让我很不舒服。

"我不想讨论那种人的感情。"

沙子看了看我的脸色，好像在安慰我。

"不管怎么说，还是不要想得太坏。现在他们都是最痛苦的人，不是吗？"

沙子的天真态度让我恼火。怎么能强迫我去理解那些人呢？怎么能随随便便说出这种话呢？

"什么叫不要想得太坏？对太坏的人当然要想得太坏，要不然还能怎么说？"

"我……"沙子神情僵硬地说，"我也只是担心空无。刚才空无，好像受了很大的伤害。如果指责那些人就能减轻空无的痛苦，那我也会指责他们。可是，事实不是这样的啊！"

"你真的什么都不懂。"

听了我的话，沙子转过了头。我知道这句话让沙子很受伤，我是故意这样说的。我想说的是，像你这样从小到大什么都不缺的孩子，怎么可能理解我们呢？无论你多么深思熟虑，还是有很多理解不了的事情。

你懂什么，你什么都不懂。这是内心受伤的人特有的骄傲。

空无的父亲曾是职业军人，关键时刻没能升职，只好退役。他觉得自己没能获得稳定的待遇，没能升到更高的位子，满腔愤怒使他确信人们都在无休无止地蔑视自己。

当他说话的时候，空无全家必须停下手头的事情，注视着他。不许看电视，也不许聊天，更不能在饭桌上夹菜。因为他说话时，任何无关行为都会被认为是看不起他。米饭半生不熟，卫生间地上留有水渍，也都被他当成自己被忽视的证明。

他享受着接受癌症治疗的妻子提供的一日三餐。妻子临终之前，他都还是饭来张口。他从来没有陪妻子去过医院。当妈妈倚着洗碗台大汗淋漓时，空无就在妈妈旁边煮饭、择菜。长大之后，空无为自己的胆怯感到后悔，但他同样对妈妈感到愤怒，因为她没能保护自己远离父亲和哥哥的伤害。

对于空无的父亲来说，长子是自己的分身和他人无法取代的爱。高挑的个子、英俊的脸庞、优秀的学习成绩、残忍的性格、从不示弱的样子，这些都让他感到满意。胆怯、心软、动辄哭鼻子，这样的空无恰恰是他最想回避的部分。

空无的哥哥拿了四年全额奖学金，考进了私立大学的法学系。那年空无正好入读高中。哥哥准备了三年的司法考试，不过每次都落榜。空无说，父亲的期待、不知如何哀悼过世母亲的无知、跟不上欲望的能力，让哥哥备受折磨。

有一天，他狠狠地打了空无，还说我必须打你心里才能痛快些。

哥哥苏醒之前，空无每天都去医院。渡过危急，转入普通病房之后，空无依然守在哥哥身旁。我努力理解空无这样做是因为心软，却又觉得他没有必要这样。我担心他这样轻率地和解之后，很快又要回到地狱。但是，我没有向空无透露这样的想法。

空无照顾哥哥的时候，沙子开启了网络广播。我们三个人的MSN也重新打开了。彼此之间都能察觉出无法言说的微妙感情，不过表面上还是相互开玩笑。

沙子和我都能理解。空无有两只手，能够拉住他双手的只有我和沙子两个人。

转移到普通病房后过了一个月，空无的哥哥就出院了。空无在秋季学期休学，去大型补习班做了助教。

我在空无的主页看到他在哥哥出事以后拍摄的照片。这个时期的照片主要都是远景。远处的高架桥、从高层俯拍的行道树、丢弃在胡同口的立体音响、小指甲盖大小的混凝土医院建筑……空无的照片的被摄物都不在画面的中心。

拍摄沙子的照片也是这样。沙子正穿过医院停车场，走向出口。身穿T恤、牛仔裤和运动鞋，短发扎到后面的沙子被定格在画面左上方。稍微再走一步，感觉就要消失到画面之外了。

我久久地注视着这张照片。照片上原封不动地呈现出空无告别、转身、看着窗外时的心情。

在空无的推荐下，我也去空无所在的补习班当了助教。空无是星期一到星期六上班，我只在星期五和周末上班。

我们坐在只有三拃宽的简易书桌上阅卷、排队复印。吃饭时间，我们去分量较大的快餐店吃盖饭或炒饭。天气渐渐变凉了。我们在补习班休息室的自动咖啡机里买热乎乎的迪加瓦喝。

"这让我想起了去年。"空无说，"你来学校玩，我们在学生会馆里吃豆沙包，喝迪加瓦。"

"是啊。"

"原以为休息之后时间很多，结果不是这样。几乎每天都要上班，休息日只想睡觉。"

我像说着无关紧要的话题似的，问出了心里早就想问的问题：

"现在还和哥哥见面吗？"

空无犹豫了一会儿，回答说：

"没有。"

"……"

"我没有说谎。当时也是没办法。我觉得我和哥哥就那样结束了。"

空无面无表情地说道。那不是说谎的表情。

"那个……我，今年冬天要入伍。我想单独告诉沙子。"

"空无。"

"没关系。反正我家就是军队。"

这样说的时候，空无淡淡地笑了。

"这也是开玩笑。"

我注视着他的灰色运动鞋。这是空无每天都穿的鞋子。

"你……不要什么都憋在心里。"我说，"你不要觉得即使遇到很坏的事情也可以忍耐，不要什么都忍着。"

"记住了。你自己也要记住你现在说的话。"

"不用担心我，你好好记住就行了。"

我不想让人看出我哽咽的样子，起身离开了。我嘴上说着不要忍耐，却又习惯性地忍住了眼泪。

对于二十一岁的我来说，两年时间是我活过的全部时间的十分之一，却又等同于我成年之后的全部时间[1]。我自己选择与空无见面，分享日常，仿佛我的心变成了软乎乎的面团，一点一点摘下来给他，空无也算是拥有我的一部分。从这个意义上说，告别空无的我就不再是完整的我了。这样的眷恋让二十一岁的我感觉很沉重。

从那时到空无参军之前，我们三个人度过了从未有过的快乐

---

[1] 韩国成年年龄为二十岁。——编注

时光。沙子不知从哪里弄来了通票，我们去了乐天世界，喝酒喝到天亮，坐上首班车分开。空无温柔地听沙子说醉话。就在这份温柔之中，空无似乎藏起了他对沙子的感情。

那天，我们也是在沙子学校前的地下酒吧里喝酒。时值寒假，客人只有我们。沙子喝了五百毫升啤酒，醉意蒙眬地倚靠着我。

"听说一切都会改变。"沙子说，"我喜欢这句话。时间久了，一切都会改变。有句话不是说世间没有永远吗？可是遇到你们之后，我就不喜欢这句话了。为什么非要改变？为什么非要过去？我想停留在某个瞬间，就像空无的照片那样。"

"什么时候？"空无问道。

"空无，就是你歪歪扭扭地走路的时候啊。我还从来没见过像你这样走路的人。真的很特别。我也是第一次见到像你这样不会打篮球的人。来，看啊，一定要看啊。姿势都摆好了，结果没进球，这可如何是好。只要看着你就觉得很好笑，很不可思议，好有趣……"

空无没看沙子，只是反反复复叠着纸巾。

"刚才来的路上我跟空无说了……"沙子说道。

"沙子，她说她交男朋友了。"空无接过沙子的话头，说道，"听说是个好人。沙子学校的学长，还是公司职员，我也见过。"

看着空无的面孔，我不知道该说什么才好。本来应该笑着祝贺，可是我怎么能当着空无的面这样做呢？我凝视着沙子因为喝酒而泛红的脸庞。

快到午夜，我和沙子才走出酒吧，坐公交车回家。沙子已经是半醉状态，跟我说了遇到那个人的经过，以及单方面的求爱和他的温柔、我们这些同龄人难以企及的成熟的思想和行为。听着沙子的话，我想起了坐在酒吧角落里叠纸巾的空无的手。我从没见过比空无还成熟得过分的人。为什么沙子看不到空无的这份心意？为什么空无没能走近沙子呢？

空无参军前几天，好久不见的三个人见了最后一面。我们吃着米肠和牛肠，走在小区入口。空无拿着照相机，到处乱拍。那天，鹅毛大雪纷纷扬扬。

"我也要拍。"

沙子跟在我们后面拍照片，没有特意要求我们摆姿势。空无站着发呆，也成了沙子的摄影模特。

回家之后，沙子在MSN上说自己不能为空无送行了，因为妈妈的手术日期和空无的入伍时间赶在一起，虽然很想当面说话，可是看情况也没办法。空无写到，即使沙子要来，他也会劝阻，也不希望我去送行，他自己能走。

空无入伍那天，我们像兄妹似的一起去了训练所。天阴沉沉的，没有下雨，不过天空中乌云密布，明明是早晨，周围却很昏暗。我们各自抱着胳膊，并肩坐在看台，注视着三三两两的人。有人欢笑、喧闹，有人拥抱、哭泣，我和空无像看电影似的望着人们。

"要下雪了。"

说完，我看了看空无。黑色棒球帽下是他冻得通红的耳朵。我想，如果沙子也在，气氛不会这么冷清。如果是沙子，她会竭尽全力为你送行，不用羡慕别人。她还会说好听的话，尽情为你哭泣。

为什么坐在你身旁的我不能随心所欲地想说就说，明明心里悲伤却哭不出来？这样的我能给你什么安慰？我坐在他身旁，轻轻啜泣，心里感到无比焦虑。直到广播通知，我们就那么坐着，什么话也说不出来。

"走了。"

空无站起身来，冲我笑了笑。我稀里糊涂地站起来，望着他。

"这个给你戴。"

空无摘下自己的棒球帽，戴到我的头上。他剪短的头发露了出来。他摸了摸自己的脑袋，冲我挥了挥手。

"再见。"

我只是站在那里，无力挥手。沙子说得没错，空无走起路来真的摇摇晃晃。我注视着他走远的样子。每走几步，他就回头看看；再走几步，还是回头看看。我只是呆呆地站在那里，注视着越来越小的他。这真是糟糕透顶的送行。当他融入人群的时候，天上飘起了细细的雪花。

没有人帮空无保管行李，除了电脑，全部都寄到了我家。他说在学校公告栏上卖了电脑。几件衣服、心理学专业书籍、笔记本、饭盒、篮球，这些就是他的全部家当。照相机在沙子那里。

空无参军前几个月，系里的前辈在军营里自杀了。他受到体罚，要求在正午时分全副武装，绕着训练场跑十圈，跑完回来就自杀了。他自杀那天的最高气温是三十八摄氏度。

他是个羞涩又矮小的人。有一次他坐在我旁边听课，问我为什么不参加系里的活动。"太忙了。"我有点儿生硬地回答。"原来是这样，一起吃顿饭吧，我想请你吃饭。"他这样说，我却没有答应。

学生会馆大厅里摆着他的遗像，前来追悼的人们为他上香。有个学长跪在他面前哭泣，说："对不起。你那么痛苦的时候，我却什么都不知道，自顾自地吃饭、生活，对不起，对不起。"我在旁边上香。

不久以后，有人张贴大字报，声称已故学长是残酷行径的受害者。大字报作者是已故学长的朋友。他写到，最后见到朋友的时候，朋友明显消瘦了，好几次说想死。在最后一天施加暴行的前辈们受到了调查，却没有受到特别的惩罚。他写到，现已查明的只是最后那天的事项，而暴行持续了很长时间，必须调查清楚究竟发生了什么。

我没跟沙子和空无说起这件事。我不想把他的死亡当作谈资。我想，无论是为了传播学长的冤屈，还是出于自我安慰的自私目的，当我把学长的死亡当作谈资的时候，他的痛苦就会沦为刺激内心的同情材料。谁都不愿被人同情。我不能把前辈的生命仅仅归结为可怜、冤屈，更不能用惨遭虐待的受害者取代他的名字。

难道就没有别的选择吗？我独自想了很久。另外的选择。当眼前只有死亡这一个选择的时候，他是什么样的心情？那些折磨他到死的加害者究竟是什么人？他们逍遥法外，重新成为平民百姓，到死都认识不到自己干了什么勾当吧？还是会在某一瞬间恍然大悟？

"人是会变的。如果不相信这点，那你就不会想到学心理学。只要不放弃自己，人都会改变。即使我们不能改变别人，至少能改变自己。"

那是一年级的末尾，空无在选择专业的时候这样说道。他对人深感好奇，很想知道人心怎样运转。他说，虽然天生的部分不会改变，不过还是相信，即使经历同样的事情，解释、反应、恢复的方法也会有所改变。空无对于人类的乐观想法让我感到很新奇，有时甚至怀疑他的话是否出自真心。我很想问他，你明明知道自己怎样长大，为什么还要用那样的谎言欺骗自己？那些加害者也会改变吗？会有所不同吗？即便他们改变了，变得不同了，他们虐待过的人们的伤痕就能消失吗？死人还能复活吗？

与此同时，我也想至少在某一瞬间让自己为空无的话心动。虽然天生的部分不会改变，不过还是相信，即使经历同样的事情，也可以培养出克服的力量。

送走空无后，沙子经常来我家，每次都会带着水果、小菜和蛋糕卷之类的东西。

我们加热家里的汤，就着小菜吃，也用鳀鱼和海带熬汤，再做成年糕汤。有一天，我们煮了南瓜粥，加入沙子带来的萝卜，做了炖鱼。沙子对厨具不太熟悉，甚至不会刷锅洗碗。不过她总是缠着要和我一起做饭，让我安排她干活儿，做什么都可以。我们并肩站在洗碗台前做饭，分享、品尝沙子带来的红茶。

"跟你一块儿生活，应该会不错。将来我们都别结婚，就我们两个人过吧。"沙子说。

"我要和男人一起生活。"

"你和男人只谈恋爱，跟我过日子。"

"那要看你的表现。"

"我说的是真心话。我会好好表现的。"

"知道了。要是真找不到一起过日子的男人，我就跟你在一起。"

"你不是随便说说的吧？"

"明明自己有男朋友，还这样说我。你嘴上这样说，不还是要跟那个男人成家过日子吗？"

沙子好像要说什么，却又缄口不语。关于男朋友，沙子所言不多。如果我问，她也只是简单地回答，自己从来没有主动提及这个话题。

沙子摩挲着空无寄存在我家的篮球，说道：

"要不要玩玩这个？"

无风的冬日阳光和煦，我们带着篮球去了附近的篮球场。站在离篮球框很近的地方，竭尽全力投球，却还是很难投中。也许是我的样子太滑稽，沙子忍不住笑了，开始用空无的照相机拍我打篮球的样子。

"为什么要拍我？"

"我想给空无看看。这回你来拍我吧。"

我给拿着篮球摆好姿势的沙子拍了特写，还拍了没有投进篮球框但依然微笑的脸，为了抓住错过的球而满场奔跑的背影，如此等等。沙子请路过运动场的人为我们拍了合影。稍微运动就出了汗，我们脱下外套，在看台上坐了一会儿。

"空无入伍那天,不难过吗?"

"谁?"

"你和空无。"

"没有啊,你妈妈不是要做手术嘛,当然更重要了。"

沙子摩挲着篮球。

"那个时候,空无怎么样?最后你们聊了什么?我好像没听你说过这件事。"

我的眼前浮现出空无走向人群的略显笨拙的背影。空无怎么样?总是那么孤独。他,总是那么孤独。他孤独,像个从开始到结束都孤独的人。

"空无喜欢你。"

沙子面无表情地看着我。

"空无说的吗?"

"不是。很明显,明显得谁都会这么想。"

沙子咬着下嘴唇。看不出她是高兴,还是难过。

"看起来是那样吗?真是有趣。不过,事实并非如此。不是的。"沙子很确信地说,"空无这个人很细心。他的确对我很好,不过不是你想的那种感情。如果是那种感情的话……"

沙子闭上了嘴,好像忘了正在跟我说话。她凝视着运动场的方向。

"他会过得很好的,虽然怕冷这一点让人担心。"

沙子没有回答,好像没有听见我的声音。沙子膝盖上的篮球掉了下来,滚向运动场。沙子起身去捡球,我用空无的相机拍下她的背影。

听见我说话了吗?

那天晚上,电脑喇叭里传出沙子的声音。我正像往常一样收听沙子的网络广播。

听到的话就在 NateOn[1] 上告诉我。

听见了。我发送信息。

虽说这样聊天有点奇怪,不过今天我就想这样。我没喝醉。相信我。能听清我的声音吗?

很清楚。

沙子沉默良久。扬声器里传出她低低的呼吸声。

我羡慕那些能用语言表达内心想法的人。我觉得那样很难。应该没有人能听懂我的想法吧?你和空无都觉得我郁闷吧?也许还会觉得我有心机。可是,我也不是不努力啊,只是没有那样的才华。

说到这里,沙子停止了说话,只有微弱的呼吸声。

空无因为哥哥去医院的时候,我对空无说,我觉得自己做不到。我经常是想想而已。我说即使分开了,我也只会想你现在在哪里,过得怎么样。因为没有自信,后来声音越来越小,等到话都说完的时候,两个人就不再说话了。我以为我没有那份勇气,看来也不是这样。

过了一会儿,空无问我:那么你想要的是什么?表面看是疑问,其实又是对我告白的回答。我想告诉你我的心意。仅此而已。我也回答。我从开始就没想过会有多好。就是有那样的预感

---

[1] 韩国的 SK 通信公司推出的即时通信软件,类似 QQ。——编注

嘛。我也不是不知道，我们只能走到这么近。

那我走了。我正要起身，空无却说：不要误会，我只是不想让你耿耿于怀，不想让你误解。

如果是误会，我就不会这样说了。我这样回答。虽然我也多次怀疑我的心，但最终剩下的只有确信。你怎么样？你心里怎么想？我问，空无摇了摇头。我像个没有自尊的人，别人已经回答过了，我却还要让人家回答。已经足够。那时我才知道，无论我问多少遍，空无的回答都不会改变。

我们一起吃饭，一起走路，一起说笑，即使这样还是痛苦。我们的心完全不同，因而我感到孤独。心意这种东西，你希望它沉寂，可是一旦见了面，又害怕这份心意会消失。因为它是如此珍贵，即使它带给我的是痛苦。我不知道如果失去这份心意，我会变成什么样的人。因为我只是不想成为孤家寡人，不想变得孤独，我渴望像别人那样生活，真的不想成为那种在一起却没有丝毫真心的人。对我来说，那是最可怕的。我也会成为那样的人吗？

你不会成为那样的人。我写道。

我没能去看入伍的空无。妈妈确实做了手术，不过那只是很简单的手术，弟弟也可以去。如果看到空无临别的样子，我怕好不容易收住的心又会松懈，说不定还会抓住他不放。我和男朋友交往也没有问题。我不会因为他而受伤。这对我也是好事吧。这是正确的路吧。正如空无所说，不是只有经常思念和担心才算爱情。

这是好事吧。这是正确的路吧。沙子好像自言自语。起先微弱而暗淡的声音越到后来越兴奋。听着这样的声音，我对沙子感到失望。我想，她只是因为害怕受伤而把选择加以合理化，趁机逃跑罢了。明明知道她是什么心思，那时的我还是对沙子做出了这样的判断。

3

空无第一次休假时，先去了安放母亲灵位的骨灰堂。他说计划跟我们见面，暂住在系里前辈的自炊房里。虽是冬天，他的皮肤还是晒黑了。我认认真真地打量着他，空无看着我放声大笑。他很久都没有这样笑了，我感觉很放心。空无说到自己在水原警察署的部队生活。关于分派部队之前的训练所生活，他也笑着侃侃而谈。

"同期战友关系都很亲近，里面的生活也很有意思，彼此都合得来。"

菜包肉这么好吃啊，可乐这么好喝啊，空无一边感叹，一边大吃特吃，完全不像之前认识他的样子。空无不停地打听有关补习班打工的问题，我也急于倾诉这段时间没能说出的话。沙子闭着嘴，只是吃饭。听了我们的话，她也跟着笑，偶尔说句"是吗""是这样啊"，却没有积极参与对话。沙子也好，空无也罢，彼此之间似乎有些尴尬。空无故意和我制造喧嚣，好像是为了克服尴尬，沙子似乎希望这样的瞬间快快溜走。我已经知道了沙子对空无的感情，当然不可能无动于衷地忽略沙子的表情和举动。

我和沙子想凑钱结账,然而空无却说不能这样,同时提议去喝啤酒。

去酒吧的时候,我们看了用空无的照相机拍摄的照片。我在厨房里做饭的照片,沙子打篮球的照片,还有我做罕见的徒手操的照片,我们边看边笑。我指着照片跟空无解释,这个时候发生了什么,为什么会拍这张照片。

也有空无入伍前最后见面那天拍的照片。迎着雪花,呆呆地站在超市门口的空无。酒吧里扔飞镖的空无和沙子。双手交叉在胸前、边走边说话的空无。随后出现了空无拍摄的沙子的照片。沙子站在便利店前,正和别人通话。鹅毛大雪充满整个画面,沙子站在角落里。照片里的她很小很小,大半都被雪花遮住,只有我和空无看了才能知道那是沙子。

那天,沙子喝了很多酒。我们点了装在酒壶里的黄瓜烧酒,倒进水杯里喝。我感觉沙子的脸和以前略有不同。不知是因为从那时开始化的淡妆,还是因为稍显僵硬的表情,某种让沙子成为沙子的气氛似乎消失了。沙子穿着深紫色的高领羊毛衫。我们见面的两个冬天里,沙子一直穿着这件起了很多毛的衣服。

"这个你拿着。"

空无从背包里拿出两个写有"maru[1]"字样的纸袋。纸袋里分别装着浅黄色的V领针织衫和藏青色的圆领针织衫。

"每人选一件。"

"你应该拿这钱给自己买衣服。这多贵啊。"我说。

---

1 韩国的时尚服饰品牌。——编注

"将来工作赚钱了,再给你们买好的。现在就算想送礼物,也只能这样了。"

"你喜欢什么?"沙子问我。

"你先选吧,我都喜欢。"

沙子选了藏青色圆领针织衫,原本不太高兴的脸贴在叠得四四方方的针织衫上。

"这是什么,好柔软啊。"沙子一只手托着下巴,另一只手抚摩着放在膝盖上的针织衫,眼睛盯着桌子,"我没为你做过什么,你不能这样。"沙子说,"谢谢。谢谢你。"说完之后,沙子很快就靠墙睡着了。

空无看着睡熟的沙子。他好像忘了我坐在对面,久久地注视着沙子。看沙子的时候,空无像个饥饿已久的人。他不是目不转睛地审视,不是随便打量,然而投去的也不是亲切而温暖的视线。空无看着沙子,仿佛在看一张再也见不到的面孔,又像在看盛在眼睛里不时需要掏出来看的脸。那样的凝视,我不能妨碍。

沙子的手机响了,来电显示是"哥哥"。电话打了好几遍,我才接起来。

"你在哪儿?"

"我是恩雅的朋友善美,这会儿恩雅去了卫生间。"

我不能坦率地说沙子喝得酩酊大醉,正在睡觉。也许是担心沙子才和她发生争执吧。虽然沙子不经常提起她的男朋友,不过我本能地知道,他会因为沙子乱糟糟的样子而生气。反正我就是知道。他没有回应我的话。

"喂?"

"恩雅一直不接电话。现在在哪里？"

"这里是距离恩雅家很近的十字路口的啤酒屋。马上就回家。"

"现在几点了？"他平静地说道。

"……"

"又不是周末，大半夜的，两个女人在干什么？很让人担心。"他用温柔而有礼貌的语气责怪我。

"马上就回去。我会送她回家，您不用担心。"

"没去卫生间吧……恩雅是不是喝醉了？"

"不是的。"

我不是很确定，电话里似乎传来很低的笑声。

"我们这就回去。我让她到家给你打电话。"

"那就这样吧。"

他挂断了电话。

"好像得走了。沙子醉得太厉害，时间也这么晚了。"

听了我的话，空无背上背包，站了起来。

"我来送沙子吧。"

"不，一起走吧。我也要走。"

沙子被摇醒了，却还是抱着针织衫，不肯起身。她皱着眉头，嘴角却带着笑意。

"走吧，沙子。你能走路吗？"

沙子点了点头。她穿着有跟的靴子，我担心她会扭到脚踝，连忙扶起了她。沙子的醉意要比想象的轻，没有倚靠我，走得也很好。

"什么时候再见？"沙子盯着地，边走边说。

"下次休假再见吧。"空无回答说。

"我们什么时候再见?"沙子重复刚才的话,抬头望着空无。两人彼此相望,傻傻地笑了,就像看着自己画在对方脸上的滑稽画面。看着他们的样子,恍惚间感觉像是回到了从前,回到了空无和沙子一起嬉戏、玩耍、欢笑的从前。

步行到沙子家,通常需要十分钟。我们尽量慢慢地走,直到沙子的公寓入口。没有任何对话,只是保持着距离,各走各的路。仿佛只有那么缓慢的行走才是场完整的对话,无论说什么都会打破那种对话的平衡。冰冷的空气、金黄色的路灯光、脚踩人行道的感觉、皮鞋里冻僵的双脚的疼痛感,一切都是那么鲜明。

一个年轻男人站在沙子的公寓入口。他穿着长长的毛呢大衣,手上戴着皮手套,身材颀长。他纹丝不动地注视着我们,直到我们走到他身旁。

"哥哥。"

他冲着沙子晃了晃手机,仿佛没有看见沙子身边的我们。看样子是在指责沙子,"不接电话就是因为这个?"沙子把手伸进衣兜,静静地注视着他。

"说话呀。"他说道,"说对不起,你说啊。"

沙子有些尴尬。她舔了舔嘴唇,视线转向他的大衣口袋。

"如果道歉,我会原谅。"他带着温柔的微笑说道。黑暗之中,他白皙而光滑的皮肤和质地很好的毛呢大衣进入我的视野。沙子直直地看着他,什么也没说。表情虽在抵抗,恐惧却掩饰不住。这副样子让我心里五味杂陈,难以言表。

"对不起。"

"对不起什么？"

"没打电话，也不接电话。"

"还有呢？"男人好像对这个回答不满意，继续问道。

"沙子啊，太冷了，进去吧。"我说。沙子好像凝固了似的站在原地。"不要站在这里了，进去吧。"我又说道。沙子举步走向玄关。

"请不要多管闲事。"他温柔地笑着说道，"不要插手人家情侣之间的事。"

"沙子啊，走吧。"沙子上了电梯。"走吧，快走，沙子。"我隔着电梯窗户对沙子说。回头看时，他正注视着站在停车场那边的空无。空无好像没看见他，转头去看别处。我走过他身边，走向公寓入口。空无也跟着我出来了。

"打车去地铁站吧。快的话能到东大门。"空无点了点头。我悄悄地往他拎着的纸袋里塞了一张万元纸币。口袋里只有公交卡了，公交车已经停发，必须步行回家。我往回走到十字路口，沿着大路往家走。原以为吹吹凉风，头脑会变得清醒，可以趁机清空思绪，谁知心跳得厉害，心情怎么也平静不下来。

那天过后，接连好几天都没有沙子的消息。她没有登录NateOn，也没开网络广播。我点进沙子的迷你空间，随机播放她挂在上面的背景音乐。

通过网上冲浪，我又点进了沙子男朋友的迷你主页，上面显示至少有四十条短评，"帅哥哥，下次再干杯""祝你和嫂子幸福"，等等。迷你主页的大门上挂着沙子和他合拍的哈杜里[1]照片。照片上的他伸出胳膊，搂着沙子的肩膀。沙子比实际年龄显小，他却比实际年龄更显成熟，两人像年龄相差不止九岁的情侣。

相册文件夹分好几个主题：我、我的家人、初中朋友、高中朋友、系友、社团朋友、公司生活、我们亲爱的等。我看了上传到"我的宝贝"文件夹里的沙子照片，有在时时乐[2]或澳拜客[3]等家庭西餐厅的合影，有坐在坎摩尔[4]餐厅秋千椅上的照片，还有在多厅电影院入口拍摄的照片。照片下方有各种各样的留言，比如"对女朋友好点儿""嫂子放假了吗"，以及"喂，你这个小偷""嫂子，请笑一笑"，等等。他把沙子的腰和肩膀拉到自己这边，沙子却总是紧绷着脸。

每到周六下午，空无总会打来对方付费电话。最长也就是五分钟左右，不过这通简短的电话对我来说非常宝贵。"你上次寄来的信，我很喜欢。"空无连这样的话都没漏掉。"我读了好几遍，你的信。"空无几乎是第一次说自己有多喜欢某样东西。听课的时候，从学生会馆大厅的自动售货机里买咖啡喝的时候，地铁里有座位的时候，我都会掏出笔记本来给空无写信。

我写的信都很单调枯燥。午饭吃的是什么，晚饭吃了什么，

1　Haduri，韩国曾经流行的视频聊天拍照软件。——编注
2　Sizzler，美式连锁西餐厅品牌。——编注
3　Outback，美式连锁西餐厅品牌。——编注
4　CAN MORE，韩国连锁甜品店品牌。——编注

地铁里遇见了什么人，学了什么，补习班里批了几张试卷，等等。全是毫无意义的话题。尽管如此，我又无法停止写信。如果碰到能让空无开心一笑的事，无论多么微不足道，我都要记下来，写在信里。"你说的是真的吗？很搞笑。"如果得到这样的回复，那就再没什么比这更有意义了。

直到现在，我都不能理解我怎么能写那么长的文字。然而回想起来，那些信似乎拯救了那个时候的我。没有约会，学校里没有像样的朋友，经济拮据到连双好看的凉鞋都买不起，总是消化不良，家教工作被开除，跟补习班的同事们合不来。不过没关系，毕竟世上还有人在等待我这些微不足道的日常消息。三年级的春天就这样过去了。

"你和沙子有联系吗？"有一天，空无在对方付费电话里问道。

"嗯，偶尔。还没放假，她忙，我也忙。"

"是啊。"

"有什么事吗？"

"没什么，就是好奇。沙子还好吧？"

"空无啊。"

"嗯。"

"你知道爱一个人是什么样吗？"

后来又聊了什么，我已经记不清了。不过，我没有跟空无提起我和沙子之间的争吵，没提我们红着脸吵架的事。

我希望沙子解释那天的事。关于发生在我们面前的尴尬状况，关于后来她和男朋友说了什么。然而沙子缄口不言，只是在那件事过去两周之后才若无其事地发了条短信。

　　沙子去了我曾工作的补习班前，等着下班路上的我。她烫了短发，露出圆圆的脸蛋，很像小狗。我们去附近的派派思[1]点了汉堡，然后坐了下来。

　　"什么时候剪的头发？"

　　"上周。换换心情。看着怎么样？"

　　"你觉得会怎么样？你的样子对我来说，还能怎么样？"

　　沙子舔了舔嘴唇，看着我。

　　"看起来很丑吧，肯定很糟糕。"

　　"我等你电话了。我送你回家，至少你应该先来个电话吧？你以为我会不担心你吗？"

　　沙子什么也没说，只是用门牙咬着可乐杯里的吸管。犹豫良久，沙子终于开口了。

　　"那个样子，你们都看见了，我很抱歉，也很羞愧。很失望吧，那天。"

　　"……"

　　"是不是……很奇怪？"

　　"沙子啊，我不喜欢别人那样对你。他凭什么那样对你？"

　　"他就是对电话敏感，所以那天才会生气。不管怎么样，只要我说声对不起，他很快就会消气。他还让我向你们转达歉意。平时对我很好。"

　　"你们还继续交往吗？"

1　Popeyes，美国炸鸡品牌。——编注

"嗯。"

"你自己也知道这样下去不行吧？"

沙子仔细想了想，点了点头。

"趁早结束吧。讨厌。你竟然遇上那样的人。"

"我也想过啊，事实上，我也提过分手，可是不能。就这样一直交往下来，现在反而是我没有信心分手了。我会想，以后还会有谁这么喜欢我呢？是不是只要我好好配合就行了呢？"

"你喜欢他？"

"嗯，好像是吧。"

"不可理喻。"

"你，是不是觉得我很可怜，觉得我被男人操纵？"

"……"

"我就是害怕你会那样判断我、指责我，所以才没告诉你的。"

"我在你眼里是那样的人吗？"

"如果喜欢上了某个人，如果形成了特别的关系，当然会有无可奈何的部分。只要喜欢，就一切都合得来，世界上哪有这样的关系？也许你能找到那样的人，可是……"

"我不想听你的忠告。"

"那样的感情，你不懂。"

那时的我究竟是生气，还是悲伤？也许是孤独吧。沙子说得没错。我根本不知道爱情是什么。我没有自信也没有勇气去打破自我，拥抱别人。如果说我有灵魂，那个灵魂也会穿着写有"安全第一"的马甲，戴着头盔。哪怕受伤，也要将别人吸收进自己的生活，这是破灭。穿马甲、戴头盔的灵魂这样告诉我。

几天之后，空无来信了。

善美：

几次提笔，却又无法成行。那些想说的话，以前写成那么多的文字，不知从什么时候开始，写字越来越困难了。在这种时候，就在昨天，我收到了你的来信。

不管什么，只要是发自内心的话，我就想直接写出来。像从前在千里眼写过的那样。很小的时候，我曾跟着妈妈去首尔（好像是汝矣岛），看见聚集在马路上的武警。旁边是武警大巴，车窗上有密密麻麻的栅栏。他们都拿着警棍和盾牌，严阵以待。看着他们的样子，我很害怕。因为不能说害怕了，我就紧闭着嘴走过去，不过那个场景清清楚楚地留在记忆里。后来我竟然当上了武警。

我说参军的时候，你曾告诉我说，不要什么都憋在心里，不要那样。那好像是你第一次叫我做什么不做什么，我下定决心照你说的做。不过，我还是像从前那样忍耐，善美啊，你问我忍耐什么。很多很多。我好像放弃了对人类的全部期待，只剩下忍耐。

来到这里之后，最痛苦的莫过于背诵各种车牌号了。总警、警正、警监、警卫……必须记住车型和车牌号码。警察署大门前，登上支有遮阳伞的混凝土台，凝视正前方，看见高官们的车辆，必须举手敬礼。起先必须有老兵在旁边帮助纠正姿势，后来稍微习惯了，我就独自站岗几个小时。我不是贪睡嘛。即便是这样站岗，我也能昏昏沉沉地睡去，做个短短的梦。纷纷纭纭的思绪将我包围。我对数字不太敏感，有时分不清开进来的车牌号码属于总警，还是属于警卫。我感觉只有黑车、灰车和白车之分，来到这里之后经常挨骂，后来渐渐地熟悉了车型。不过坦率地说，我对车型和数字掌握不是那么熟练。

大家都说独自站岗太难受了，我却宁愿这样。就是那样站着，眼望前方几个小时。人的一生究竟要忍受多少痛苦？最近我常有这样的想法。很多时候我希望时间快点儿过去。

独自站在警察署大门前，我想起你在电话里问过的话。你问我知不知道爱一个人是什么感觉。我很惊讶，毕竟很久没听到"爱情"这个字眼了。爱情，爱情这东西。

大概是初中一年级吧，那时我还住在江原道，职业军人家庭经常聚会。军衔高的男人们坐客厅沙发，军衔低的人们席地而坐，高军衔男人的夫人坐餐椅，低军衔男人的夫人则站在水槽前辛苦忙碌。也就是那个时候，我认识了一个人。

她二十多岁，总是一副不知所措的样子。她努力融入女人们的对话，然而并不融洽，她丈夫也总是看她不顺眼。在路上看见他夫妇，每次都是丈夫远远地走在前面，她提着东西追随丈夫。那个时候，学校附近有很多废弃的房子，应该叫死胡同吧。有一天放学后，我往那边走，看见她蹲在胡同里抽烟。看见是我，她吓得连忙灭了烟。旁边是买菜用的塑料袋。我静静地站着不动，她收起惊讶的神色冲我招手，示意我过去。她从塑料袋里拿出一盒杏仁巧克力，递给了我。走近了才发现，她比远看时显得年轻多了。她戴着眼镜,也许是刚刚哭过,眼角皮肤发红,整个脸都肿了。这样的人给的巧克力,我无法拒绝,而且我觉得无论如何都应该展示出吃得津津有味的样子,于是撕开包装,咯吱咯吱地大嚼特嚼。真的很好吃。开始是觉得出于礼貌也要吃,然而等我回过神来,已经吃光了一盒。

她依然蹲在地上,静静地看着我。我也蹲下来看着她。我也不知道自己是怎么想的,大概觉得至少她会愿意倾听我的故事,于是我把自己的事情都说了。爸爸和哥哥打我的时候,我是怎样的心情。无缘无故挨打的时候,我煞费苦心地给自己洗脑,只是为了把我从那个身体里掏出来,为了让自己相信那个身体和我无关。

她聚精会神地听着我的故事。那是我第一次知道,只要有人愿意听我说话,我就能得到安慰。故事讲完了,她看着我说道:

他们那样做是因为爱你。你的哥哥和父亲都是因为爱你才会那样。等你长大了就会明白。那都是爱。

我站起来,走到胡同尽头,往地上吐了口唾沫。满嘴都是巧克力的甜味,这让我感觉很不爽。甜味黏在嘴里,不肯脱离。那时我觉得"爱"这个字眼真的很肮脏,是脏话。我发誓,我要无比鄙视把"爱"字挂在嘴边的人。

我不知道人会相爱。也许人们会相爱,然而我觉得这是很可怕的事,让人恐惧。也许人们认为打着爱的幌子可以做任何事情吧。

几天之后又有聚会。那个人在地板上铺了报纸,在便携式燃气灶上烤猪颈肉。她穿着天蓝色的雪纺衫，背部都让汗水湿透了。脸上也有汗水。人们干杯、说笑、吵闹的时候，她擦着烤盘上的猪油，继续烤肉，仿佛这个世界与她毫无关系。她没能往自己嘴里塞一块肉，被一群并不关心谁在烤肉的人包围着。有那么一瞬间，我们四目相对，我连忙转过头去，假装没看到她。我很想问问她：这就是你认为的爱吗？

那时，也许她很想对自己说，这些全都是爱。我也可以指责说这不过是谎言，不过是浅薄的自我安慰。可是，谁又能指责谁呢？对于连应有的安慰都得不到的孤独的人，我们又能加以什么样的指责呢？我想起听你说到爱时的样子。还有她蹲在报纸上烤肉时湿漉漉的后背。

刚开始动笔写的时候，我都不知道应该怎样填满一页纸，写着写着，却不小心写满了三页。原以为自己是独善其身的人，即使不和任何人说话也能坚持很久，但是在给你写信的时候，我意识到自己再也不是那样的人了。我希望尽快见到你，和你聊天。

空无

回头想想，我好像从来没有像当时那样接近空无。空无常常写来那样的长信，写他站在警察署大门前，眼睛凝视前方独自想到的故事。不过，空无对沙子是只字不提。我也一样。

春季学期快要结束的时候，空无休假了。他比冬天见面的时候更瘦了，晒黑的脸显得很陌生。直到退伍之后，空无才说起当时的情形。如果被头盔击中头部，只是疼痛；如果被盾牌击中，感觉脑袋从脖子上撕裂，好像要飞出去。虽说挨了那么多打，不过脑袋依然贴在身上，感觉真是奇怪。

那天，空无和我两个人见了面。很晚了我们才在明洞吃完午饭，出来之后感觉天气好得不像话，于是继续走路。我们在钟路三街整齐排列的石头剪子布游戏机上输了钱，路过仁寺洞时买了果汁。

"现在去哪儿？"空无问道。我说经过景福宫，去付岩洞方向，这样走起来一点儿不累，反而感觉很有劲儿。爬上排列着高大行道树的山坡，我们精神倍增。来到付岩洞，站在路边，我们静静地俯视着小小的住宅区。

"你想去哪儿？"空无又问。我伸手指了指通往白沙室溪谷的路牌。我们爬上山坡，走进了溪谷入口。

坐在溪谷的岩石上，我们不再说话，静静地倾听流水声和风拂树叶的声音。扑鼻而来的是淋雨的落叶混进泥土的味道。我们坐在那里，直到太阳下山。上来的时候很热，水边坐久了又有些凉意。

那时，我很想拥抱空无。如果坐在旁边的是沙子，我也会有同样的冲动。我想拥抱他，叠起时间的一部分，就像折叠书籍的页脚，为了将来有一天重新翻阅，为了记在心里。可是，二十二岁的我没有拥抱空无，只是为了避免从潮湿的岩石上滑落而挣扎着下了斜坡。走过住宅区，跨过天桥，坐上公交车，我们在光化门站挥手告别。那天回家后，我给沙子打了电话。自从在派派思吵过之后，我们都有些生分了，不过也在某种程度上打开了心结。

"空无说跟我见面的事了吗?"

沙子说她见到空无了。空无给沙子打电话,两人在沙子学校附近见面,吃饭。沙子说好久不见,感觉有点儿尴尬,直到一个多小时后,才像从前那样相互开玩笑,很开心。空无说起了警察署生活,沙子也谈到自己的学校生活,他们笑着相约再见,然后就分开了。

"聊得那么开心,转过身来又觉得很奇怪。"沙子说道,"感觉我们所有的对话只是对从前的模仿。"

"沙子啊。"

"只是在模仿以前的我们,而且很努力地模仿。空无应该也知道吧。"

"……"

"转过身后,我想起了去年这个时候,我是那么喜欢空无。"

沙子说她和男朋友分手了。男人总是从沙子身上寻找问题的根源。他说自己本来很有耐心,却因为沙子而失去了耐心。他说自己本来是个温柔又亲切的人,却因为沙子不得不说粗话。他说沙子不是自己想要的理想爱人,如果沙子不做改变就不能继续交往。但是他又说,重新交往也可以,不过要看沙子的表现,所以让沙子等着他。沙子似乎成了某种保险。

"那个人不行。"

"我也知道。"

没过多久,沙子退出了赛我网[1]。如果点击空无照片留言下沙

---

1 Cyworld,韩国最大的社区网站。——译注

子的名字,就会弹出新的页面,上面写着"这是退出会员的迷你主页"。

4

从暑假开始,我就在洪川某寄宿补习班当讲师。原来在补习班认识的讲师回洪川开了这家补习班,邀请我过去帮忙。提供住宿,而且报酬也不错。过去了才发现是很偏僻的山沟,想不到这样的地方也有补习班。补习班建在低矮的山坡上面。说是补习班,看起来更像小型综合医院。

起先我决定在这里过两个月,后来又多住了七个月。因为钱。院长提供给我的是靠大学生打工几乎挣不到的巨款。休学七个月,就能攒下很多钱,复学之后可以从容读书,不用担心钱的问题。我期待这些钱能为我的生活安乐提供几分保障。单单是估算能攒下的钱,心里就会蔓延着温柔的安全感。回到房间,我给沙子发短信说还要再住七个月。沙子没有问原因,只是回复说,知道了。

九个月里,我在那栋楼的三层睡觉,二层上课,一层吃饭。每天早晨六点半,学生们身穿运动服,跑出辅导班。这时我也起床冲澡,然后去餐厅吃饭。讲师们都三五成群地聚集着就餐。

除了我之外,讲师们都是三十来岁,没有谁天生就梦想做补习班的讲师。讲师们问了我很多问题,大学里参加什么活动、参加什么社团、为什么当今大学生不愿参与社会活动、为什么个人主义文化盛行。坐在餐厅里,我感觉自己变成了当代大学生的代表。我很想反驳这些老师：你们为什么会在服务于升学考试的私人教育公司工作？最后还是保持了沉默。因为向那些做出无奈选择的人清楚地指出自身生活的矛盾，这是很残忍的行为。作为没有经历过那些时光的人，再也没有比提出批评更容易的事了。

丈夫撰写学位论文，自己不得不负责生活费和贷款的讲师；因为在首尔办补习班而债台高筑，不得不来到这里的讲师；十几年来忙于考试，错过了就业机会的讲师……有人抱怨自己的处境，更多的讲师却是缄口不语，冷脸端坐。

听着这样的故事，我很怀念和空无、沙子在乐天利吃红豆刨冰的时光。粗糙的冰和甜甜的红豆味道，小而坚硬的糯米糕的味道，最后喝到底时的凉爽感，等等。

单纯的日常生活有助于减少杂念。带卫生间的一居室甚至还有空调，空气也很好。每天在餐厅有规律地吃着营养均衡的饭菜，身体也变好了。学生们也都很友好。

解答化学题的时候，我终于理解了当初的自己为什么对化学感兴趣。物质不会消失，只是变形而已。即使氧化之后只剩下灰烬，物质仍然有极小的部分不会消失，继续存在于我们看不见的地方。对于年幼的我来说，这样的科学真实要比人世间任何安慰的话语更加亲切。

"就算是这样，人还是会消失。"听了我的话，沙子说道，"没有永不消失的人。留下的只是人的物质性。"

沙子好像在告诉我：所以你的话无法安慰我。直到很久之后，沙子的话仍然让我记忆犹新。无论我说什么，沙子都会说"是吗？原来如此。"她只是听听而已，并不会提出不同的意见。

也许从那时开始，沙子就在发生着细微的变化。正如我每天都有所改变，沙子也只能成为与我最初遇见的沙子不同的人。

那个时候经常和沙子通话，我忽然意识到这样的事实：沙子并没有我想象的那样单纯。有时我发现沙子比我更悲观，有时我会因为她奇怪的忧郁而生气。有时沙子会哭，有时又很倔强，说话带有攻击性。不过，我们之间亲密的基础没有消失，我们在每天的通话中融合。当时并不知道，我们互相比较和分享各自的未来时光，有时拒绝，有时接受。我们比任何时候都开放。但是，沙子并不是什么都让我知道。我也是。

有的人就像挂在悬崖边的绳子，仅仅是那种与我相连的感觉就会让我觉得安心。当时我并不知道，于我而言，沙子就是这样的人。我又有几个这样的人呢？能给我安全感，让我与世界相连，让我悬在人世间的人。不过对沙子而言，我不能确定自己是不是这样的人。

尽管不像以前那样了，不过我还是坚持给空无写信，空无也会在每个周六打来电话。我和三十多岁的数学老师变得亲近起来，分享各种各样的话题。她说她把刚满周岁的孩子托付给了娘家，自己来这里。她说要尽快攒钱，然后回家，还说我像小妹妹一样很漂亮。不知不觉间，我的心和她贴得更近了。

那是告别补习班的前夜。她邀请我去她的房间，拿出收藏的盒装烧酒和我分享。没喝多少，她就靠墙而坐，低下了头。

"我知道你在想什么。"她说，"你和我们坐在餐厅的时候，我们在教务室聊天的时候，我知道李老师你在想什么。"

察觉到她要攻击我，我不由得死心了。我就知道，迟早会变成这样。正当我犹豫着该说什么的时候，她又说话了：

"你会觉得这是失败的人生吧，怎么就活成了这样呢。可是你也知道，我们都竭尽全力了。我们所有人。时时刻刻。这就是最好的结果了。我没有放弃。"

"我走了。您喝多了。"

"你以为自己会成为什么特别的人吗？还不是小小年纪就见钱眼开。至少我没有像你那样。乳臭未干，年纪轻轻就出入这种地方，至少我没有。"

"没错，老师。我喜欢钱。我就是因为喜欢钱才来这里的。"

"你给我出去。"

我起身回了自己的房间。我责怪自己，明明早已下定决心，不再对任何人怀有期待，最后却又心怀期待。

我记得来时还是盛夏，转眼就到了寒冬，回去的路都结了冰。乘坐郊区巴士回家的路上，我并没有真切地感觉到是回自己离开的地方。因为我觉得寄宿补习班更近，应该回去的地方反而很陌生。

空无例行休假的时候，我们在沙子学校前的茶馆里见面。我们三人差不多一年没聚了。

"你长个儿了吗？"我问。空无回答说："长了两厘米，上次量过。"

但是，我问不出突然变得干巴巴的沙子为什么瘦了那么多。空无也没问。我们面对面坐着，很努力地逗对方笑，努力让对方看到自己还不错。沙子从包里拿出照相机，递给空无。

"现在你来保管吧。"沙子说道，"我对拍照没兴趣，再说就算你休假，也不能每次都能见面。"

空无若无其事地接过相机。

"好了，那么……"空无打开电源，把相机对准我们。

"现在就不要那么拍我了。"沙子说道。

空无耸了耸肩，把相机放在自己的膝盖上面。虽然装作什么都没发生，但是他的表情掩饰不住受伤的事实。沙子似乎也为自己说出这样的话而感到惊慌。

"我喜欢空无你的照片。"沙子说道，"谢谢你这么长时间以来给我拍的照片。每次看到你拍我的照片……"沙子稍作停顿，又说话了。

"坦率地说，你们就那样走了，我有点儿孤独。"

听了沙子的话，我们良久无言。

"这里，孤独的人只有你吗？"

"善美。"空无冲我使了个眼色。

"空无在部队，我为赚钱去了江原道。那我去江原道之前呢，我们就那么亲近吗？不也总是试图彼此远离吗？你……你以为我比你更坚强吗？"

"善美。"空无抓住了我的胳膊。

"你不喜欢我表现得懦弱，反过来你又说我不够坦率。我到底应该怎么做呢？感觉孤独了就说孤独，难道不是吗？为什么我就不能在你面前说自己孤独？我也是人啊，而且是很不完美的人。我说自己孤独并不是对你的攻击。"

"那你当时告诉我不就行了吗?"

"你去江原道之后,我又见了男朋友,我无法理直气壮地面对你。我怕你会讨厌我。"

"你怕我?"

"因为对我来说,你很珍贵。"沙子说道,"我不想毁掉这一切。"

我抱住了正在擦眼泪的沙子。沙子的身体滚烫,像得了感冒。隔着薄薄的针织衫,我摸到她肩膀和后背上纤弱的骨头。沙子为什么这样脆弱?当时的我这样想。表面上我在安抚哭泣的沙子,内心深处却宣判了沙子的罪过。

明明是可以逃离的环境,你自己却又主动回去,现在又当着空无的面哼哼唧唧地抱怨孤独。我拍着沙子的后背想,世上有多少真正的痛苦啊,你却因为这种事哭得像个孩子。

空无坐在我们的对面,低头看着放在膝盖上的照相机。我们什么话都没说,直到沙子停止哭泣。

"现在不能再像以前那样生活了。"空无说道,"结识新朋友,毕业之后开始工作,而且很有可能会孤独。"说到这里,他目不转睛地看着我。

"总有一天你们会说'不想看见像你这样的大叔',那我会缠着你们,陪我玩会儿吧,我会像淋湿的落叶那样贴着你们,不肯掉落。"

"大叔,离我远点儿。"沙子假装抖裤子,轻轻地笑了。

我们这才聊起各自的生活。沙子开始打工了,空无成为上警,得以爬上警察署的屋顶。

"因为有自杀危险,所以二警和一警都不能上去。"

他说，爬上屋顶，第一次看见水原的夜景是那么美丽，以前都不知道夜空有那么美。现在只要有时间，他就爬上屋顶，看看外面的风景。这样说的时候，空无的脸色很好。

聊着积攒已久的话题，我们去比萨店吃了比萨。我们点了个大比萨，我吃了两块，空无吃了五块，沙子只吃了一块。以前沙子至少能吃三块，还能吃下满满一盘沙拉。

"我先走了。"沙子说，"有点累了。"

沙子走向十字路口。空无和我站在路边，注视着沙子的背影。原以为她至少回头看一眼，然而沙子头也不回地走了。

我们买了听装啤酒，去了空无学校的山坡。山坡如陵墓，草坪已死亡，山坡中央有木头台阶。尽管天气依然寒冷，我们却坐在山坡上喝啤酒。

"你知道沙子为什么那么消瘦吗？"我问。空无摇了摇头。

我早就察觉到沙子和那个男人重新交往了。从她减少和我联系的时候开始，我就已经猜到了。空无说，这次休假见到沙子，听她亲口说了。

"沙子觉得自己背叛了你。"空无说，"不过今天吃得还不错。上次见面的时候，她只是假装吃了两口。现在看比上次胖了。"

"是吗？"

"应该能恢复吧。她希望让我们看到她恢复的样子。"

空无摸了摸枯萎的草坪。见此情景，我忽然想到自己并不了解沙子和空无的心。空无希望沙子恢复的心情和我的心情是多么相似，又是多么不同。犹豫片刻，我说道：

"我希望你和沙子在一起。"

说完这句话,我注视着近在咫尺的空无。空无似乎理解了我的意思,温柔地笑了。

"还是现在这样比较好。"

"……"

"如果知道了我是什么样的人,就会离我而去。等到沙子亲自确认事实之后再离开,我会无法承受。"

空无换了个姿势,蹲坐下来。

"那你现在还喜欢沙子吗?"

空无把脸埋在双膝之间,摇了摇头。那天,空无把相机交给了我。

回到家里,我看起了存在空无相机里的照片。原来是沙子带着相机,休假时还给空无,所以里面都是空无和沙子的照片。既有空无拍摄的照片,也有沙子拍摄的照片,无法准确区分。因为两人拍的照片相似。

很多照片都是拍摄于高处。有的照片能看见建筑物的屋顶和小小的人们的头顶,也有登上63大厦拍摄的汉江。有的分成几十个镜头,抓拍西方天空的落日。天空中白点似的月亮和蔚蓝天空中蔓延的云彩,这样的照片也有很多。还有很多照片拍的是车道旁边的植物、水杉、法国梧桐和迎春花。

相机包里还有另一张储存卡,我也看了里面的照片:溪谷、石阶、未铺装的泥土路、竹林、石头砌成的古老城堡和青草稀疏的空地,还有从公交车上拍摄的风景照。仿佛有人用手掌擦拭过的形象，云、月、山，控制不住速度，全被打碎在景框里。拉长的月亮在天空中划过明亮的曲线。因为捕捉对象的时间和光线不足，这些照片都拍坏了。

照片上出现了大海。天空灰蒙蒙的，波涛汹涌。褐色的海草和垃圾涌向沙滩。漫长的沙滩，远处是防波堤和灯塔。仔细一看，灯塔前站着一个人。像素不够，无论如何放大照片，也只能确认那是个人。好像打了马赛克，又像用彩纸剪出的四四方方的人。这是最后一张海边的照片。

我又打开另一张储存卡。第一张照片是我们的高中母校。好像是把相机放在学校围墙上面拍的照片，学校主楼、礼堂、口令台、看台和运动场，统统收了进来。照片接连不断，学校前的商店、公交车站、我们曾无言走过的街道和空无的大学校园、沙子穿着褐色凉鞋的脚、空无住过的公寓、公寓前的亭子。随后是石砌城墙的照片。城墙外面有车行道、住宅、商店。放大之后，露出"水原婚宴厅"的招牌。

再往后的照片好像出自笨拙的游客之手。渺无人迹的水库、穿着校服放学的孩子们的背影、流浪猫……从明亮的白昼开始拍摄，照片的亮度越来越低。太阳落山，仿佛薄纸剪成的月亮升起，这时照片上出现了水原警察署。

从这时起，警察署的建筑延续到太阳彻底落山。翻过大约十张警察署的照片，照片上出现了黑暗中的警察署建筑。每个方形窗户里都亮着日光灯。我在照片里看见屋顶上站着一个人。太黑了，只能分辨那个人的轮廓。下一张照片，那个人消失了。那是储存卡的最后一张照片。

5

四年级春季学期结束的时候,沙子难得到我家来。

"睡了吗?"

"嗯,等你的时候睡着了。"

"继续睡吧。我在你旁边也合合眼。"

我们并排躺在我房间的毯子上。我说腰疼,沙子立刻让我趴过来,伸出手指为我按摩腰部。僵硬的肌肉变得松弛和舒爽,不知过了多久,我好像睡着了。再次醒来,我看见沙子躺在我旁边,正在看着我。她看我的眼睛里饱含着沙子特有的柔情。

"看什么?"

沙子没有回答,只是静静地抚摩着我的头发。我闭上眼睛,任由沙子抚摩我的头发。每当沙子移动胳膊,就会响起轻拂被子的声音。我享受着沙子的手法,轻轻地呼吸。

"一边打工,一边上学,好累。"沙子说道,"休息的日子,我就倒头大睡,根本没空做别的事。"

我点了点头。

"无论你是近还是远,我都经常想你。"

我闭着眼,听沙子说话。

"对我来说,你总是那么强大,什么都靠自己的力量去解决,不像我这样哼哼唧唧。同样的年纪,我感觉你更像姐姐。"

沙子还是第一次说这样的话。

"可是不管怎么说你也是人啊,只是遇到难事不外露而已。当时我还小,好像还不明白这点。"

我睁开眼睛,看着沙子的脸。长长的刘海儿扎着沙子的眼睛。

"你有时间关心我,还不如自己好好吃饭。"

"朋友啊。"

"嗯。"

"我爱你。"

"你说什么?"

我坐起来,看着沙子笑了。好好的T恤,她却穿反了。沙子好像觉得这没什么大不了,从T恤里抽出胳膊,反穿回来。

"你的生日快到了。"

沙子从包里掏出各种各样的东西,摆放在地。莱斯莉·费斯特的CD、伊莎贝尔·阿连德的小说、崔胜子的处女诗集,以及五块包着保鲜膜、像沙子的脸那么大的曲奇饼干。

"这些都是什么啊?"

沙子撕开保鲜膜,递给我一块曲奇饼干。那是坑坑洼洼、模样丑陋的巧克力曲奇。

"我做的。"

"分着吃吧。"

我打开简易桌,倒了两杯牛奶。沙子做的曲奇饼干又咸又甜。我吃了一口,忍不住口水直流,大牙都酸了。曲奇饼干没有在口中直接粉碎,柔软而又筋道。沙子双手拿着掰开的曲奇饼干,吃得很认真。我已经很久没看见沙子这么津津有味地吃东西了。

沙子看着连连说好吃的我,眼睛笑成了月牙。那时,沙子在想什么呢?

曲奇饼干太大了,原以为肯定吃不完,没想到我俩犹如饿鬼附体，吃得干干净净。

"这个给你。"沙子递给我一个用透明胶带粘了好几遍的信封。

已经是晚上九点了。沙子用手指大致理了理散乱的头发，准备走了。她穿着宽松的T恤，看不出极度瘦削的身体，事实上她也稍微长了些肉。沙子穿着运动鞋，站在鞋柜前。绘有椰子树的绿色箱形T恤、长款牛仔裤，垂到肩膀的蓬松头发，沙子提着平时常背的象牙色背包，静静地注视着我。

空无打电话是在深夜。

"善美。"

我坐起身来，举着手机侧耳倾听。手机那头传来不规则的呼吸声，我猜空无是在强忍着哭泣。

那天，我们没有相互说任何安慰的话语。没有谁哭，那些未完的句子也逐渐被遗忘。我始终没有弄清自己的感受，就这样浑浑噩噩过了几个月。我没有给空无写信。空无也没给我写信和打电话。

热带夜[1]开始的时候，我平生第一次梦魇。即使闭上眼睛，还是什么都能看见、什么都能听见，只是身体无法动弹。梦魇消失后，双手颤抖，再也无法入睡。我呆呆地坐在黑漆漆的房间里，等待太阳升起。这样过了很多天。

沙子的曲奇饼干保存在冷藏室里，我一点点地吃完了；崔胜子的诗集一首一首地读，读过几遍之后，秋天姗姗来迟。直到秋

---

[1] 气象用语，指最低气温高于25摄氏度的夜晚。——编注

天来临，我才和空无通了几次话。听课、考试、打工、在网上听托业讲座，我去书店买了崔胜子的诗集，还把第二部、第三部诗集放在背包里，边走边背诵自己喜欢的诗篇。诗集里有沙子、空无和我走过的肮脏的河边和小巷。二十年前的人像我们一样浪迹于那些地方，他们的心支撑着那个秋天的我。

空无退伍休假那天，我在警察署对面等他。那是个寒冷而又晴朗的日子。我们吃了炸鸡，登上水原城走了很久。坐在背阴的长椅上，他的脸色很平静。那张脸好像上了年纪又疲惫的人，只剩下那样的表情。空无看着我，像个瞬间被夺走了青春的人，脸上没有任何期待也没有任何恐惧。

"我不复学了。"

"为什么？"

"我想重新上大学。我要当火车司机。必须重新参加高考。"

"……"

"这样也能活下去吧。可是，这样对待别人的心并不合适。我又觉得自己不该这样。"

"你可以用那个学位找别的工作啊。"

"这是最佳选择。"

说完，空无笑了。面对空无的决定，我不置可否，只是把相机和储存卡都交给了空无。

那时的我并不知道自己毕业后也找不到像样的工作，更不知道要靠勉强贷款考上研究生，并在那里第一次恋爱，毕业和就业，然后和恋爱很久的男人解除婚约，很长一段时间里必须喝酒才能入睡。我不知道自己会若无其事地跨越三十岁的障碍，像那个年龄的人们一样装模作样。我也没想到对于读着崔胜子的诗集坚持过来的二十三岁的秋天,我会做出那是年轻时的多愁善感这样的评价,我没想到自己会这样评价过去的自己。

二十三岁的我和空无坐在水原城的长椅上,并不知道这些事实。即使对于当时的我来说,描绘渐行渐远的空无和我的样子也并不是什么难事。

我没有马上拆开沙子送来的信。不知道为什么,打开这个透明胶带粘了好几遭的信封让我恐惧。我不知道里面是什么内容,只是没有勇气欣然拆阅。睡了一夜,我才撕开信封,阅读沙子的信。

喵喵啊:

　　写下你的名字,我想了半天。我应该跟你说什么呢?现在无论说什么,无非是辩解罢了。不过,我还是想尽最大努力去解释。

　　曾几何时,我问你为什么要用喵喵做外号。你说,喵喵是世上所有没有名字的猫共同的名字。你说你喜欢用喵喵呼唤路边流浪猫的声音,于是就叫喵喵。你说人在生气或者争吵的时候都不会喊喵喵的,不是吗?所以我每次叫你的时候也喊喵喵啊,喵喵啊,不知为什么,似乎叫起来格外亲切。

　　你从没有名字的猫身上看见了自己吗?下雨了就淋雨,肚子饿了就去撕垃圾袋,仅仅因为是没有名字的猫,就要受伤害,你从它们身上看见自己了吗?

　　我们相识于二十一岁的夏天。现在是二十三岁的夏天了，我们也算共同度过了二十岁出头的时光。哦，不对，我们从十七岁就在网络上认识了，所以时间还可以稍微往前追溯。电脑连上电话线后，出现的蓝色画面让人心动。在那里，关于自己喜欢的东西，怎么说都没关系。别人写在留言板上的文字好像都是跟我说的话，所以我都回了帖。

如果那天没看见定期聚会的公告，我这辈子都不会认识你和空无。哪怕乘坐同一辆巴士，哪怕在地铁里相邻而坐，我们也不知道对方是谁，更不会存在于彼此的世界。人不会为没有发生过的事情感到遗憾，没有你们，我可能还是像从前那样生活。下课了就直接回家，埋头听音乐，直到听腻为止。我会以为那就是生活，也只能那样生活。很安全地生活。

那天去参加聚会，我真的鼓足了勇气。已经比约定时间晚了一个小时，而且下着大雨，我以为不会有人等我，然而我看见了空无说的背包。我试探着走进面包店的时候，你们正要出来。虽然是初次见面，可是我们都很高兴。因为你们是喵喵和空无，所以我更开心。

跟你们相处的时候，我自然而然地流露出美好的部分，所以容易产生错觉，误以为自己变好了，变成了和以前完全不同的人。我只想向你们展示能让你们喜欢的样子，也是我自己喜欢的样子。

我似乎就以这样的方式摆脱了自己。我甩掉了不能让你们看见的讨厌又狼狈的样子。以前就是这样了。为什么我的样子那么让人羞愧？为什么我感觉自己那么丑陋？走开。我对她说。躲到我看不见的地方，躲到别人也看不见的地方。你为什么还没死？为什么没有消失，还要继续留在我的身体里？我以为那么粗暴地对待自己，就是长大成人。

我想把从前的事情忘记，删除，我不想对过去恋恋不舍。如果囚禁在我身体里的那个孩子说冷，我会置若罔闻，希望她冻死；如果她饿，我就希望她饿死。我演得像个表面平静的人。这一切都算什么呢？那个孩子就是我啊！

喵喵，你说我会过上幸福的生活，将来会更好。你像个能预测未来的人，说得那么有信心。你是第一个那样说的人。你都想象不到，对我来说你有多么了不起。尽管这个事实并不是总让我高兴。

你的话让我留恋，我的心也随之平静下来。你去江原道的时候，我每天都在等你，原以为过几周就能见面，不料你却用一条短信告诉我，还要在那里多住七个月。这是你的生活，你的选择，然而很奇怪，我却觉得被你抛弃了。某个夜晚，我因为你而生气。你不回头看我的冷静态度让我生气。那天晚上，我辗转难眠，睁着眼睛在想，讨厌你。这太不像话了。那天晚上，我意识到自己这辈子都在心里责怪别人，以及我有多怪他们，就有多依赖他们。

就连把我逼迫到窒息的男朋友，我都是那么依赖。我无力自立，总想依靠别人，即使知道我倚靠的墙总是倒塌，即使知道那不是墙壁，而是伤害我的石头。我想不到摆脱依赖，靠自己的力量站起来。你应该向你道歉。有一次，喵喵，你愤怒地这样对我说。

对不起。看着窗外太阳升起的样子，我平静地说。真的对不起。

喵喵啊，我要回洛杉矶了。虽然时间很短，我也还是不想回去，可是我想在那里重新开始。我无法向你解释我所有的心事，请你原谅我只能这样。

如果没有重力也没有摩擦力，滚动的球会永远滚动。

曾几何时，我常常想起你说过的话。我想起了永远缓慢滚动的球。想象它的坚持不懈。奇怪的是，当我闭上眼睛，描画那个场景，忽然觉得凄凉。咕噜噜滚动的样子是那么孤独。幸运的是，我们活在有重力和摩擦力的人世间。走着走着可以停下来，停下之后还可以再走。虽说不能永恒。这样似乎更好。这样的生活。

所谓人，真的很神奇。既有可以相互爱抚的手，也有可以接吻的嘴唇，却又用这双手去殴打对方，也用这嘴唇说出让人心碎的话。我不可能成为那样的大人，不想说出人可以战胜一切这种话。

你们曾给予我的时间和心意，我不会忘记，将来也不会忘记。

保重。

沙子

我反复阅读沙子的信，伸手摩挲那圆乎乎的字体，像孩子写的。直觉告诉我，再也见不到沙子了。

握着沙子的信，我感觉此刻踩着的地面下沉了好几米。我以为沙子在依赖我。在我看来,沙子是那种离开别人就活不下去的虚弱之人。她对关系的真诚有时显得很卑微。我曾想,正是因为她没有受过别人致命的伤害,所以才能尽情地亲切。我在心里翻开所有写着确信的卡片,读着写在卡片背后的话。我是督促她的人,不想去理解她的人,误会她、给她定罪的人,相信自己得不到爱的人,曾经比谁都依赖沙子的人,否认一切事实的人……

我想起三个人最后见面的时候,瘦削的、哭泣的沙子。直到这时我才醒悟,那天沙子的话和眼泪并不是因为懦弱,而是出于勇气。包括经历过痛苦的当事人在内,任何人都没有权利判断那痛苦是真还是假。

我总觉得是别人让我失望,然而比这更痛苦的是让所爱之人失望的我自己。我是那么枯燥乏味,甚至让准备好爱我的人都转身离去。我爱你。我喃喃自语。我爱你啊,沙子。

现在,我已经三十五岁,很少回首当年事。这些事并无特别之处,我也从未对人说起。正如人生在世总要过几座桥,也许是从前的我和空无、沙子并肩走过了漫长而摇晃的桥。桥到尽头,我们踏上各自的土地。正如生活中所有的桥,那座桥也在我们踏上大地的瞬间消失了,连同我们在桥上有过的表情、脚步、声音和靠着栏杆的身影。

当时我还不知道,好像就从那个时候开始,早已在我心里成长的恐惧正式长大了。那恐惧给我从来不想伤害的人造成了伤害。这都是因为我的独善其身,这个事实让我成了小心翼翼的人。不知从什么时候开始,我再也不能靠近别人,只能在远处打转。我担心自己的引力会吸引别人，只好后退。

我知道。尽管我知道互相伤害也能互相喜爱，我也知道相爱并非因为完美，恰恰是因为不完美，然而我的身体还是做出了那样的反应。

我以无情、冷漠和防守的姿态爱着沙子，幸运的是，那样的我也收获了爱。我常常想，好像没有比爱情更不公平的感情了。无论两个人多么相爱，总会有一方爱得多些，有一方爱得少些。不能说谁悲惨，也不能说谁卑鄙，因为爱情本来就是这样。

所有的事情都变得模糊了，那件事却依然清晰。

我在洪川寄宿补习班工作的时候，沙子来找过我。沙子身穿栗色大衣，背着缀有大纽扣的毛线挎包。我们去镇上的中餐馆吃了海鲜面和糖醋肉，拿着热乎乎的大麦茶，坐在煤油炉旁。正午的阳光透过贴有半透明薄膜的玻璃窗，阳光照耀着沙子纤细的头发，光彩夺目。暖炉旁受热的空气似乎在移动。我们什么也没说，只是疲惫地坐着晒太阳。

"很好。"

"真好啊。"

这样说话的时候，我忽然感觉沙子的脸是那么陌生，于是转头去看门口。我知道就在这个瞬间，沙子也看穿了我的心事。当时，沙子努力做出无所谓的表情。好像我也是这样吧。

出来之后，我们走了很久。初雪还没下，天气清冷，是适合散步的天气。沙子来找我，我很高兴，也喜欢和她相处的时光，然而和沙子并肩走路的时候，我又希望回到孤单的状态。

我想起抬头看着坐在公交车窗边的沙子的情景。心里想着稍微忍一忍，我就是一个人了。估摸着时间看她的时候，沙子红着脸、皱着眉，露出了微笑。沙子久久地低头看我。她用没有笑容的红通通的脸看着我，拉上了车窗的窗帘。公交车还没有出发。

直到现在我依然记得那个场面。刹那间，原以为送行之后应该很痛快的心忽然充满了恐惧。公交车离开后，我静静地站在汽车站，注视着沙子乘坐的公交车停留过的位置。那里空空荡荡，我在寒风中瑟瑟发抖。

作家的话 I [1]

还记得三十岁那年的夏天,我站在钟路 Bandi&Luni's 书店的韩国小说区。还记得那天我站了很久都没动,心里想着:我不行吗?写作、出书的人生离我很远,而且越来越远。两年来,我的小说多次投稿,别说入选,甚至都没有被评审意见提及。那年春天好不容易写出了《祥子的微笑》,也在某次征稿的预审阶段落选。

我不是很宽裕的人。没有靠得住的职场,每个月还有无可争辩的债务,经济上总是紧巴巴的。在这种情况下,继续这件没有希望的事很难。我很想写作,出书,成为作家,却又觉得到了应该放弃的时候。一个人这样想着,我放声大哭,就好像终于决定放下爱了很久的人。

偶尔松懈或懒惰的时候,我就会想起当初哭泣时的心情。这辈子我真正想做的事仅此而已。我不知道这是妄想,还是幻想。我只是想成为一个写作的人。

---

[1] 此篇最早收录于韩国文学村出版社 2016 年出版的作家短篇集《祥子的微笑》。本书中《祥子的微笑》《你好,再见》《姐姐,我那小小的顺爱姐姐》《韩志与英珠》《米迦勒》均收录自该作品。——编注

登上文坛之后，我怀着和暗恋已久的人谈恋爱的心情写作。每当完成一句话、一个段落、一部作品，这本身就能让我感到幸福。那些坐在书桌前几个小时，仅仅写出几行字的萎靡不振的时光，使我成为现在活着的我。有些问题只有埋头写作的时候才能治愈。

十几岁和二十几岁的我对自己过于残忍。因为我是我而讨厌自己，对待自己太过分，为此我想对那时候的自己说声对不起。我想请她吃美食，帮她揉揉肩，告诉她一切都会好起来。我想带她去温暖明亮的地方，倾听她的故事。我想跟她说声谢谢，明明那么胆小，还是鼓起勇气，陪我走到这里。

前不久爸爸退休了，我送给他的礼物似乎只有这本书。这本书也让妈妈喜悦，我很开心。我还要问候每天都过得很艰难的妹妹，为了养育特别又敏感的我而受苦的外公外婆，谢谢你们。我从他们那里得到了终生受用不尽的爱。还要感谢亲爱的姨妈和姨夫。感谢我的小猫莱奥、米奥、玛丽、波特。

我要感谢常常用心陪伴我的朋友。在我最迷茫的时候给我安慰和支持的智慧姐姐，我不知道该用怎样的语言表达我的感激之情。感谢为我写下难忘的宝贵文字的徐英彩老师，感谢为不足的新人作家投去温暖目光的金衍洙老师，感谢文学村编辑部的老师们。

所有给我机会的人，在我的一切都没有得到验证，还不确定能成为作家的时候，给予我信任的人，我要表达我的感激之情。我不会忘记这份宝贵的心意，我会继续努力写出好作品。很多人仅仅因为自己是自己而成为蔑视和憎恶的对象,我想站在这些人的立场上看世界,看人,我想成为这样的作家。在这条路上,我希望能成为无所畏惧的真正的自己。

崔恩荣
2016年夏

作家的话 II[1]

收录在这本书中的八篇小说深藏着我走过的未成年时光。写作这些小说的时候,我对可以轻易对待、随意利用的幼小身体和心灵进行了长时间思考。只有小孩子才能感受到的孤独、无限的悲伤和寂寞不会全部记住,但是如今长大成人的我们都经历过这样的日子。

我曾经也是这样的孩子。早会时间在操场上站队,鞋袋摆放整齐,哪怕有同学中暑晕倒,也要纹丝不动地站着听校长训话;参加修炼会接受模拟军训,对父母尽孝道,对国家忠诚,作为女人坚守清白,对比自己年长的人用敬语。

那时我想做的就是独自行动。我想脱离整齐的队伍,逃得远远的。逃离操场上排列整齐的鞋袋,逃离对国家敬礼。喂,你,51号,立正,稍息,向前看齐,坐下,起立,出列!浑蛋,你父母没钱才住这种地方,像你这样的还能做什么?我想逃离这些胡说八道的嘴巴和轻浮的指指点点,去远方,很远很远的地方。我想独自行动。我相信我的个人行动不会伤害任何人。我想成为无

---

[1] 此篇最早收录于韩国文学村出版社2018年出版的作家短篇集《对我无害之人》。本书中《601,602》《援手》《筑沙为家》均收录自该作品。——编注

害之人。我不想带给别人痛苦。因为我亲身感受过人给人的痛苦多么具有破坏性。

可是,我做到了吗?

我没能成为那样的人。在很长时间里,我反复咀嚼这个事实。抛开意图不说,不得不生活在伤害中的我,不得不带给别人伤痛的我,有时冷漠、残忍得连自己都惊讶的我,我愿意,这是我的自由,我担心我打着这样的幌子写出来的作品会让人们感觉自己被排斥,伤害到他们。明明知道任何作品,任何艺术都不能高于人本身,可我还是担心我的迟钝和愚蠢会伤到他人。

我常常想,没有什么比成为坏人、坏作家更容易了。我希望我的写作不要太容易,而是更难些;不要太舒服,而是别扭点儿,并在这个过程中感受作为人所能感受到的一切,我希望自己有这样的勇气。

当我感觉自己走在虚空中的时候,当我彻夜未眠的时候,我常常被这些文字纠缠。这种时候,对某个人的爱、思念,因为某个人而悲伤,这些无可奈何的感情陪伴在我身边。我注视着这些感情。我知道有些事不以我的意志为转移,但只要我活着,我就希望自己是个写作的人。这是我爱别人,爱我人生的为数不多的方式之一。因为有人告诉我爱的存在,我才能写出这些作品。我要向那些或在近处,或在远方的人表达我的感激。

我想对再也见不到,却依然在关心我的爷爷说,我爱您。

崔恩荣
2018 年夏

收录作品发表杂志

祥子的微笑……作家世界，2013年秋季号
你好，再见……文章网络杂志，2016年5月
姐姐，我那小小的顺爱姐姐……文学村，2014年秋季号
韩志与英珠……作家世界，2014年夏季号
米迦勒……实践文学，2014年秋季号
601，602……《文学与社会》，2017年春季号
援手……《子音与母音》，2017年秋季号
筑沙为家……文学3文学网，2017年7—9月

图书在版编目（CIP）数据

对我无害之人 /（韩）崔恩荣著；徐丽红译 . -- 北京：中国友谊出版公司，2023.10（2025.6 重印）
ISBN 978-7-5057-5685-4

Ⅰ.①对… Ⅱ.①崔… ②徐… Ⅲ.①小说集－韩国－现代 Ⅳ.① I312.64

中国国家版本馆 CIP 数据核字（2023）第 134266 号

著作权合同登记号　图字：01-2023-3392

쇼코의 미소 © 2016 최은영
내게 무해한 사람 © 2018 최은영
All rights reserved.
Original Korean edition published by Munhakdongne Publishing Corp.
Simplified Chinese translation rights arranged with Munhakdongne Publishing Corp.
Simplified Chinese translation copyright © 2023 by Beijing Xiron Culture Group Co., Ltd.

书名	对我无害之人
作者	［韩］崔恩荣
译者	徐丽红
出版	中国友谊出版公司
发行	中国友谊出版公司
经销	新华书店
印刷	三河市中晟雅豪印务有限公司
规格	880 毫米 × 1230 毫米　32 开
9.125 印张　195 千字
版次	2023 年 10 月第 1 版
印次	2025 年 6 月第 8 次印刷
书号	ISBN 978-7-5057-5685-4
定价	52.00 元
地址	北京市朝阳区西坝河南里 17 号楼
邮编	100028
电话	（010）64678009

如发现图书质量问题，可联系调换。质量投诉电话：010-82069336

大鱼读品是磨铁图书旗下优质外国文学出版品牌,名字来自美国小说家丹尼尔·华莱士的小说《大鱼》。我们认为小说中的大鱼象征着无限的可能性,而文学一直在试图通向无限。

大鱼团队将持续地去发现这个世界精神领域的好东西。通过劳作,锤炼自己,让自己有力,让好作品更好地被传播,增进读者福祉。

大鱼的读书观、选书观基本可以用卡夫卡的话高度概括:"所谓书,必须是砍向我们内心冰封大海的斧头。"

韩国文学正是如此。以赵南柱《82年生的金智英》为起点,大鱼将带来一系列优质的韩国文学作品。

作家简介

1978年出生于首尔,梨花女子大学社会学系毕业。担任《PD手册》《不满ZERO》《Live今日早晨》等时事类节目编剧10余年,对社会现象及问题十分敏锐,见解透彻,擅长以写实又能引起广泛共鸣的故事手法,呈现日常中的真实悲剧。

2011年以长篇小说《若你倾听》获得文学村小说奖;2016年以长篇小说《为了高马那智》获得黄山伐青年文学奖;2017年以《82年生的金智英》荣获今日作家奖。

赵南柱
조 남 주

조 남 주
赵南柱

82년생 김지영

已出版《82年生的金智英》

愿世间每一个女儿,都可以怀抱更远大、更无限的梦想。

亚洲10年来罕见的现象级畅销书,"金智英"成为新的女性话题代名词。

豆瓣2019年度最受关注图书,入选《新周刊》《新京报书评周刊》年度书单。

英文版入围美国国家图书奖,《时代》2020年年度好书。

韩国前总统文在寅、BTS队长金南俊、作家蒋方舟都在阅读,蔓延全社会的"金智英热"。
孔刘、郑裕美主演同名电影获多项大奖及提名,郑裕美凭此片荣获大钟奖影后。

조 남 주
赵南柱

귤 의 맛
已出版《橘子的滋味》

作家赵南柱这次将目光投向了青少年,新作《橘子的滋味》写的是四个初中生的友情故事和成长烦恼。

她们既亲密无间又互相嫉妒,既相互依赖又相互伤害。本书写尽了青春期孩子们内心的种种不安。作家希望通过小说给这个年龄段经历着成长之痛的青少年们带来些许安慰。

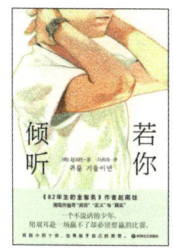

조 남 주
赵南柱

귀를 기울이면
已出版《若你倾听》

第17届文学村小说奖获奖作。

一个被大家视为笨小孩的患有"学者症候群"的少年金日宇,无意间发现自己有听见别人听不到的声音的能力。

空荡荡的公车站、夕阳、弯曲的树枝、人们面无表情的脸、拂过头发的手指,都对金日宇说话了。

作家简介

亚洲首位国际布克文学奖得主,当代韩国文坛最具国际影响力的作家之一。其作品从更为根源的层面回望生活的悲苦和创伤,笔墨执着地袒护伤痕,充满探索的力量。

作为韩国文坛的中坚力量,韩江极有可能成为韩国当代作家斩获诺贝尔文学奖的重要人选。

——诺贝尔文学奖得主、
著名法国作家勒克莱齐奥

韩江
한 강

채 식 주 의 자
已出版《素食者》

한 강
韩江

她不是不想活下去,
只是不想像我们一样活下去。

亚洲首位国际布克文学奖获得者获奖作品。

从帕慕克的《我脑袋里的怪东西》、大江健三郎的《水死》、费兰特的"那不勒斯四部曲"等154本全球佳作中脱颖而出,夺得桂冠。

入选《纽约时报》15本重塑新世纪的女性小说、《连线》杂志10年十大最佳类型小说。

흰
已出版《白》

我想让你看到干净的东西,比起残忍、难过、绝望、肮脏和痛苦,
我只想让你先看到干净的东西。

国际布克文学奖得主韩江,
再度入围国际布克文学奖之作。

英国《卫报》评选"今日之书"。

这是韩江在白纸上用力写下的小说,是63个有关一切白色事物的记忆。

한 강
韩江

作家简介

20世纪90年代韩国文坛的神话,每有新作面世都会引发阅读旋风,这在严肃文学遇冷的年代不能不说是奇迹。

她生于全罗北道井邑郡的乡村,毕业于当时的汉城艺术大学文艺创作系。20多岁便发表了《冬季寓言》《风琴的位置》《吃土豆的人》等名作,不仅得遍了韩国的重要文学奖项,2012年还凭借代表作《请照顾好我妈妈》获得第5届英仕曼亚洲文学奖,极大地提高了韩国文学在世界范围内的声誉和影响力。

申京淑
신경숙

신경숙
申京淑

엄마를 부탁해
已出版《请照顾好我妈妈》

她为家人奉献了一生,
却没有人了解她是谁。

缔造300万册畅销奇迹的韩国文学神话,
在韩销量超越村上春树《1Q84》,首部登上
《纽约时报》畅销书榜的韩国小说。
获第5届英仕曼亚洲文学奖,申京淑为首位获此奖的女性作家。
每读一遍都热泪盈眶,真诚的文学饱含永不过时的情感和力量。
读完这本书,很想给妈妈打个电话,问她:"妈妈,你也有自己的梦想吧?"

孔枝泳
공지영

作家简介

她被投票选为"能代表韩国的作家",又被誉为"韩国文学的自尊心"和"韩国文化之星"。曾以三本书同时进入畅销排行榜,形成"孔枝泳现象"。

因为自身丰富的生活经历,孔枝泳写作的主题常关注女性、底层和被歧视的人们。"社会关怀"是她作品中鲜明的特色,代表作《熔炉》即其中最杰出的代表。

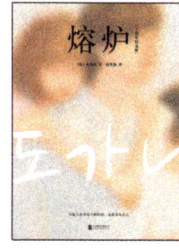

공지영
孔枝泳

도가니
已出版《熔炉》

这本书比你听说的还要好!
他们的声音很珍贵,你的也是。

"韩国文学的自尊心"孔枝泳口碑代表作!累计加印100多次,出版10周年纪念,豆瓣9.4分。

我们一路奋战,不是为了改变世界,而是为了不让世界改变我们。

孔刘主演同名电影,李现、朴赞郁、张嘉佳推荐。

作家简介

韩国少数具有国际知名度的先锋作家，不少作品已在美国、法国、日本、德国、意大利、荷兰、土耳其等10余个国家翻译出版。

1995年8月，以长篇小说《我有破坏自己的权利》获第1届文学村新人作家奖，受到文坛和读者的广泛关注。1999年，凭借短篇小说《你的树木》获得著名的现代文学奖（第44届）。

2004年，韩国文坛刮起"金英夏旋风"。他以短篇小说《哥哥回来了》《珍宝船》及长篇小说《黑色花》在一年内勇夺黄顺元文学奖、怡山文学奖，以及韩国三大文学奖之一的东仁文学奖，堪称传奇。

金英夏
김 영 하

살인자의 기억법
已出版《杀手的记忆法》

김 영 하
金英夏

患上阿尔茨海默病对连环杀手而言，简直是人生送来的烦人玩笑。

韩国当代文坛领军人物金英夏，代表作之一首度引进。

连续7年登上韩国大型连锁书店教保文库畅销榜Top20，全球累计销量逾200万册。

同名电影2017年上映，由影帝薛耿求主演。

最可怕的报应不是死亡，而是被囚禁于名为记忆的永恒牢笼。

赵海珍
조 해 진

作家简介

1976年出生于首尔。

2004年获得《文艺中央》新人文学奖，同年登上文坛。著有长篇小说《遇见卢基蕊》《无人看见的森林》《穿过夏天》《单纯的真心》，短篇小说集《天使们的城市》《相约周四》《光之护卫》等。

获得申东晔文学奖、李孝石文学奖、金荣岳小说文学奖、白信爱文学奖、亨平文学奖等。

조 해 진
赵海珍

단순한 진심
已出版《单纯的真心》

向被伤害的人伸出的援手，也是曾被他人紧紧握住的手。

申东晔文学奖、大山文学奖、李孝石文学奖等多项大奖获得者，韩国著名作家赵海珍。

金万重文学奖、大山文学奖获奖作品首度引进。

受过伤的人，能更敏锐地感知他人的伤痛。弱者对弱者的微小善意，是改变这个世界的光。

作家简介

1968年生于庆尚南道镇海区。

1994年以文学评论家身份出道,作品以端庄优美的文字著称,曾获2016年乐山金廷汉文学奖、2018年法国变色龙文学奖。

他十分关注社会,以周密的资料考证加上卓越的想象力,让许多真实人物活灵活现、跃然纸上,被誉为"开创韩国历史小说新局面的作家"。

2014年,"世越号"沉船事件发生,他深受影响,努力不辍地采访相关人员,写下以"世越号"沉船事件为主题的两本小说 ——《谎言:韩国世越号沉船事件潜水员的告白》《那些美好的人啊:永志不忘,韩国世越号沉船事件》,被文学评论家评为"世越号文学"的开端。

金琸桓
김 탁 환

김 탁 환
金琸桓

살 아 야 겠 다
已出版《我要活下去》

首部以"中东呼吸综合征"(MERS)韩国患者的个体命运为题材的小说。

秉持"文学应站在弱势一边"的理念,作家借由受害者访谈、文献资料、医疗记录、媒体报道,逐步还原了灾难中的"人",以三位早期患者的经历为主要线索,还原他们平凡人生被打断的过程,关注患者的个人命运。

作者带领我们一步步走入风暴的核心,重新描绘出一个个"生命"的容貌。

权汝宣
권여선

作家简介

韩国著名小说家,韩国纯文学界无法绕开的关键人物。毕业于首尔大学韩国语言文学系(本科、硕士)、仁荷大学韩国语言文学研究生院(博士)。现担任仁荷大学讲师。

1965年生于韩国庆尚北道,1996年凭借长篇小说《蓝色的缝隙》获得了第2届想象文学奖,由此踏入文坛,笔耕不辍,获奖无数。代表作有《黄柠檬》《蓝色的缝隙》《陶偶之家》《你好,酒鬼》《未知领域》等。曾获2007年第15届吴永寿文学奖,2008年第32届李箱文学奖,2012年第45届韩国日报文学奖,2015年第18届东里文学奖,2016年第47届东仁文学奖,2018年第19届李孝石文学奖。作品以独特的人物设定和人物关系,细致入微的描写,隽永的主题与深刻的文学性沉思见长。

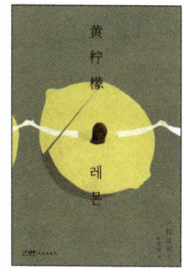

权汝宣
권여선

레 몬
已出版《黄柠檬》

黄柠檬,是姐姐死前穿的连衣裙的颜色。
如今,它是复仇的颜色。

50位韩国作家票选2019年年度小说。
纽约时报编辑选书,Crimereads年度最佳犯罪小说。
一本小说版的《寄生虫》,悬疑与情感交织的心灵之诗。

若有一天神也对我们闭上双眼,我们该如何面对人生的废墟?

作家简介

一位在电影、漫画、小说之间来回穿梭,专门写故事的作家。人情味是他的文字最大的魅力。

1974年出生于首尔。毕业于高丽大学人文学院国语国文系。著有长篇小说《望远洞兄弟》《情敌》《幽灵作家》《浮士德》《不便的便利店》《不便的便利店2》和散文集《每天写,重新写,写到最后》,参与电影《射日》的编剧和《南汉山城》的策划。凭借长篇小说《望远洞兄弟》在2013年获得第9届世界文学奖优秀奖。

金浩然
김호연

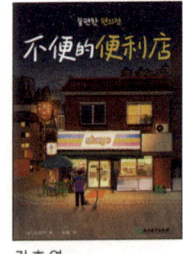

김 호연
金浩然

불편한 편의점

已出版《不便的便利店》

无论是谁,只要能一起吃炸鸡,就是一家人。

《请回答1988》之后,最有人情味的胡同故事。

上市1年售出85万册,韩国34座城市市民票选2022年度之书。

幸福并不在任何一条路上,幸福本身就是那条路。你所遇见的每个人都在打一场艰苦的战斗,所以你要友善地对待他们。

朴濬
박 준

作家简介

1983年出生于首尔。2008年通过《实践文学》步入文坛,2012年出版首部诗集《为你取名字花了好几天时间》,获得韩国申东晔文学奖;2017年出版首部随笔集《就算哭泣不能改变什么》,获得韩国当代青年艺术家奖;2018年出版诗歌集《我们可以一起赶梅雨》,获得韩国片云文学奖、朴在森文学奖;2021年出版最新散文集《季节散文》。

朴濬有着纤细敏锐的观察力,擅长将平淡的回忆抽丝剥茧,化作真实细腻的文字,让人每每阅读时,总会在不经意间落泪,他也因此被称为"爱哭诗人",是韩国近10年来最受欢迎的青年诗人、散文家之一。

박준
朴濬

운다고 달라지는 일은 아무것도 없겠지만

已出版《就算哭泣不能改变什么》

我会在三个时刻哭泣:谢谢、对不起、我爱你。

韩国申东晔文学奖、片云文学奖、朴在森文学奖得主,明星级诗人朴濬,随笔集首度引进。人气韩剧《今生是第一次》名台词出处,令20万读者感动落泪的神作。

金高银、吴世勋、宋旻浩、李秉宪一致推荐。

话语从人的口中出生,在人的耳里死去。但是有些话不会死,会走进人的心里并活下来。

作家简介

1984年出生于京畿道光明市,高丽大学国文系毕业。2013年中篇小说获得"作家世界"新人奖后,开始踏上创作之路,作品有《祥子的微笑》《对我无害之人》《明亮的夜晚》等。曾获许筠文学作家奖、金埃成文学奖、李海朝小说文学奖、第五届及第八届年轻作家奖、教保文库评选"2016和2018年度小说家"。

崔恩荣
최은영

밝은 밤
已出版《明亮的夜晚》

최은영
崔恩荣

我有一个愿望,想写一写妈妈或祖母,很久以前生活在这片土地上的女性的故事。

韩国天才作家崔恩荣首部长篇小说,一部女性版的《活着》,韩国版的《秋园》
四代女性的友谊、抗争、泪水与欢笑。

女人们不再是仅供同情、怜悯的角色,也不再是装饰男人壮丽生活的配角。她们是自己,生如草芥,彼此搀扶,尽全身之力对抗荒诞的时代。

최은영
崔恩荣

내게 무해한 사람
已出版《对我无害之人》

我们都是无害之人,我们都曾伤害他人。

BLACKPINK成员金智秀,诚挚推荐!

50位韩国作家票选"2016、2018年度最佳小说"。

韩国七项文学大奖得主崔恩荣,获奖处女作首度引进。

韩国作家崔恩荣的短篇小说集,八个故事,个人的记忆交织着历史的记忆,从洁白的少年到斑驳的老年,就让我们刻进彼此的生命里,直到永不分离。

作家简介

1988年出生于韩国大邱,从最低时薪上班族成功蜕变为天才全职都市作家。著有小说集《无人知晓的艺术家之泪和宰桐意大利面》《大都市的爱情法则》《关于信任》,长篇小说《想成为一次元》,随笔集《虽然会胖,还是想吃完炸鸡再睡》。曾获文学村年轻作家奖、许筠文学作家奖、申东晔文学奖。其中《大都市的爱情法则》入围2022年国际布克文学奖、2023年国际都柏林文学奖。

朴相映
박상영

박상영
朴相映

오늘 밤은 굶고 자야지
已出版《虽然会胖,还是想吃完炸鸡再睡》

情绪以秒为单位剧烈起伏、浑身是刺却内心柔软、讨厌贪吃又憎恨减肥、讨厌人类也讨厌自己……与世界深情互殴,是我在这个XX时代的存活方式。

韩国文学界推崇备至的新生代"文学鬼才"朴相映,笑泪交织、"韩式"毒舌的个人随笔集。

一档机智幽默的反鸡汤脱口秀,一场夜食症候群的深夜饥饿自白,一个当代丧宅青年敏锐、辛辣又温暖的人间观察。

金息
김 숨

作家简介

1974年生于韩国蔚山,毕业于大田大学社会福利系。著有《最后一人》《女人们和进化的敌人们》等作品。先后获得过许筠文学奖、大山文学奖、现代文学奖、李箱文学奖、东仁文学奖等韩国重要文学奖项。

为了创作《最后一人》,金息在两年多的时间里研读了三百多件韩国"慰安妇"受害者证言,文末尾注的真实信息让这部小说有了纪实文学的底色。

"我想通过这部小说警示人们——能够为曾经的受害经历作证的奶奶们就要凋零殆尽了。这是文学的道义所在。"

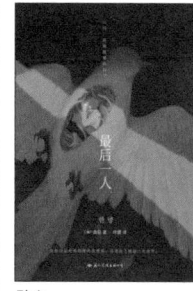

김숨
金息

한 명
已出版《最后一人》

她们见过地狱,最怕的却是被遗忘。

韩国首部以"慰安妇"受害者证言为蓝本的小说,真实与虚构共筑的历史侧写。

2018年首尔市"年度之书",入围2022年都柏林文学奖的伤痕之作。

韩国权威媒体《朝鲜日报》《中央日报》《东亚日报》《韩民族日报》一致推荐。

虽然她们生活在女人"猪狗不如"的时代,但是每次看到那些没有失去人的气度、尊严和勇气的受害者,我都会感叹不已。——金息

大鱼读品·韩国文学

出 品 人	沈浩波
主　　编	冯倩　任菲
产品经理	赵士华　宋紫薇
营销编辑	王舞笛
书目设计	黄旭君

大鱼读品
Big Fish